SON DOUX PÉCHÉ AUX COURBES GÉNÉREUSES

UNE ROMANCE DE PETITE VILLE AVEC UNE
HÉROÏNE AUX COURBES VOLUPTUEUSES

À LA RECHERCHE DU HÉROS LITTÉRAIRE PARFAIT
TOME TROIS

MARY E THOMPSON

À LA RECHERCHE DU HÉROS LITTÉRAIRE PARFAIT

Bienvenue à nouveau à L'anse MacKellar ! C'est si bon de vous revoir. Ne manquez jamais rien de ce qui se passe en ville et inscrivez-vous à la newsletter de Mary.

LIVRE 3

Son Doux Péché aux Courbes Généreuses

Colin

Pourquoi ai-je déménagé dans une petite ville où tout le monde se connaît, et où ils en savent tous plus sur ma famille que moi ? Je pensais pouvoir être anonyme, mais ce mot n'existait pas pour mes nouveaux voisins. Ils voulaient tous me rencontrer, me parler, sortir avec moi.

Je n'avais jamais reçu autant de propositions de rendez-vous de toute ma vie d'adulte.

Mais la seule femme avec qui je voulais sortir évitait soigneusement le sujet. Et moi aussi.

Jusqu'à ce qu'elle n'ait plus le choix.

Elise

Le bonheur éternel n'était pas dans mon avenir. Je l'acceptais. J'avais tourné la page sur mon passé et sur mon ex qui avait failli me détruire. Les aventures d'un soir avec des hommes que je ne reverrais jamais me convenaient parfaitement.

Mais Colin me donnait envie de plus. Il me faisait me demander si je pouvais avoir plus.

Alerte spoiler, je ne pouvais pas.

Une aventure rapide avec mon nouveau match sur une application de rencontres était censée me faire oublier Colin. Sauf que, putain, mon match était Colin.

Je me suis enfuie de là. Je lui ai dit que c'était une mauvaise idée.

Mais il n'était pas comme les autres. Un refus ne le faisait pas courir vers le prochain lit dans lequel sauter. Il me voulait. Uniquement moi.

Et il n'abandonnerait pas avant d'avoir usé jusqu'à la dernière de mes défenses.

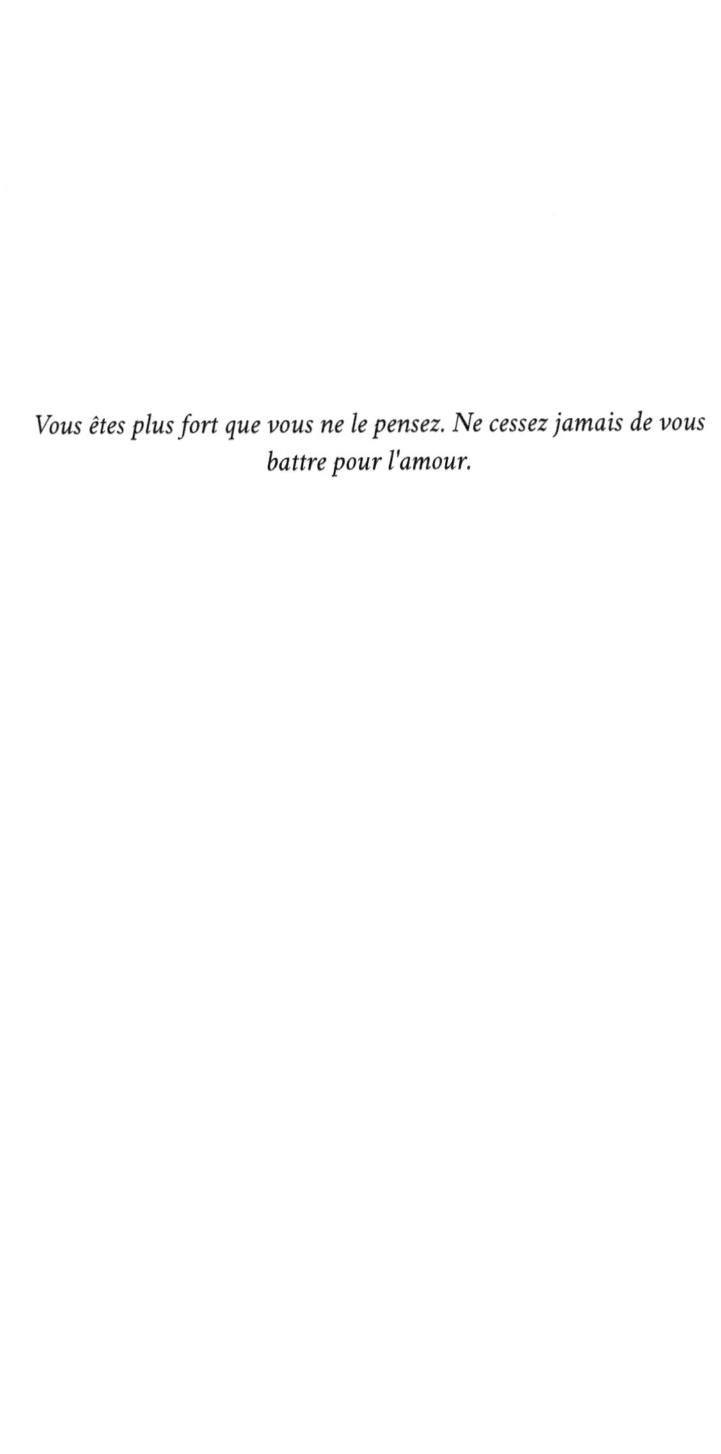

Vous êtes plus fort que vous ne le pensez. Ne cessez jamais de vous battre pour l'amour.

ELISE

Rien ne valait vraiment une journée en plein air. Une brise fraîche, le doux balancement du bateau, le chant des oiseaux, l'odeur de l'eau douce et des fleurs. L'été n'était pas encore tout à fait là, mais il était si proche que je pouvais presque le goûter. J'étais prête à me débarrasser de l'hiver et à retrouver le plein air et la liberté.

Mais d'abord, je devais assister à une formation que j'avais déjà suivie cinq fois. Personne n'y échappait, même pas les employés de longue date. Ce qui signifiait que j'étais là, encore une fois.

— Hé ! ai-je entendu de l'autre côté de la salle. J'ai levé les yeux et aperçu mon amie, Ava Bailey, qui me faisait signe et se précipitait vers moi. Ava et moi travaillions ensemble sur les Excursions au départ de la Crique, les visites en bateau. Elle quittait L'anse MacKellar pendant l'hiver pour ses études, mais elle revenait pour son troisième été en tant que guide.

— Salut, ai-je dit en la serrant dans mes bras quand elle s'est assise.

Ava était du genre câlin. Elle l'avait été depuis le jour où nous nous étions rencontrées. C'était aussi une étudiante encore toute brillante et heureuse, comme on est censé l'être à vingt et un ans quand on a toute la vie devant soi.

— Tes cheveux sont super. Comment s'est passé ton hiver ? a-t-elle demandé.

— Merci, ai-je dit en touchant mes mèches violettes. C'était ma dernière couleur en date. L'hiver a été bon. Chargé mais pas fou. Et toi ? Comment se passent les cours ?

— Super, a-t-elle dit avec un grand sourire. Je n'arrive pas à croire qu'il ne me reste qu'un an.

— À condition que tu réussisses tes examens, l'ai-je taquinée.

Ava m'a poussée et a souri. — C'est vrai. Je ne suis là que pour aujourd'hui, ensuite je ferai les allers-retours pendant quelques semaines jusqu'à la fin des examens. Mais j'espère pouvoir continuer à faire ça même après avoir obtenu mon diplôme.

Ava était étudiante en enseignement secondaire avec une certification ELA et espérait s'installer à plein temps dans la région pour enseigner au collège. Si elle y parvenait, elle continuerait à travailler comme guide touristique pendant les étés pour gagner un peu plus d'argent. J'espérais que ça marcherait pour elle.

— Est-ce trop tôt pour commencer à chercher du travail ? ai-je demandé.

Ava a hoché la tête. — Un peu. Il me reste encore un semestre de cours et puis un semestre de stage. J'espère pouvoir décrocher un poste ici et y rester, mais je ne connais pas d'enseignants à L'anse MacKellar qui cherchent à partir.

J'ai souri. — Les gens ont tendance à rester ici pour toujours.

— Je comprends totalement pourquoi.

Ava avait grandi à quelques heures de là, de l'autre côté des Adirondacks. L'anse MacKellar était situé le long du fleuve Saint-Laurent, à l'ouest des montagnes. Une petite anse séparait la ville du fleuve, nous offrant des possibilités de baignade et de pêche dans un endroit calme relativement préservé des eaux profondes et puissantes du Saint-Laurent.

C'était mon foyer. Un sanctuaire en quelque sorte. C'était le seul endroit où j'avais envie de vivre, le seul endroit où je pouvais m'imaginer vivre.

— Alors, qu'est-ce que tu deviens ? Tu as rencontré quelqu'un de nouveau ?

J'ai secoué la tête et forcé un sourire. Ava était une collègue adorable, mais elle ne me connaissait pas bien. Elle ne savait pas que rencontrer quelqu'un de nouveau n'allait pas se produire. J'y étais passée, j'avais fait l'expérience, et j'avais les cicatrices pour prouver que j'y avais survécu.

— Non. Tu sais comment c'est ici. Tout le monde connaît tout le monde.

Ava a hoché la tête solennellement. — C'est vraiment le seul inconvénient de vivre ici. Mais comme je n'ai pas grandi ici, ce n'est pas aussi difficile pour moi. Il y a encore beaucoup d'hommes nouveaux à découvrir pour moi.

J'ai souri. — Absolument. J'espère que tu en trouveras un bien.

— Mon Dieu, je l'espère. J'en ai marre d'être célibataire.

— Tu as besoin d'amis, lui ai-je dit en ricanant. Sans mon groupe d'amis, je deviendrais folle, mais pas parce que j'attendais un homme. Avoir de bons amis rendait tout meilleur.

— J'ai besoin de ça aussi, a dit Ava en riant. Elle a enroulé sa longue queue de cheval brune autour de sa main et l'a balancée par-dessus son épaule. Elle était jolie avec un nez mignon et des yeux noisette derrière des lunettes qui lui donnaient un air un peu intello. Elle avait des formes comme moi, mais là où je pouvais porter des vêtements de maternité sans jamais avoir été enceinte, Ava ressemblait davantage à Marilyn Monroe avec ses courbes sexy et proportionnées.

Notre patron et propriétaire de l'entreprise, Walter Coronado, s'est dirigé vers l'avant de la salle. Tout le monde s'est tu. Walter était un bon patron et traitait tous ses employés comme sa famille. C'était pour cela que les gens revenaient année après année travailler pour lui.

— Bonjour à tous. Êtes-vous prêts à retourner sur l'eau ?

Nous avons tous acclamé.

— Bien. Je suis prêt aussi. Nous allons passer en revue quelques éléments de base que la plupart d'entre vous ont déjà entendus, puis nous allons parler des visites que nous proposons cet été. Je suis vraiment enthousiaste pour cet été et j'ai hâte de le partager avec vous tous.

— Youhou ! a crié Ava.

Walter lui a souri. — Je suis content de voir que tu es tout aussi enthousiaste, Ava. Comment se sont passées les études ?

— Bien, a dit Ava, mais je suis prête à revenir ici pour quelques mois.

— Nous sommes heureux que tu aies pu revenir. Pour ceux d'entre vous qui sont nouveaux, nous organisons beaucoup d'événements pour les employés afin que vous puissiez tous vous connaître. J'espère que vous y participerez, a dit Walter, croisant le regard du personnel.

Je me suis adossée à mon siège au fond de la salle et j'ai observé les autres. La plupart d'entre eux, je les connaissais des années précédentes à travailler sur les bateaux. Quelques visages étaient nouveaux. Chaque été, le personnel rajeunissait de plus en plus. Pas les opérateurs, mais les guides. J'étais l'une des plus âgées qui restait, et à vingt-neuf ans, je ne me considérais généralement pas comme vieille.

Je comprenais, cependant. L'été dernier, l'un des autres guides était sur le point de se marier. Une autre était enceinte. L'une terminait ses études et ne revenait pas dans la région. C'était le genre d'emploi que la plupart des gens ne gardaient pas longtemps. Mais j'adorais ça. J'aimais plaisanter avec les touristes, être dehors et savoir que j'étais en sécurité parce qu'il n'y avait nulle part où se cacher sur les bateaux. Nulle part où se faire piéger ou acculer ou...

J'ai chassé ces pensées et me suis concentrée sur ce que Walter disait. Nous étions tous tenus d'avoir des permis de pêche et des certifications en RCP et en sauvetage. Pour conduire le bateau, une licence de capitaine était requise, et la plupart d'entre nous ne l'avions pas, mais en cas d'urgence, nous savions tous utiliser la radio et obtenir de l'aide si nécessaire. Walter ne prenait aucun risque avec ses clients ou ses employés.

La partie sur la sécurité était une révision pour moi, mais j'ai écouté quand même. Quand est venu l'heure du déjeuner, deux énormes plateaux de sandwichs sont arrivés, gracieuseté de Walter. Ava et moi avons pris de la nourriture et sommes retournées à nos places.

— C'est tellement bon, a-t-elle dit la bouche pleine. Je mourais de faim. Je n'ai pas pris de petit-déjeuner ce matin.

— Pourquoi pas ?

— J'essaie ce truc de jeûne intermittent. Une amie à moi a perdu énormément de poids en le faisant.

— Tu n'as pas besoin de perdre du poids, lui ai-je dit.

Elle a secoué la tête. — Oh, si, certainement. Si je pouvais perdre environ vingt kilos, j'aurais l'air tellement mieux.

— Tu n'as absolument pas besoin de perdre vingt kilos !

Ava a levé les yeux au ciel. — Si, vraiment.

— Les courbes sont sexy, et si quelqu'un qui te plaît ne peut pas voir ça, alors tu ne devrais pas être avec lui.

Ava a souri. — J'aimerais avoir ta confiance. On me néglige tout le temps pour les filles minces. J'en ai un peu marre. Je veux juste qu'un gars me regarde et que ses yeux me parcourent paresseusement de haut en bas avant qu'il ne sourie et me demande comment je m'appelle.

— L'université n'est pas le moment de juger les hommes sur la qualité de leurs choix, ai-je dit.

Elle a ri. — C'est vrai, mais je pensais avoir rencontré quelqu'un maintenant. Si je ne trouve pas L'Élu cette année, je crains d'être célibataire pour toujours.

— Serait-ce vraiment la pire chose au monde ? ai-je demandé.

Elle a haussé les épaules. — La pire chose ? Non. Mais je ne veux pas être célibataire. Je ne sais pas comment tu as fait pour rester célibataire si longtemps.

J'ai souri. — De bons vibromasseurs.

Ava s'est étouffée avec sa boisson et a lutté pour respirer tout en toussant. Je lui ai tapé dans le dos et me suis sentie mal de l'avoir scandalisée.

— Bon sang, a-t-elle haletée. Tu dois me prévenir avant de dire quelque chose comme ça.

— Désolée, ai-je dit avec un sourire ironique.

— Non, tu ne l'es pas, a dit Ava.

J'ai secoué la tête. — Non, je ne le suis pas.

Nous avons ri.

— Qu'est-ce que j'ai manqué ? a demandé Walter, retournant la chaise devant notre table pour nous faire face.

Ava et moi avons échangé un regard et avons éclaté de rire à nouveau.

— Croyez-moi, a dit Ava. Vous ne voulez pas savoir.

J'ai acquiescé.

Walter a haussé un sourcil foncé vers nous et a secoué la tête. — Faites comme si je n'avais rien demandé. Comment se porte mon équipe de rêve cette année ? Mesdames, êtes-vous prêtes à gérer les grands bateaux ?

Ava et moi avons échangé un regard et acquiescé.

— Bien. Je vais vous garder ensemble autant que possible. Elise, pendant qu'Ava termine ses études, je vais te jumeler avec quelques-uns des nouveaux guides. Nous devons trouver un troisième pour vous accompagner lors de certains de vos voyages. Tu dois me dire qui travaille bien avec vous.

— Je suis sûre que n'importe qui fera l'affaire, ai-je dit automatiquement.

Walter a souri. — J'en suis certain, mais je veux en être positif. Ça ne coûtera à personne son emploi, mais je fais confiance à ton jugement. Je sais que tu trouveras quelqu'un de génial à intégrer à ton équipe.

J'appréciais la confiance qu'il avait en moi, mais j'étais plutôt du genre à rester en arrière-plan. Je pouvais me présenter devant les clients et les faire rire, mais je n'étais pas douée quand il s'agissait de connaître mes collègues ou de déterminer qui convenait le mieux aux clients et qui ne l'était pas.

La seule raison pour laquelle Ava et moi étions amies, c'était parce qu'elle n'avait pas abandonné l'idée de me connaître. Elle avait toujours été gentille, mais c'était elle qui avait fait l'effort ces dernières années.

— Elle trouvera quelqu'un de génial, n'est-ce pas ? a demandé Ava avec beaucoup plus de confiance que je n'en ressentais.

J'ai acquiescé. — Oui.

Walter a soutenu mon regard pendant une minute de plus, puis a hoché la tête et demandé comment nous allions.

— Bien. Impatiente que les visites commencent, a dit Ava. Et impatiente que les examens soient terminés.

Walter a ri. — Ne vous pressez pas. L'université devrait être un moment amusant. Un moment pour vous trouver et comprendre qui vous êtes. Ce furent quelques-unes des meilleures années de ma vie. C'est tout en descente après l'université.

Walter et Ava ont ri, mais j'ai dû forcer un sourire et ravaler la bile qui menaçait de déborder. L'université avait été les trois pires années de ma vie. Si mauvaises que j'ai quitté l'université un an plus tôt et terminé mes études en ligne. Le simple fait d'être en vie et de survivre par moi-même rendait la vie après l'université bien meilleure que l'université elle-même.

La barre était basse pour moi.

Walter s'est levé et a frappé sur la table. — On y retourne. Elise, on parlera dans quelques semaines environ de ta première impression sur certains des nouveaux. Vous êtes prêtes pour une visite ?

Nous avons acquiescé et rangé notre déjeuner. Walter a conduit le groupe dehors vers les bateaux. Les bateaux de tourisme ne pouvaient pas accoster dans l'Anse à cause des eaux peu profondes, alors nous étions juste au sud de la ville sur la rive du fleuve. Le Saint-Laurent était bien assez profond pour les bateaux que Walter possédait. Tous les six.

— Oh, j'aime celui-là, a dit Ava quand elle a vu le bateau brillant et neuf dans l'eau au quai de Excursions au départ de la Crique.

J'ai ri. — Bien sûr que tu l'aimes.

— Allez, a dit Ava. Il est magnifique.

J'ai acquiescé. — Il l'est, mais je préfère ceux qui ont un peu vécu.

Ava a souri. — Ouais, ouais, je sais. Il faut qu'il soit rodé pour que tu saches qu'il est bon.

J'ai souri et l'ai suivie sur le pont du premier bateau. C'était l'un des plus grands de la flotte. Cove 1 et Cove 2 étaient utilisés pour les visites qui se rendaient régulièrement aux châteaux locaux et autres attractions touristiques.

Walter a passé en revue le bateau pour les nouveaux, leur montrant tous les petits détails qu'ils devaient connaître. Il leur a également rappelé qu'ils travailleraient toujours avec un membre d'équipage expérimenté, ils auraient donc de nombreuses occasions d'apprendre les particularités de chaque bateau.

Comme Cove 2 était exactement le même que Cove 1, nous nous sommes déplacés vers le quai suivant et sommes montés sur le plus petit bateau, celui utilisé uniquement pour les visites privées. Il n'était pas souvent utilisé, mais il était là et c'était un bon bateau.

Le dernier quai abritait les trois bateaux que je préférais, dont le nouveau qui était de la même catégorie de taille. C'étaient les bateaux utilitaires. Les bateaux qui étaient utilisés pour les croisières régulières mais qui accueillaient environ moitié moins de personnes. C'étaient les croisières déjeuner, les croisières dîner et les croisières au coucher du soleil. J'en avais conduit un quelques fois lors de croisières très calmes. Ça m'avait fait réfléchir à l'obtention de ma licence de capitaine, mais je n'avais pas encore pris cette décision. Surtout parce que les grands bateaux me faisaient peur.

Quand nous sommes montés sur le pont du nouveau bateau, Ava a soupiré. — Il est magnifique.

J'ai souri. — Oui, il l'est.

— Tu vois, je t'avais dit que tu l'aimerais.

J'ai ri doucement. Nous avons écouté le discours de Walter, puis sommes descendus du bateau et avons suivi le quai avec les autres. Walter nous a congédiés quand nous sommes revenus dans la salle de formation.

— J'espérais qu'on aurait le temps de boire un verre et de discuter, mais j'ai cours demain matin. La prochaine fois ? a-t-elle demandé. Je serai de retour ce week-end.

J'ai acquiescé. — Ça me va. Conduis prudemment en retournant à l'école.

— Oui, Maman, a dit Ava avec un sourire. Elle m'a serrée dans ses bras à nouveau, puis nous sommes parties dans des directions différentes vers nos véhicules.

J'ai conduit vers le nord en passant par L'anse MacKellar et j'ai pensé à m'arrêter en ville, mais j'étais prête à rentrer chez moi. Je suis entrée dans mon quartier et ai fait un signe à Mme Lockhart. Sa caravane était la première après l'entrée, et elle était la surveillance du quartier officieuse. Rien ne se passait sans sa connaissance, ou parfois sans son approbation. Savoir qu'elle surveillait toujours me faisait me sentir plus en sécurité et était l'une des raisons pour lesquelles j'ai acheté ma maison quand je suis revenue à L'anse MacKellar.

Certaines personnes méprisent les parcs de caravanes, ou les communautés de maisons mobiles si on est chic, mais j'adorais l'endroit où je vivais. Mes voisins veillaient tous les uns sur les autres. Nous nous réunissions régulièrement pour des rassemblements improvisés, et tout le monde s'entraidait. Et dans notre région du nord de l'État de New York, il y avait beaucoup de communautés comme la nôtre, pleines de personnes qui possédaient leur propre maison sur roues.

J'ai reculé ma voiture à hayon dans la place à côté de ma caravane et vérifié mes rétroviseurs avant de sortir. Satisfaite que personne ne soit aux alentours, je suis sortie et j'ai verrouillé la voiture, puis j'ai monté les deux marches jusqu'à ma porte. J'ai déverrouillé ma porte et suis entrée, fermant et verrouillant la porte derrière moi. J'ai écouté, même si je savais que j'étais seule, juste pour m'en assurer.

Ma caravane était petite avec un plan ouvert, exactement comme je l'aimais. Personne ne pouvait se cacher parce que mon placard n'avait pas de porte, et ma chambre non plus. La seule porte était celle de la salle de bain, et elle était grande ouverte avec une vue dégagée à travers le rideau de douche transparent.

J'ai versé un verre d'eau et l'ai emporté au canapé. J'ai allumé la télé et appelé ma mère.

— Comment c'était ? a dit ma mère quand elle a répondu au téléphone.

— La formation était bien, Maman.

— Ava était là ?

— Oui. Il lui reste un an et elle espère toujours trouver un poste d'enseignante ici. Elle cherche aussi un stage pour le deuxième semestre.

— Je vais me renseigner, a dit maman. Ma mère était également enseignante, mais elle était au lycée de L'anse MacKellar. Elle disait que si Ava voulait travailler avec elle, elle la prendrait sans hésiter, mais Ava était décidée pour le collège.

— Merci, Maman. Comment s'est passée ta journée ?

— Bien. Papa et moi avons sorti le bateau du garage. Ian va y jeter un coup d'œil pour nous.

— Bien. Dis-moi quand tu veux que je t'aide à le mettre à l'eau.

— Si Ian dit qu'il est bon, alors bientôt. Bob et Sandy ont déjà mis le leur à l'eau. Ils sont sortis aujourd'hui. Ils ont dit que c'était magnifique. Un peu froid, mais magnifique.

— C'était vraiment une belle journée. Walter a acheté un nouveau bateau pour les visites. Ava l'a adoré.

— Mais pas toi, a dit maman avec un sourire dans la voix. Tu préfères toujours les choses dont les bords ont été adoucis.

— C'est mieux quand tous les défauts ont été corrigés.

Maman a ri. — Eh bien, je ne peux pas toujours te contredire. Tu viens dîner demain soir ? Chelsea a dit qu'elle viendrait peut-être. Tu devrais l'appeler.

J'ai hoché la tête et me suis fait une note mentale pour prendre des nouvelles de ma cousine. Nous avions grandi comme des sœurs, toutes les deux enfants uniques de sœurs. Nos familles passaient beaucoup de temps ensemble quand nous étions plus jeunes. Chelsea et moi nous étions éloignées quand je suis allée à l'université, mais nous nous étions rapprochées ces dernières années en étant de nouveau dans la même ville.

— Je prévois de venir. Je lui parlerai. Tante Cathy et Oncle Ken viennent ?

— Oui. Et peut-être qu'un jour, vous deux, les filles, amènerez quelqu'un pour occuper ces deux dernières places à table.

J'ai fait un bruit évasif et laissé ma mère continuer. Elle savait que j'avais eu une relation sérieuse avec Andy à l'université, mais ils ne l'avaient jamais rencontré. Il ne voulait jamais voyager avec moi quand j'allais rendre visite à ma famille, et finalement, j'ai cessé de leur rendre visite. Pendant presque un an, je n'ai pas vu mes parents à cause de lui.

Je sais maintenant que c'était une chose de plus sur laquelle il voulait avoir le contrôle. Mais c'était à cause de lui que je n'amènerais jamais quelqu'un pour occuper la place vide à côté de moi à table. Peut-être que Chelsea aurait un enfant un jour et qu'elle pourrait occuper les deux places.

Non pas que je pensais que cela empêcherait ma mère de parler de mon besoin de me stabiliser.

— ...jamais le voir se produire. Je ne sais vraiment pas ce qu'il en est des jeunes d'aujourd'hui. Attendre une éternité pour se marier et avoir des enfants. Ne sais-tu pas que si tu ne commences pas à avoir des enfants bientôt, tu pourrais ne plus être capable ? Je veux dire, tu n'es plus si jeune, pas biologiquement.

— Je sais, Maman, ai-je dit. Je ne gagnerais jamais cette dispute avec elle, alors j'ai acquiescé et blâmé mon manque d'intérêt pour les rencontres sur le fait d'avoir grandi avec presque tous les hommes célibataires de la ville. Elle m'a dit que je devrais élargir mes horizons et sortir avec des hommes qui ne vivaient pas à proximité, mais je lui ai dit que je ne conduirais pas deux heures aller-retour pour un rendez-vous.

Et elle pensait que ma génération était folle.

— Promets-moi que tu me donneras un petit-enfant un

jour, Elise, a-t-elle supplié. C'était ainsi qu'elle terminait chaque conversation.

— Je promets d'essayer, ai-je dit, comme je le faisais toujours.

Elle a soufflé parce qu'elle voulait plus que cela, mais nous savions toutes les deux que je tenais mon entêtement d'elle, c'était donc le mieux qu'elle pouvait espérer.

— Je t'aime, Maman, lui ai-je dit pour apaiser un peu son irritation.

— Je t'aime, Elise. Nous parlerons bientôt. Je demanderai si quelqu'un connaît des hommes célibataires qui ne sont pas à plus d'une heure de route. Je te le ferai savoir.

— Non, Maman...

— Au revoir, chérie.

— Maman... J'ai regardé mon téléphone. Et elle m'a raccroché au nez. J'ai secoué la tête. Je ne pouvais pas dire que je la blâmais. Autrefois, je voulais des enfants. Deux, peut-être trois. Avec un grand jardin pour jouer et un mari qui nous choyait tous.

Ce rêve s'est terminé le jour où j'ai atterri à l'hôpital.

2

COLIN

J'ai fixé mon téléphone plus longtemps qu'il ne semblait raisonnable. Le message ne changeait pas. Il ne se réarrangeait pas pour former quelque chose de sensé. Il restait juste là, me suppliant de répondre.

RAMSEY HOLLAND

Quelques-uns d'entre nous se retrouvent chez O'Kelley's pour boire un verre. Vous devriez nous rejoindre.

J'ai rangé mon téléphone dans ma poche sans y jeter un autre regard. C'était mon avocat. On ne traîne pas avec un type qu'on paie pour travailler pour soi.

— Qu'est-ce que tu fais ? demanda Nicky Holbrook en posant une bière sur mon bureau.

Je n'ai pas pu m'empêcher de rire.

Il s'est assis et a levé un sourcil, me demandant silencieusement ce que je trouvais si drôle.

J'ai secoué la tête.

— Mon avocat vient de m'inviter à boire un verre.

— Et alors ?

J'ai haussé les épaules.

— J'ai dit non parce que je ne pense pas que ce soit une bonne idée de sortir avec quelqu'un qu'on paie.

Nicky m'a fait un sourire narquois et a secoué la tête.

— Alors je suppose que cette autre bière est aussi pour moi.

J'ai ri et j'ai attrapé la bouteille avant qu'il ne puisse la reprendre. Nicky travaillait pour ma grand-mère depuis des années. Depuis toujours, si on l'en croyait. Ils étaient devenus amis, et Nicky était resté même après qu'elle soit tombée malade et qu'elle ait cessé d'entretenir la Jones Family Maple Farm. Quand elle est décédée, Nicky est quand même resté, pour s'assurer qu'il ne se passait rien. Il n'était pas payé. Il n'avait pas reçu d'instructions. Il est simplement resté parce qu'il était ce genre d'homme.

— Les choses ici ne sont pas les mêmes que là où tu as grandi, Colin. Les gens ici veillent les uns sur les autres. Ils se soucient les uns des autres. Et ton avocat t'invite parfois à boire un verre. Ça ne veut pas dire que vous devez être amis, mais ça signifie que vous pouvez l'être si vous le souhaitez.

J'ai dévissé le bouchon de la bouteille et l'ai jeté dans la poubelle sous mon bureau. Un des nombreux projets que j'espérais réaliser un jour. Je ne savais pas ce que j'allais faire de tous ces bouchons, mais je finirais bien par trouver quelque chose.

— Je n'ai pas le temps pour des amis, ai-je dit à Nicky. Je travaille quatre-vingts heures par semaine. Quand j'ai fini, je peux à peine tenir debout, alors sortir et boire une bière...

— Mais tu peux rester chez toi et en boire une ?

J'ai levé les yeux au ciel.

— Écoute, petit, je comprends. Tu n'es ici que depuis quelques mois. C'est difficile de rencontrer de nouvelles personnes. Mais traîner avec moi tout le temps ne va pas être bon pour toi. Je suis vieux, grincheux et trop têtu. Si tu n'es pas prudent, tu finiras comme moi.

— Je ne sais pas si ce serait si terrible.

Nicky a ri, d'un rire rude et usé. Il n'avait jamais été fumeur, mais il en avait l'air. Il aimait autant son whisky que sa bière, et il passait plus que sa part d'heures dehors dans le froid. Il blâmait le froid plutôt que le whisky pour sa voix rauque.

— Crois-moi, tu ne veux pas finir comme moi. La vie est meilleure quand tu as une femme à tes côtés et quelques amis pour boire une bière de temps en temps.

J'ai secoué la tête.

— Peut-être un jour, mais les choses sont trop occupées en ce moment. Je dois me concentrer sur la ferme pendant les premières années. Mettre les choses en ordre. Ensuite j'y penserai.

Nicky a secoué la tête.

— Tu le regretteras. Tu vieillis déjà.

— Hé ! Trente-neuf ans, ce n'est pas vieux.

Nicky a souri et a levé sa bière vers moi.

— Quarante, si. Il ne te reste que deux mois.

— Quarante ans, ce n'est toujours pas vieux. Et si la femme n'est pas la bonne, elle n'en vaut pas la peine.

— Tu parles d'expérience ? demanda Nicky.

J'ai haussé les épaules. On apprenait encore à se connaître, et je n'étais pas très bavard. Je ne partageais pas beaucoup de choses sur mon passé, et surtout pas sur mes erreurs passées.

— Je n'ai pas été moine pendant trente-neuf ans.

— Cela signifie soit que tu es trop difficile pour laisser entrer la bonne, soit que tu sais exactement ce que tu veux chez une femme. Ou un homme ? Je n'ai jamais demandé.

— Je sais ce que je veux chez une femme. Si je pensais avoir rencontré la bonne, je la laisserais entrer.

Mon esprit s'est tourné vers l'amie de Ramsey. Elise. Elle était à l'inauguration, mais nous ne nous sommes rencontrés que pour un instant. À peine un instant. Elle était magnifique d'une manière que la plupart des hommes négligeaient. Je l'ai vue de dos avant de voir son visage, et j'admets que c'était un comportement de connard, mais merde, ses courbes m'avaient fait saliver avant même que je m'approche. Quand elle s'est retournée et m'a souri, c'était hésitant, mais j'ai eu l'impression d'être frappé par la foudre.

Je ne l'avais pas revue depuis, mais je ne m'étais pas non plus beaucoup aventuré loin de la ferme. Je ne mentais pas quand je disais que le travail prenait tout mon temps.

Nicky s'est levé et a glissé sa bouteille vide dans la poubelle près de la porte.

— Je pense toujours que tu devrais aller retrouver ton avocat pour boire un verre. Peut-être qu'il a une amie mignonne qu'il peut te présenter.

J'ai gloussé et secoué la tête, mais je ne pouvais pas nier qu'il avait raison. Si je voulais rencontrer Elise et peut-être apprendre à la connaître, Ramsey était un lien avec elle.

— Penses-y. Et dors un peu cette nuit. Tu n'as pas besoin d'être ici quand j'arrive le matin.

J'ai hoché la tête, même si nous savions tous les deux que je serais probablement là. Nicky a frappé sur le cadre de la porte et est parti, me laissant dans mon bureau silencieux et solitaire.

Ma grand-mère travaillait dans la grange, mais j'ai décidé que j'avais besoin de m'étendre davantage. J'ai déplacé le bureau dans l'une des chambres de la maison principale, et j'avais prévu d'abattre les murs du bureau dans la grange pour qu'on puisse y faire plus de choses. C'était un autre projet pour Un Jour. J'avais vraiment besoin d'en noter certains.

J'ai sorti mon téléphone pour chercher une application de

liste et j'ai cliqué sur l'application de messages à la place. Cela faisait une heure que Ramsey m'avait envoyé un message. Combien de temps les gens restaient-ils dans un bar, si O'Kelley's était un bar ?

J'ai cherché l'endroit et trouvé une adresse. Ce n'était pas loin, et bien que je me sois remis en question, j'ai attrapé mon sweat-shirt et me suis dirigé vers mon pick-up.

La ville était calme, mais je ne m'attendais pas à grand-chose un mardi soir. J'ai écouté les directions que mon téléphone me lisait et j'ai trouvé l'endroit juste au bord de l'eau. C'était définitivement un excellent emplacement, et à en juger par les voitures garées devant, c'était populaire.

J'ai trouvé une place à un pâté de maisons et j'ai marché jusqu'au bar. L'intérieur était un peu sombre, mais pas au point de ne rien voir. J'ai rapidement scanné l'endroit et je ne pensais pas voir Ramsey.

Le barman a croisé mon regard et a hoché la tête une fois, que ce soit en invitation ou pour me faire savoir qu'il me surveillait, je n'étais pas sûr. Selon la personne, ça pouvait vraiment aller dans les deux sens.

Je me suis dirigé vers le bar et j'ai pris un tabouret au milieu.

— Qu'est-ce que je vous sers ? demanda le barman.

C'était un grand type, presque de ma taille, avec des yeux sombres et une barbe noire. Sa casquette de baseball affichait le logo du lycée local, et son t-shirt blanc s'étirait sur sa poitrine, faisant savoir à tout le monde qu'il pourrait leur botter les fesses s'ils dépassaient les bornes.

— Une bière. N'importe laquelle en pression.

Il a fait un geste vers la liste.

— Je pourrais deviner pour vous ou vous pourriez en choisir une. C'est vous qui voyez.

— Une Bud, ça me va, lui ai-je dit.

Il a hoché la tête et tiré le levier.

— Vous êtes le petit-fils de Cleotha, n'est-ce pas ?

J'ai acquiescé, curieux que l'homme en face de moi connaisse ma grand-mère.

— C'était une sacrée bonne dame. Je suis désolé pour votre perte.

J'ai hoché la tête à nouveau.

— Merci.

Ma grand-mère était une bonne femme, mais elle était aussi un peu un mystère pour moi. Mes parents se sont rencontrés à la Jones Family Maple Farm, et quand ma mère est morte, mon père n'a pas pu rester dans la région. Cela lui rappelait ma mère, et il a choisi de partir pour pouvoir se concentrer sur moi au lieu de se laisser noyer par son chagrin.

Mais cela signifiait que j'ai grandi sans ma grand-mère ni ma mère. Mon père était merveilleux, et nous sommes toujours proches, mais il y a une partie de moi qui savait que j'étais parfois trop bourru.

— Je suis Hudson. Cet endroit est à moi, dit le barman. Le premier verre est offert puisque vous n'êtes jamais venu ici. J'espère que vous reviendrez.

— Merci, ai-je dit. J'étais en fait censé rencontrer quelqu'un ici.

— Ne me dites pas que c'est quelqu'un de cette application de rencontre, dit Hudson avec un grognement.

— Application de rencontre ?

Il a levé les yeux au ciel.

— Une des locales est une sorte de génie technologique et elle a créé une application. Toutes les femmes des environs en sont folles, mais comme elles savent que je ne laisserai personne faire de conneries, elles rencontrent leurs rendez-vous ici. Qui êtes-vous censé rencontrer ?

J'ai secoué la tête.

— Personne de l'application. Mon avocat en fait. Ramsey Holland. Il m'a suggéré de passer.

Hudson s'est détendu.

— Désolé. Vous les avez manqués d'environ dix minutes.

J'ai haussé les épaules.

— Peut-être la prochaine fois.

Hudson a hoché la tête.

— Hé, ravi de vous rencontrer. Si vous avez besoin d'autre chose, faites-moi signe. La cuisine ferme à neuf heures ce soir, donc si vous avez faim, nous devons passer commande bientôt.

J'ai pris le menu et l'ai remercié, réalisant que j'avais un peu faim. Cela n'a pas pris longtemps pour décider quoi manger et passer ma commande. J'ai également demandé une autre bière et observé le bar autour de moi.

Il y avait une piste de danse sur le côté. Les toilettes se trouvaient le long du couloir. Un vieux juke-box était installé dans le coin avant et des tables de billard formaient un carré au fond. Des box longeaient l'avant et le côté de l'espace, avec des tables éparpillées au milieu. Les serveuses se frayaient un chemin avec des plateaux de nourriture, de boissons et des sourires pour tout le monde.

Ce n'était pas follement bondé, mais c'était plus animé que ce à quoi je m'attendais pour un bar de petite ville un soir de semaine.

— Hudson, je me ressers, entendis-je une femme crier à quelques tabourets de là.

Je me suis tourné et l'ai regardée tendre le bras par-dessus le bar et saisir le pistolet à soda. Ses seins s'écrasaient sur le dessus, son cul en l'air. Elle tirait la langue sur le côté de sa bouche tandis qu'elle regardait, complètement concentrée sur le liquide remplissant son verre.

Elle s'est arrêtée à mi-chemin et a remis le pistolet à soda en place, puis a posé le verre sur le comptoir et s'est détachée du bar.

Elise.

Cela n'avait aucun sens que je sois si hypnotisé par elle. Elle avait ses cheveux violets relevés en un chignon désordonné. Un sweat-shirt noir cachait le haut de son corps. Un jean moulait ses jambes. Elle portait même des chaussures qui ressemblaient à des pantoufles. Des mèches glissaient sur son visage, et elle a soufflé sur le côté de sa bouche pour les repousser, puis a pris une gorgée de sa boisson.

Elle incarnait la mignonnerie. Et avec ces courbes, elle incarnait le sexy.

Elle a tourné la tête et a croisé mon regard. Presque aussi vite qu'elle m'avait vu, elle a détourné le regard, ses yeux glissant juste au-delà des miens comme si je n'étais personne d'important. Encore une fois, je ne l'étais pas. Nous nous étions rencontrés une fois, et ce n'était pas pour longtemps. Elle ne se souvenait peut-être même pas de moi.

J'ai ouvert la bouche pour lui dire quelque chose, mais elle a sauté de son tabouret et s'est détournée. Je l'ai regardée traverser la foule, souriant aux gens en se déplaçant. Quand elle s'est arrêtée, elle s'est assise à une table d'autres femmes, des femmes que je ne connaissais pas mais que je reconnaissais.

J'ai supposé que dire bonjour était hors de question. Je n'avais même pas voulu rencontrer mon avocat, et je n'allais certainement pas m'imposer à un groupe de femmes que je ne connaissais pas juste pour dire bonjour à l'une d'entre elles.

— Vous connaissez Elise ? demanda Hudson.

Je ne l'avais pas entendu revenir, mais je n'étais pas surpris. Il avait clairement indiqué qu'il ne me laisserait pas, ni personne d'autre, foutre le bordel dans son bar.

J'ai secoué la tête.

— Pas vraiment. Elle est venue à l'inauguration et nous nous sommes rencontrés, mais c'est tout. Elle est amie avec la femme de Ramsey.

Hudson a hoché la tête.

— Ouais. Elles sont toutes amies.

J'ai jeté un nouveau coup d'œil à la table, juste à temps pour voir Elise rejeter la tête en arrière et rire de quelque chose que quelqu'un avait dit.

Quand j'ai finalement détourné le regard, Hudson était parti, mais je savais qu'il avait remarqué. Je n'étais pas vraiment subtil. Mon dîner est arrivé, livré par l'une des serveuses, pas Hudson. J'ai mangé et fini ma bière, puis j'ai glissé quelques dollars dans le pot à pourboires. J'ai fait un signe de tête à Hudson et l'ai remercié pour la bière.

Juste avant d'atteindre la porte, Elise et l'une de ses amies y sont arrivées.

— Hé, n'êtes-vous pas le type de la ferme d'érable ? m'a demandé son amie.

J'ai acquiescé.

— C'est moi. Je suis Colin.

— C'est vrai. Nous nous sommes rencontrés lors de l'inauguration. Ravi de vous revoir, Colin. Je suis Trinity. Et voici Elise.

J'ai serré la main de Trinity puis j'ai tendu la mienne à Elise. Elle l'a fixée pendant un long moment jusqu'à ce que son amie la bouscule. Elise a forcé un sourire et a mis sa main dans la mienne pour le plus bref des moments. Ce simple contact rapide a suffi à envoyer une étincelle en moi, mais Elise ne ressentait visiblement pas la même chose.

— Nous ne vous avons pas vu ici avant, a poursuivi Trinity.

— Oh, euh, oui, j'ai travaillé comme un fou. J'étais en fait ici pour rencontrer quelqu'un. Euh, Ramsey. Je crois que vous le connaissez.

Trinity a ri et hoché la tête.

— En effet. Je pensais que vous alliez dire que vous rencontriez quelqu'un de À la Recherche du Héros Littéraire Parfait.

— Qu'est-ce que c'est ? lui ai-je demandé.

— C'est une application de rencontres. Pas de jugement si c'était le cas, dit Trinity.

— Non, je... très honnêtement, je n'ai pas le temps de sortir avec quelqu'un.

— Vraiment ? Eh bien, c'est dommage, dit Trinity. Peut-être que les choses vont se calmer pour vous à un moment donné. Mais beaucoup de gens sont occupés en été, n'est-ce pas, Elise ?

Elle a donné un coup de coude à Elise, qui a acquiescé.

— Elise travaille pour Excursions au départ de la Crique, les excursions en bateau. Elles vont bientôt commencer, et elle va être follement occupée. C'est ce qui arrive quand on vit dans une région qui ferme pour l'hiver.

J'ai hoché la tête et essayé de comprendre ce qui se passait.

— Bon, nous devrions y aller, dit Trinity. C'était agréable de vous revoir.

— Pour moi aussi, lui ai-je dit. J'ai souri à chacune d'elles, mais Elise m'a à peine remarqué. J'ai essayé de me dire que c'était pour le mieux.

Je suis sorti derrière elles, mais elles marchaient dans la direction opposée de là où j'avais garé mon pick-up. Je suis monté et j'ai allumé le chauffage, ayant besoin d'un peu de chaleur pour combattre le froid de la nuit printanière.

Sur le chemin du retour, j'ai essayé de déterminer si Trinity flirtait avec moi ou si elle essayait de m'inciter à inviter Elise. Au moment où je suis arrivé chez moi, j'ai réalisé que ça n'avait pas vraiment d'importance parce que je n'avais pas le temps de sortir avec quelqu'un. Je n'avais le temps pour rien faire.

Mais je voulais revoir Elise.

Même si je savais que ce n'était pas une bonne idée, j'ai cherché l'application de rencontres mentionnée par Trinity. Avant de pouvoir me convaincre de ne pas le faire, j'ai téléchargé l'application. Je ne l'ai pas ouverte, mais elle était là. Au moins, peut-être que quand je serais prêt à sortir avec quelqu'un, je pourrais rencontrer quelqu'un.

Peut-être qu'Elise y était.

3

ELISE

J'ai fermé ma veste et attaché mes cheveux en queue de cheval. Il allait faire froid sur l'eau pour ma première visite, mais cela vaudrait la peine d'être dehors à l'air frais avec le vent et l'eau qui tourbillonnaient autour de moi.

La saison touristique ne battrait pas son plein avant quelques semaines, mais Walter aimait commencer tôt pour que nous ayons quelques sorties avant que les choses deviennent trop chargées. Surtout pour les nouveaux. C'était bon pour eux de faire partie des petits groupes avant d'affronter ceux qui remplissaient presque les bateaux.

Le parking des employés était calme quand je suis arrivée. Les autres sociétés de tourisme ne faisaient pas naviguer leurs bateaux avant une semaine, ce qui était agréable pour nous. J'ai verrouillé ma voiture et jeté mon sac à dos sur mon épaule, frissonnant à cause du froid dans l'air.

— Salut, je suis Cami, m'a dit une femme en s'approchant de moi. Je l'ai reconnue de la formation comme l'une des nouvelles embauches pour l'été. Tu es Elise, c'est ça ?

J'ai hoché la tête. — C'est moi. On travaille ensemble aujourd'hui. Tu es prête ?

Elle a acquiescé, avec un large sourire. Elle avait cet air frais et nouveau de quelqu'un qui n'avait jamais fait ça auparavant. Elle avait définitivement de l'énergie, ce qui serait une bonne chose quand nous en serions à notre quatrième voyage de la journée et qu'il nous en resterait encore deux à faire. Ses cheveux noirs étaient attachés en une épaisse queue de cheval. Elle était intelligente et ne portait pas de maquillage, avec un legging sous son sweat-shirt et sa veste Excursions au départ de la Crique.

— J'ai toujours voulu faire quelque chose comme ça. J'ai grandi un peu au nord d'ici et j'ai travaillé pendant mes études. Je ne suis toujours pas totalement fixée sur ce que je veux faire de ma vie, alors je me suis dit que travailler ici pour un été serait amusant. Peut-être plus longtemps si ça me plaît.

J'ai souri. Je me demandais toujours si c'était un léger affront quand les nouveaux me parlaient de travailler ici quelques années jusqu'à ce qu'ils décident quoi faire de leur vie, ou s'ils étaient simplement inconscients. Cami avait une aura d'inconscience.

Et de toute façon, peu importait ce qu'ils pensaient. J'aimais mon travail. Je m'amusais chaque jour et j'étais libre. Personne ne pouvait me dire ce que je devais faire de moi-même.

— C'est un super travail. Tant que ça ne te dérange pas le soleil, le vent et de parler, lui ai-je dit.

Cami a ri. — Je peux gérer tout ça. Depuis combien de temps fais-tu ce travail ?

— Six ans, lui ai-je dit, me préparant au tressaillement et à la tentative de dissimuler sa surprise. J'avais fait carrière dans un emploi que la plupart des gens essayaient pendant un été ou deux. Peu importait parfois que leur opinion ne soit pas importante. Les gens regardaient de haut les autres tout le temps.

— Sérieusement ? C'est génial. Ça me donne vraiment l'espoir que ce sera un endroit formidable pour travailler.

— C'est le cas, lui ai-je dit honnêtement. Eh bien, elle m'a vraiment surprise.

— Trop cool. Maintenant j'ai encore plus hâte de commencer.

J'ai souri et lui ai tenu la porte. — Alors allons-y.

Nous avons eu une courte réunion avec Walter, puis nous nous sommes divisés en équipes pour la journée. Cami est restée à mes côtés alors que nous nous dirigions vers notre bateau.

— Wow. C'est magnifique. Combien de personnes peuvent monter à bord ?

— Il peut accueillir cent cinquante personnes, mais nous n'en aurons pas autant aujourd'hui. Nous aurons de la chance si les bateaux sont remplis au tiers.

Cami a hoché la tête. Elle avait l'air un peu verte, mais sa couleur est légèrement revenue. — C'est bien. Je n'étais pas préparée pour autant de monde.

— Tu es anxieuse de parler devant un grand groupe ? lui ai-je demandé.

Elle a secoué la tête. — Pas d'habitude. J'ai fait des études de théâtre, mais c'était jouer un rôle. J'avais un personnage. Là, c'est moi.

J'ai haussé les épaules et secoué la tête. — Ça ne doit pas forcément être le cas. Tu peux créer le personnage que tu veux être quand tu es là-haut.

— Comment ? Mon nom est juste là sur ma chemise.

J'ai ri. — C'est vrai, mais tu n'as pas besoin d'être toi, Cami. Il y a d'autres femmes nommées Cami dans le monde. Peut-être que tu es Cami qui visite la région pour l'été et cherche à épouser un homme riche et plus âgé. Ou peut-être que tu es Cami qui est timide et tranquille et veut rester discrète. Ou peut-être que tu es Cami qui est bruyante et amusante et toujours prête à faire la fête. Tu peux être qui tu veux parce que les chances de revoir la plupart des personnes sur le bateau sont quasi nulles.

Elle a souri et incliné la tête. — Je n'y avais jamais pensé. Wow. J'adore cette idée. Tu fais ça ?

J'ai souri. — Je ne le dirai jamais.

Elle a ri, sans insister pour plus d'informations. Habituellement, les gens prenaient cette déclaration comme une plaisanterie. La vérité était un peu trop proche de la réalité pour la leur dire. Même Ava ne connaissait pas toute la vraie moi. Elle connaissait la version que je partageais au travail.

Mes amis en savaient plus que quiconque. Ils savaient que j'avais été dans une mauvaise relation qui m'empêchait d'en vouloir une autre à jamais. Ils savaient que je n'allais pas bien, et que je n'irais probablement jamais bien. Et ils savaient que je voulais que chacun d'entre eux soit heureux plus que tout au monde. Certains connaissaient la plupart de l'histoire, mais il y avait des choses que je n'avais jamais dites à personne. Des choses que je ne pouvais pas me résoudre à admettre.

— Quels autres conseils as-tu pour moi ? a demandé Cami, me ramenant à notre conversation.

Je lui ai recommandé de faire connaissance avec l'équipage de tous les bateaux parce que nous étions souvent déplacés, et j'ai été honnête sur le fait que Walter m'avait demandé d'évaluer les nouveaux pour en trouver une troisième personne qui travaillerait régulièrement avec Ava et moi.

— J'adorerais ça, mais je sais que si tu ne me recommandes pas, il y aura une bonne raison. Est-ce que je peux te demander quelque chose ?

J'ai acquiescé et me suis concentrée sur elle.

— S'il y a quelque chose que je fais que tu penses que je pourrais améliorer, me le diras-tu ?

J'ai acquiescé à nouveau. — Je le ferais de toute façon. C'est un super travail, mais en fin de compte, nous sommes ici pour travailler. S'il y a quelque chose que toi ou quelqu'un d'autre fait qui affecte notre capacité à gagner de l'argent, je n'ai pas peur de le partager. J'ai quelques règles personnelles, qu'elles soient justes ou non, j'attends de tout le monde qu'il les respecte.

— Quelles sont-elles ?

J'ai souri. — Premièrement, pas de drague avec les passagers. Ce n'est pas ton application de rencontres. Deuxièmement, pas de langage inapproprié devant des invités de tous âges. Et troisièmement, ne lave pas ton linge sale au travail, avec les invités ou les collègues. Si tu es amie avec quelqu'un ici, c'est bien, mais va ailleurs pour parler de choses personnelles. Les invités entendent beaucoup, et ils ne veulent pas être entraînés dans ton drame.

Cami a hoché la tête. — Ça me semble être de bonnes règles. Je peux vivre avec ça.

— Bien, parce que tu vas devoir le faire. Tu es prête ?

Elle a acquiescé à nouveau et m'a suivie jusqu'à la barre. Ned était à l'intérieur en train de faire ses vérifications préliminaires. Nous avons attendu patiemment qu'il termine son étape et se tourne vers nous.

Les yeux brun foncé de Ned se sont illuminés quand il m'a vue. Il a posé le tableau et m'a soulevée.

— Bon sang, ça fait du bien de te voir, Elise. Comment était l'hiver ?

— Bien, ai-je dit, en rendant son étreinte à Ned. Nous avions travaillé ensemble depuis que j'avais commencé ici. Il était comme un père pour moi, veillant toujours sur moi et s'assurant que j'allais bien. Il avait demandé à travailler avec moi quand je débutais, et nous étions restés proches. — Nous avons une nouvelle avec nous aujourd'hui. Voici Cami. Cami, voici Ned. C'est le meilleur capitaine que nous ayons, alors traite-le bien.

— Enchantée de faire votre connaissance, a dit Cami avec un large sourire.

— Toi aussi, Mlle Cami. Est-ce ta première saison avec nous ?

Cami a acquiescé. — Oui. J'ai toujours voulu faire ça, et je me lance enfin.

Ned a secoué la tête. — Pas de plongeons sur mes bateaux. Je vise à nous maintenir au-dessus de l'eau.

Cami a ri quand Ned lui a fait un clin d'œil. — J'aime ce plan.

— Pouvons-nous aider ? ai-je demandé à Ned.

Il a secoué la tête à nouveau. — Non, je m'en occupe. Je l'ai sortie hier pour m'assurer que tout était en parfait état. Je révise juste pour m'assurer que je n'ai rien manqué. Je n'ai pas encore été derrière le bar, par contre.

J'ai acquiescé et serré son bras. — Nous allons nous en occuper. Appelle-nous si tu as besoin de nous.

— Bien sûr. Content de te voir, et ravi de te rencontrer, Cami.

— Moi aussi, a-t-elle dit avec un sourire.

Nous nous sommes dirigées vers l'arrière du bateau. Le snack-bar était toujours bien approvisionné, mais comme c'était la première sortie, il était possible que certains articles aient changé ou ne soient pas encore arrivés. Cami et moi avons passé la liste en revue et déplacé les choses là où nous les voulions derrière le bar. Au moment où nous avions terminé, le bureau nous appelait à propos de notre liste.

— Salut, Elise, a dit Wendy à travers l'oreillette. Nous avons quarante-sept personnes enregistrées. Six autres ont acheté des billets, mais je n'ai pas encore eu de leurs nouvelles. Nous sommes prêts à commencer l'embarquement quand vous l'êtes.

J'ai regardé Cami. Elle a levé les sourcils en interrogation, et j'ai dit : — Va demander à Ned s'il est prêt, s'il te plaît.

Cami a hoché la tête et s'est précipitée vers l'avant où Ned regardait encore autour de lui.

— Nous vérifions avec Ned, mais à l'arrière, nous sommes prêts.

— Compris, a dit Wendy. Elle savait qu'il ne faudrait que quelques secondes pour demander à Ned et attendait la réponse.

— Il est prêt, a crié Cami, sortant en trombe de la cabine et revenant en courant vers moi.

— Calme-toi, lui ai-je dit. Détends-toi et respire. Nous avons beaucoup de temps et une longue journée. Ne t'épuise pas avant que notre premier voyage ne commence.

Cami a acquiescé et s'est assise sur l'un des bancs. J'ai rappelé Wendy et lui ai dit que nous étions prêts, et elle a dit que les passagers se dirigeraient vers nous.

— Il est temps d'accueillir nos invités, ai-je dit à Cami.

Elle m'a suivie jusqu'au côté bâbord où les invités embarqueraient. Je me suis tenue sur le quai, et Cami s'est positionnée sur le bord du bateau. Nous avons regardé nos premiers invités de la journée, et de l'année, marcher sur le quai vers nous.

— Bienvenue, ai-je dit avec un large sourire. Merci de vous joindre à nous aujourd'hui.

— Merci, ont répondu beaucoup d'entre eux en me dépassant rapidement pour monter à bord.

Cami répétait le même petit discours à tout le monde, leur faisant savoir qu'il y avait des places assises en haut ou en dessous et qu'ils pouvaient choisir leur place et seraient autorisés à se déplacer pendant la croisière.

Les invités ont filtré jusqu'à ce que le quai soit vide. J'ai poussé un bref soupir de soulagement de ne connaître personne sur le bateau. Parler devant des connaissances était toujours plus difficile que devant des étrangers.

— La file est vide et il n'en reste que quelques-uns à venir, ai-je dit à Cami, alors pourquoi n'irais-tu pas te tenir derrière le bar au cas où quelqu'un voudrait quelque chose avant notre départ.

Elle a hoché la tête et plaqué un sourire avant de s'éloigner.

J'ai incliné la tête en arrière et laissé le soleil réchauffer mon visage. À la fin de l'été, j'en serais malade, mais pour l'instant, j'appréciais la chaleur sur ma peau fraîche. Je portais un jean et mon T-shirt Excursions au départ de la Crique, mais je l'avais recouvert d'un sweat-shirt et d'un coupe-vent avec le logo Excursions au départ de la Crique. Nous étions tenus de porter des vêtements à la marque pour que les invités sachent que nous étions l'équipage.

— Suis-je en retard ? a demandé une voix, me faisant sursauter. Ses pas étaient silencieux sur le vieux quai en bois et je ne l'avais pas entendu arriver. Il était proche, et j'ai failli sauter, ce qui m'aurait envoyée dans l'eau glacée.

Puis j'ai ouvert les yeux et j'aurais souhaité avoir sauté. Parce que cela m'aurait évité la visite.

— Euh, non, ai-je dit, forçant mon cœur à ralentir et mon visage à afficher un sourire. Nous avons encore quelques passagers à embarquer. Il y a des places assises en haut ou sous le pont. Nous avons aussi un snack-bar en dessous.

— Merci. Je, euh... désolé, je ne savais pas que vous seriez ici. Hudson, le barman chez O'Kelley's, a mentionné que vous travailliez pour cette compagnie, alors je me suis inscrit pour une visite puisque je me suis dit que si vous y travailliez, c'était bien, mais je n'avais pas réalisé... Je suis Colin. Nous avons parlé l'autre soir. Chez O'Kelley's. Et je possède la

Jones Family Maple Farm. Nous nous sommes rencontrés lors de l'inauguration. Melody nous a présentés.

J'ai acquiescé et prié pour que mon sourire reste en place. Je savais exactement qui il était. C'est pourquoi j'aurais souhaité être n'importe où sauf ici. Parce qu'il était le genre d'homme dont je devais me tenir à l'écart. Le genre qui pouvait me désarmer d'un regard, qui pouvait me faire le désirer d'un sourire, et qui me terrifiait parce que la même chose était vraie pour mon ex.

— Oh, euh, oui, je me souviens de vous. Content de vous revoir. Heureusement, plus de gens sont arrivés derrière lui. Vous devriez trouver une place. Nous allons bientôt partir.

Colin a hoché la tête et est monté sur le bateau comme s'il ne se rendait pas compte que quelque chose d'étrange se passait. C'était bien, mais ça me mettait encore plus sur les nerfs. Andy faisait la même chose. Il était inconscient de ce que je ressentais. Maintenant je savais que ce n'était pas de l'inconscience, c'était un manque d'intérêt, mais à l'époque, c'est ainsi que je le ressentais.

Une autre raison de rester loin de Colin Jones.

J'ai souri et accueilli les nouveaux passagers, les cochant sur le compteur dans ma main. J'ai parlé à Wendy par radio et confirmé le nombre avec elle. Elle a dit que nous étions prêts à partir. J'ai relayé le message à Ned, puis j'ai vérifié avec Cami. Elle était bien derrière le snack-bar et voulait me regarder travailler quelques jours avant d'essayer de diriger une visite. Je ne lui ai pas dit que c'était de toute façon la politique, mais je la renseignerais une autre fois. Elle semblait pouvoir être un bon élément, et je voulais l'aider.

J'ai pris le casque et l'ai fixé autour de mon cou. J'ai positionné le micro et essayé de regarder autour sans que ce soit trop évident ce que je faisais. Quand je n'ai pas vu Colin en bas, j'ai fermé les yeux et pris une profonde respiration, priant pour l'avoir simplement manqué même si je savais que ce n'était pas le cas.

Je me suis forcée à sourire en montant les escaliers. C'était pire que je ne le pensais. Non seulement il était en haut, mais il était au premier rang, ce qui signifiait qu'il n'y avait aucun moyen de me convaincre qu'il n'observait pas chacun de mes mouvements et ne buvait pas chacune de mes paroles.

Il était temps de faire apparaître Elise Confiante.

— Bonjour à tous ! ai-je dit avec entrain en passant devant les rangées de bancs jusqu'à l'avant du bateau. C'est une belle journée pour notre première visite de la saison. Je suis Elise, et je serai votre directrice de croisière aujourd'hui. Soyez indulgents avec moi parce que je n'ai jamais été ici auparavant. Nous allons voir les chutes du Niagara, n'est-ce pas ?

Les murmures préoccupés étaient ce que j'espérais.

J'ai ri et secoué la tête. — Je plaisante. C'est ma sixième année en tant que guide pour Excursions au départ de la Crique. J'ai grandi dans cette région et y ai vécu toute ma vie sauf les quelques années où j'étais à l'université. Combien d'entre vous sont ici pour leur premier voyage aux Mille-Îles ?

Quelques mains se sont levées.

— Bien. Bienvenue au plus bel endroit sur Terre.

Il y a eu quelques ricanements et quelques hochements de tête.

— Les Mille-Îles est un lieu de vacances vraiment magnifique qui attire des visiteurs de partout. Pour être comptée comme l'une des Mille-Îles, une île doit avoir au moins un pied carré au-dessus du niveau de la mer toute l'année et soutenir un arbre vivant. Toutes les îles sont soit au Canada, soit aux États-Unis. Aucune n'est partagée entre les deux pays. Quelqu'un sait-il combien d'îles composent les

Mille-Îles ?

Quelques personnes ont levé la main.

— Mille ?

J'ai secoué la tête. — Plus que ça.

— Deux mille ?

— Moins.

— Mille cinq cents.

J'ai souri. — Plus.

— Mille sept cent cinquante ?

J'ai ri avec le reste des passagers. — Je sens une tendance ici. Et plus.

— Mille huit cents.

— Plus.

— Mille neuf cents.

— Moins.

— Mille huit cent cinquante.

— Plus.

— Mille huit cent soixante-quinze.

— Moins.

— Mille huit cent soixante ?

— On s'en rapproche, mais plus. J'ai levé deux doigts très rapprochés.

Ensemble, les passagers ont compté jusqu'à dire mille huit cent soixante-quatre.

— Enfin ! ai-je crié. Correct ! Il y a mille huit cent soixante-quatre îles. Et maintenant que nous avons tous appris cela, nous sommes sur l'eau où nous pouvons commencer à en voir certaines. J'ai indiqué le côté canadien de la rivière. À ma droite, c'est le Canada. Comme vous le savez tous, à gauche se trouvent les États-Unis. Le fleuve Saint-Laurent sépare les deux pays. Beaucoup des îles sont des îles privées appartenant à une personne ou une famille. Si vous êtes à la recherche d'une maison, l'île qui arrive sur notre gauche est actuellement à vendre. La maison est située sur une île privée aux États-Unis. C'est une belle maison de deux mille quatre cents pieds carrés. Les vendeurs ont inclus les bateaux et tous les meubles de la maison avec le prix demandé très raisonnable de deux virgule trois millions.

Les rires et les hoquets de surprise se sont mélangés.

J'ai souri. — Si c'est un peu bas pour vous, je vous en montrerai une autre qui fait trois fois la taille et seulement le double du prix. Pendant que nous sommes ici à la chasse aux maisons, assurez-vous de me laisser votre numéro de téléphone si vous avez des fils. Je cherche aussi une maison.

Ça a provoqué beaucoup de rires. J'ai soigneusement évité de regarder Colin. Nous ne sortions pas ensemble. Nous n'étions rien. Et je jouais mon rôle. Mais l'avoir assis là était la raison pour laquelle je n'aimais pas avoir des connaissances sur le bateau. Ça me déconcertait.

J'ai regardé autour, vérifiant où nous étions, et indiqué certains des points de repère. Just Room Enough Island, la plus petite île habitée des États-Unis, était assez grande pour une maison et une petite zone sèche à côté. Les touristes aimaient voir l'île avec sa maison qui semblait presque flotter par moments.

Nous avons continué à descendre la rivière, regardant d'autres maisons notables. J'ai partagé la riche histoire de la région et des pirates qui y vivaient autrefois. Ce n'est que lorsque j'ai commencé à raconter l'histoire de George Boldt et de sa femme, Louise, que j'ai regardé Colin.

Alors je n'ai plus pu détourner le regard.

4

———

$\mathcal{C}$olin me fixait du regard au lieu d'admirer le Château Boldt alors que nous approchions. Son regard était rivé sur moi, attentif à chacun de mes mots. Je continuais à parler, lui racontant l'amour que George Boldt avait pour sa femme et la dévastation que sa perte avait causée. Il avait abandonné la propriété, n'y revenant jamais plus, et arrêté tous les travaux après avoir appris son décès. Le château est resté là pendant soixante-treize ans comme un monument à leur amour, tandis que les hivers rigoureux et les eaux du Saint-Laurent faisaient des ravages. Un phare d'amour perdu pendant près d'un siècle.

— L'Autorité du pont des Mille-Îles a acheté la propriété pour un dollar et a travaillé à restaurer le château dans sa beauté d'origine. Il reste encore du travail à faire et des parties de Heart Island à restaurer, mais la beauté du Château Boldt et de Heart Island est évidente. En approchant, vous pouvez voir le château de face. Sur le côté se trouve la centrale électrique. Nous ferons le tour et accosterons à l'arrière, et vous êtes libres de visiter l'île aussi longtemps que vous le souhaitez. George et Louise auraient accueilli leurs

37

invités les portes grandes ouvertes par une journée comme aujourd'hui. Ils vous auraient souri, invités à entrer et partagé leur amour avec vous. J'espère que vous ressentirez un peu de leur magie aujourd'hui.

J'ai terminé avec un sourire, mais mon cœur battait la chamade. Je disais toujours quelque chose de similaire, m'assurant que les visiteurs sachent qu'ils n'allaient pas dans un musée, mais dans une maison. Un endroit où une famille était censée vivre. Un endroit où des fêtes, des naissances et des mariages auraient eu lieu si la tragédie n'avait pas frappé.

George et Louise étaient réels pour moi. Je voulais qu'ils soient réels pour tout le monde. Mais quand j'ai souhaité de la magie pour tous avec les yeux de Colin verrouillés aux miens, j'ai pensé que j'avais peut-être trouvé un peu de cette magie moi-même.

Dès que nous avons accosté, j'ai quitté le bateau. C'était mon travail, mais je me suis assurée de bien le faire pour ne pas risquer de me retrouver avec Colin. J'ai même pris à part un couple âgé qui regardait une brochure pour leur demander s'ils avaient besoin d'aide ou de conseils. Pendant que je répondais à leurs questions, Colin se tenait à l'écart.

Cami, Dieu merci pour Cami, lui a demandé s'il avait besoin de quelque chose. Il a dit que non et s'est finalement dirigé vers le château avec le reste du groupe.

Si Cami a remarqué quelque chose, elle n'en a rien dit. Une fois le bateau vide, nous avons travaillé ensemble pour ramasser les objets laissés par les visiteurs. Nous avons collecté les objets perdus dans une boîte derrière le bar et jeté les déchets. Après cela, nous sommes retournées au quai pour vérifier s'il y avait des passagers qui ne voulaient pas rester sur l'île et visiter le château. Plus tard dans la journée, après quelques visites, nous serions pleins pour notre voyage de retour aux quais, mais comme c'était notre première sortie de la journée, le bateau était vide lorsque nous sommes repartis.

Pour le reste de la journée, j'étais sur les nerfs. J'attendais que Colin remonte sur notre bateau, mais il n'est jamais venu. J'ai silencieusement remercié quelle que soit la force qui l'a gardé hors de mon radar le reste de la journée.

— La journée était sympa, dit Cami alors que nous nettoyions et terminions notre paperasse pour la journée.

J'ai hoché la tête.

— Oui. C'était agréable de travailler avec toi. Tu as déjà une idée de qui seront tes personnages ?

Elle a haussé les épaules.

— Quelques-uns, je pense. J'aime vraiment l'idée d'ajouter un peu d'humour dans les histoires. Et de m'assurer que les gens connaissent l'histoire. Tu as clairement tout assimilé.

— Tu y arriveras aussi. C'est bien de connaître notre région et ce qui s'y est passé. Et ce que j'ai découvert, c'est que si tu connais cinq à dix très bonnes histoires et que tu peux les réciter sans y penser, tu auras terminé le voyage sans même t'en rendre compte.

— C'est tout ?

J'ai hoché la tête.

— Ça semble fou, non ? Mais oui. Les visites que nous avons faites aujourd'hui duraient quatre-vingt-dix minutes. À chaque voyage, je leur ai parlé du Château Boldt, ce que nous faisons toujours, de quelques résidences privées à vendre, de certaines des maisons les plus populaires, et des pirates. J'ai aussi parlé de la région en général et partagé un petit peu sur moi. Les gens n'ont pas besoin que tu parles constamment.

Cami y a réfléchi pendant une minute puis a ri.

— Wow. Je ne l'avais jamais remarqué, et je t'ai écoutée toute la journée. C'est incroyable.

J'ai souri.

— C'est des années de pratique.

Cami a ri. Nous avons marché ensemble jusqu'au parking et je l'ai interrogée sur sa vie personnelle. Elle m'a confié qu'elle avait un petit ami mais qu'elle ne pensait pas que ça allait marcher. Elle a deux frères et sœurs. Ses parents sont toujours ensemble. Et elle ne sait pas encore ce qu'elle veut faire de sa vie à long terme.

J'ai résisté à l'envie de lui dire que mon seul objectif dans la vie était de la traverser selon mes propres conditions.

— Merci pour tous tes conseils aujourd'hui, a-t-elle dit quand nous nous sommes séparées sur le parking. J'apprécie vraiment toute ton aide.

J'ai hoché la tête.

— Quand tu veux. À bientôt.

— Salut !

Je ne pouvais pas me plaindre. Mise à part l'apparition de Colin, c'était une excellente première journée.

PERSONNE d'autre que je connaissais ne s'est présenté lors de mes excursions les jours suivants, et le dimanche soir, lorsque je suis arrivée à notre soirée entre filles, je me sentais bien.

— Comment est l'eau ? m'a demandé Karissa avec un sourire entendu.

— Merveilleuse, ai-je dit. Je me sens enfin moi-même à nouveau.

Karissa a ri.

— Parfois, je me demande comment nous pouvons être amies. Je ne me sens comme ça que lorsque je suis enfermée à l'intérieur à travailler sur une nouvelle application.

J'ai souri.

— Peu importe ce qui te fait te sentir ainsi, c'est quelque chose qu'on ne devrait jamais lâcher.

Karissa a acquiescé, son sourire compréhensif et sympathique. Ses yeux bruns étaient gentils, toujours, mais quand je faisais la moindre allusion à mon passé, elle semblait comprendre un peu mieux que nos autres amies. Non pas qu'elle ait traversé la même chose, et ce n'était pas nécessaire, mais elle avait connu une perte comme aucune d'entre nous. Perdre sa mère avait été difficile pour nous toutes, mais Georgia était la meilleure amie de Karissa toute sa vie. C'était le genre de chose dont on ne se remettait jamais.

— Ma mère disait toujours la même chose. C'est pourquoi elle a travaillé à Cracked pendant si longtemps. Elle adorait ça. Les heures matinales et l'agitation m'auraient rendue folle, mais elle s'y épanouissait.

Karissa partageait la vision positive de la vie de sa mère. Georgia l'avait toujours encouragée à faire ce qu'elle aimait. Elle nous encourageait toutes à aimer nos vies. C'est elle qui m'a dit de devenir guide touristique. Je me sentais perdue, et j'ai mentionné un jour que je n'avais pas passé assez de temps dehors récemment, et elle m'a dit que je devrais être guide. Je n'ai pas écouté tout de suite, mais elle a continué à me pousser à essayer de nouvelles choses et finalement, je suis allée faire une visite. J'étais accro dès la première excursion.

— Elle avait un don avec les gens, ai-je dit avec un sourire triste. Tout était plus facile avec elle. Elle voyait des choses que le reste d'entre nous ne pouvait pas voir.

— Comme quoi ? a demandé Trinity. Trinity et Georgia partageaient leur anniversaire, mais elles ne s'étaient rencontrées qu'une fois. Georgia avait convaincu Trinity de déménager à L'anse MacKellar, mais quand elle l'a fait, Georgia était déjà partie. Nous l'avons accueillie dans notre petit groupe parce que nous savions que si Mme Georgia l'aimait, nous l'aimerions aussi.

— Elle savait toujours quand quelqu'un avait besoin de conseils, même si cette personne ne le savait pas, a dit Karissa avec un sourire.

J'ai acquiescé.

— Et elle savait comment te faire parler. Elle m'attirait avec du pain perdu. Chaque fois qu'elle en posait une assiette devant moi, je savais que j'étais cuite parce qu'elle allait me faire tout déballer.

— Du bacon pour moi, a dit Finley.

— C'était du pain au levain, a admis Melody. Elle était un peu effrayante. Je n'aimais pas aller à Cracked parce qu'elle voyait beaucoup trop de choses.

— Maman était incroyable, a dit Karissa, tendant la main pour prendre celle de Melody. Elle nous aimait toutes tellement. Même toi.

Melody a ri.

— Je pense que j'étais l'une de ces enfants à problèmes. Elle devait me courir après.

— Elle adorait ça. Elle aimait tout ça. Je pense que c'est ce qu'elle détestait le plus à la fin. Les traitements et devenir de plus en plus malade étaient horribles, mais elle s'épanouissait avec les gens, et elle ne pouvait plus être autant en leur compagnie, a dit Karissa tristement. Elle a reniflé et s'est essuyé les yeux.

— Je me souviens encore du dernier jour où elle est venue, a dit Blake. Nous étions toutes choquées qu'elle soit là, mais elle a dit qu'elle voulait voir tout le monde et voulait être à la maison pendant un petit moment. Eddie l'a amenée et s'est assis avec elle à cette table du fond.

Blake a souri comme si elle revivait la scène.

— Toutes les personnes qui entraient allaient la voir. Certaines s'asseyaient et parlaient avec elle un moment et d'autres disaient juste bonjour, mais tout le monde est allé voir Mme Georgia ce jour-là. Je jure qu'elle est partie en ayant l'air d'être redevenue elle-même.

— C'était ce qu'elle ressentait aussi, a dit Karissa. Elle m'en a parlé. Elle était si heureuse. Elle a décidé ce jour-là qu'elle y retournerait au moins une fois par semaine, mais elle n'a pas tenu jusqu'à la semaine suivante.

Nous sommes toutes restées silencieuses un long moment. Mme Georgia était notre cœur à toutes. Elle nous avait réunies comme elle l'avait fait pour tant d'autres. Elle était une entremetteuse, pas seulement pour les couples, mais aussi pour les amis. Il n'y avait personne d'autre comme elle.

— J'aurais aimé mieux la connaître, a dit Trinity.

— Moi aussi, a approuvé Melody.

Nous avons toutes acquiescé.

Finley a pris son gâteau et l'a levé.

— À Mme Georgia.

Nous avons toutes suivi son exemple et porté un toast à Mme Georgia avec nos gâteaux, riant et secouant la tête. Elle aurait adoré ça.

— D'accord, j'ai besoin de parler d'autre chose, a dit Karissa. Qui a des nouvelles ?

— J'essaie de nouveaux designs, a dit Trinity en montrant son bracelet. Je pense aussi à étendre mon site web et à vendre davantage par moi-même. J'adore travailler avec Olive, mais j'ai besoin de gagner plus d'argent si je veux continuer à faire ça à plein temps.

— Je peux t'aider avec ton site web, a proposé Karissa. Et je peux concevoir une application pour toi. Ce serait vraiment amusant.

— Ai-je vraiment besoin d'une application ? a demandé Trinity.

Karissa a haussé les épaules.

— Tout le monde n'en a-t-il pas besoin ?

Nous avons ri.

— Nous avons une application pour les visites en bateau, ai-je dit. C'est vraiment pratique. Elle était nouvelle l'année dernière donc nous nous y habituons encore, mais elle nous aide beaucoup. Il y a une section utilisateur pour que les gens réservent des visites, et une partie employé pour que nous gérions des choses comme qui travaille sur quelle visite et les commandes de fournitures. C'est agréable de pouvoir faire ça à la volée.

Trinity a acquiescé avec prudence.

— J'y réfléchirai. Pour l'instant, je pense que je dois me concentrer sur mon site web.

— Je te ferai céder, a dit Karissa avec un sourire.

— J'ai entendu dire que Colin est allé à l'une de tes visites, m'a dit Melody en me regardant dans les yeux.

Dire que j'étais choquée serait un euphémisme.

— Comment le sais-tu ?

— Il l'a dit à Ramsey. Il pense qu'il t'a contrariée.

J'ai secoué la tête, essayant de trouver une réponse, mais Laura l'a fait pour moi.

— Elise n'aime pas que des personnes qu'elle connaît viennent à ses visites. J'en ai fait une peu après mon arrivée parce que je voulais voir la région. J'avais découvert laquelle elle ferait parce que nous nous étions rencontrées quelques fois et que je pensais que ce serait amusant de la voir à l'œuvre. Elle était mal à l'aise. Bien sûr, elle ne me l'a pas dit avant un certain temps, mais Elise est un peu maniaque du contrôle. Elle aime être celle qui prend les décisions.

J'ai souri à Laura, la remerciant silencieusement d'avoir dit ce que je ne pouvais pas dire. Elle m'a fait un clin d'œil.

— Je ne pense pas qu'il ait demandé après toi spécifiquement, a dit Melody. Mais il savait que tu travaillais là-bas. Hudson le lui a dit.

J'ai hoché la tête.

— Je sais. Il l'a mentionné. Il s'est présenté et m'a demandé si je me souvenais de lui. J'ai un peu figé.

— Pourquoi ? a demandé Finley.

J'ai haussé les épaules.

— Ça va ? S'est-il passé quelque chose ? a demandé Blake.

J'ai secoué la tête.

— Non. C'est juste... je ne sais pas.

— Je dirai à Ramsey de lui dire de te laisser tranquille, a dit Melody.

Je lui ai adressé un sourire hésitant.

— Merci, mais il n'y a pas de problème.

J'aurais probablement dû la laisser faire, mais ça ne me semblait pas tout à fait juste. S'il reculait, je n'aurais pas à lui dire non, et si je n'avais pas à lui dire non, je ne m'inquiéterais pas de sa réaction. Mais s'il n'était pas venu spécifiquement pour me voir, alors je réagissais de façon excessive et j'étais folle.

Quand je suis rentrée chez moi plus tard ce soir-là, je pensais encore à Colin. Je n'étais pas sûre de l'avoir jugé trop sévèrement. Il semblait être un type bien, mais les types bien n'étaient pas toujours si bien que ça.

Mon Dieu, j'étais tellement perturbée. Les seules fois où j'interagissais avec des hommes, c'était s'ils étaient impliqués avec une de mes amies, s'ils étaient clients sur le bateau, ou des plans d'un soir trouvés sur des applications de rencontres. Je ne pouvais pas simplement avoir une conversation avec un homme au hasard sans m'inquiéter de la façon dont il me traiterait si nous étions seuls. Et puis je prenais peur et je devais être une garce pour le faire partir.

C'était un cycle douloureux. Il y avait des moments, environ une fois tous les deux ou trois mois, où être avec quelqu'un me manquait. Pas les mauvais jours, mais les bons. Les matins où je me réveillais à côté de quelqu'un et me sentais choyée. Les soirées où je rentrais à la maison et il avait préparé le dîner.

Tous les jours avec Andy n'étaient pas mauvais. C'est en partie ce qui rendait notre relation si douloureuse pour moi. Il était doux la plupart du temps. Il prenait soin de moi. Il payait tout, et il tenait vraiment à moi. Pendant un certain temps, du moins.

C'était la jalousie et le contrôle qui rendaient ce que nous avions laid. Il me voulait tout entière, et il n'était pas prêt à me partager. Ni avec ma famille, ni avec mes amis, ni avec mes camarades de classe. Il a fallu longtemps avant que je me rende compte de tout ce qu'il faisait, et à ce moment-là, je n'avais plus nulle part où aller. Il était la seule personne qui restait dans mon monde. Le quitter signifiait abandonner ma vie.

Mais le faire signifiait que je pouvais vivre.

Et c'est ce que j'ai fait. J'ai créé une vie à L'anse MacKellar qui était meilleure que tout ce que j'avais imaginé. Je l'ai toujours aimé, mais c'est vraiment devenu un foyer pour moi quand je me suis tenue sur mes propres jambes. J'étais libérée d'Andy et des restrictions qu'il m'imposait. Personne ne me disait quoi faire.

Un partenaire me manquait encore. J'avais envisagé d'emménager avec une de mes amies, mais nous étions toutes célibataires à l'époque. Et emménager avec quelqu'un signifiait lui donner un accès complet à ma maison, et permettre aux personnes qu'elle connaissait d'y entrer. Je ne pouvais pas gérer ce genre de stress.

Il y a eu un coup à ma porte qui m'a fait sursauter. J'ai plaqué ma main sur ma poitrine et senti mon cœur battre contre mes côtes. J'ai fermé les yeux et compté jusqu'à cinq, puis les ai rouverts.

J'avais installé une de ces sonnettes vidéo dès leur sortie. Je l'ai consultée sur mon téléphone et j'ai soupiré quand j'ai vu Mme Carter avec une tarte.

J'ai posé le téléphone et je suis allée ouvrir la porte. Mme Carter a fait un pas en arrière pour que je puisse ouvrir la moustiquaire et la laisser entrer.

— Vous m'avez préparé une douceur ? lui ai-je demandé avec un large sourire.

Mme Carter vivait à côté de chez moi. Son mari était décédé l'année précédente. Elle avait un fils, mais il vivait dans le New Jersey. Elle m'avait adoptée comme sa famille le jour où j'avais emménagé, et elle n'avait pas cessé de me traiter comme telle pendant tout le temps où j'ai vécu à côté d'elle.

— En effet, a-t-elle dit avec un sourire. Elle a monté les deux marches de ma caravane et s'est arrêtée pour m'embrasser sur la joue. Je sais que vous venez de manger du gâteau, mais j'espérais que ça ne vous dérangerait pas d'avoir aussi de la tarte.

Je me suis frotté l'estomac et j'ai dit :

— Il y a toujours de la place pour la tarte.

Elle a ri et s'est dirigée vers ma cuisine. Elle a posé la tarte sur le comptoir et a pris un couteau dans le bloc à côté de ma cuisinière. J'aimais avoir un accès facile aux couteaux, au cas où.

Mme Carter a coupé deux grosses parts de tarte, les cerises rouge foncé débordant de la croûte exposée. Elle est allée dans mon réfrigérateur et a pris la bombe de crème fouettée, en ajoutant une généreuse portion aux deux tranches, puis a apporté la tarte à ma table.

Elle a levé sa fourchette et a tapoté la mienne.

— Régalez-vous.

J'ai souri et l'ai regardée prendre une bouchée et gémir. Mme Carter était l'une de ces personnes qui appréciaient tout ce que la vie avait à offrir. Elle aimait partager ses talents avec les autres, et elle s'en délectait elle-même.

J'ai piqué une bouchée, la croûte feuilletée résistant à ma fourchette suffisamment longtemps pour faire sortir plus de cerises du côté de la tarte. Une fois que j'ai eu un morceau détaché, je l'ai ramassé, attrapant les cerises errantes et un peu de crème fouettée.

J'ai gémi et fermé les yeux aussi.

— C'est tellement bon, ai-je dit la bouche pleine.

Mme Carter a hoché la tête.

— En effet. Les cerises sont bonnes. Elles ne sont pas encore locales, mais elles sont toujours délicieuses.

— Oui, c'est vrai. J'aimerais pouvoir cuisiner comme ça.

— Vous faites ce gâteau incroyable, a-t-elle dit gentiment.

J'aimais bien faire des gâteaux. Pour une raison quelconque, les tartes ne fonctionnaient jamais pour moi, mais les gâteaux, je pouvais gérer.

— Cette croûte est délicieuse. Elle est parfaite.

— C'était la recette de ma grand-mère. Je la partagerai avec vous. Vous devriez passer un de ces jours pour que nous puissions faire une tarte ensemble.

Mme Carter était seule. Elle m'avait dit à quelques reprises qu'il était trop silencieux sans son mari. Elle avait envisagé de déménager dans une résidence pour personnes âgées, mais elle ne voulait pas être limitée. Elle était encore capable de vivre seule.

— Ça a l'air amusant. Je suis libre quelques jours cette semaine, lui ai-je dit.

Elle a souri.

— Excellent. Je vais chercher tous les ingrédients.

— Pourquoi n'irions-nous pas ensemble pour que vous puissiez me montrer comment choisir les bons produits ?

Elle a acquiescé avec enthousiasme.

— C'est une excellente idée. Maintenant, quel type voulez-vous faire ?

Nous avons parlé de tartes, de saveurs et de toutes les différentes tartes que nous allions faire tout au long de l'été. Mme Carter est restée quelques heures, et quand elle a été prête à rentrer chez elle, je l'ai raccompagnée pour m'assurer qu'elle allait bien.

J'ai souri en rentrant chez moi. Elle était la raison pour laquelle je vivais là. Mme Carter et tous les autres voisins qui veillaient les uns sur les autres. Mme Carter était rarement seule. Quelqu'un venait prendre de ses nouvelles régulièrement. Tout comme quelqu'un vérifiait que M. Robinson et ses enfants allaient bien, et Mme Goldman et ses chats, et moi. Nous veillions tous les uns sur les autres, et cela faisait toute la différence dans le monde. Je savais que j'étais en sécurité, et je savais qu'on prenait soin de moi, et chaque fois que je commençais à penser que j'avais besoin d'autre chose, ils me rappelaient que j'étais vraiment bien exactement là où j'étais.

5

COLIN

Nicky renversa le seau, déversant la sève dans le réservoir collecteur. Le travail était éreintant, mais nécessaire.

— Le dernier, dit-il avec un gémissement. Il replaça le seau sur le chalumeau et s'étira. — On devrait vraiment envisager de connecter tout ça au système de tubes. Je suis trop vieux pour ce genre de travail.

Je pouffai et acquiesçai. — Moi aussi. Je me frottai le dos endolori. Nous nous relayions pour vider les seaux. Ma grand-mère tenait à ce qu'une partie de la ferme reste fidèle à ses méthodes historiques avec des seaux accrochés aux arbres et de la sève récoltée à la main quotidiennement. Les exploitations modernes investissaient dans des systèmes de tubes qui collectaient la sève et l'aspiraient directement vers la cabane à sucre. Petit à petit, elle faisait évoluer la ferme dans cette direction, mais elle restait attachée à la tradition.

— Cleotha adorait venir ici et observer les alentours, mais les collines sont bien plus faciles à gérer, dit Nicky.

Je ricanai. — C'est parce que tout ce qu'on fait, c'est les traverser en voiture.

Il hocha la tête. — Exactement.

Je secouai la tête. — J'espère qu'on aura l'argent pour convertir le reste de la ferme d'ici quelques années, mais comme nous n'avons rien gagné depuis quelque temps, je ne sais pas à quelles surprises on doit s'attendre. Je sais que c'est pénible, mais on a presque terminé pour cette saison.

Nicky acquiesça. — Je comprends, petit. Je te taquine juste.

Je levai les yeux au ciel et souris. Je ne me sentais vraiment pas comme un gamin, mais pour Nicky, j'étais le petit-fils de Cleotha, et j'avais l'impression que ce serait toujours le cas.

— Ramenons ça à la cabane à sucre et commençons le prochain lot, dis-je.

Nicky monta dans le camion et ferma la porte. Le trajet jusqu'à la cabane à sucre était court, mais nous roulions lentement. Avril était une période très active pour nous, et la faune abondait, donc tout avançait à un rythme tranquille.

J'étais presque triste de voir les arbres nous donner moins de sève jour après jour. La routine était devenue familière et relaxante pour moi au cours des six dernières semaines. Je commençais ma journée tôt, vérifiant la cabane à sucre et la sève qui commençait à couler au lever du soleil. Nous nous rendions aux champs pour vérifier les sections de seaux, puis retournions à la cabane à sucre et passions le reste de la journée à transformer la sève en sirop. La machine d'osmose inverse faisait la plus grande partie du travail, mais nous restions à proximité en cas de problème.

Le nuage d'évaporation attirait généralement les clients à la ferme. Parfois c'étaient des touristes visitant la région, parfois des familles cherchant une activité pour un après-midi de printemps. Quels que soient les visiteurs, nous leur offrions des échantillons de sirop frais et des friandises à l'érable.

Quand nous arrivâmes devant la cabane à sucre, Nicky inclina la tête vers la grange et la voiture garée devant. — Je vais entrer. Toi, va voir qui est venu te rendre visite aujourd'hui.

Il s'éloigna en ricanant, mais je ne trouvais pas ses blagues aussi drôles que lui. Après les familles et les touristes, l'autre groupe de visiteurs que nous recevions régulièrement était composé de femmes célibataires qui me considéraient apparemment comme de la chair fraîche.

Ramsey avait essayé de me prévenir, mais j'avais cru qu'il plaisantait quand il m'avait dit que certaines femmes du coin se jetteraient sur moi dès qu'elles sauraient où me trouver. Comme beaucoup de gens dans la région y étaient nés et avaient grandi ici, beaucoup avaient épuisé toutes les possibilités de rendez-vous. Et un nouvel arrivant en ville était une proie jusqu'à ce que l'une d'entre elles l'attrape.

Selon Ramsey.

Je ne voulais pas être une proie.

— Bonjour, dis-je avec un sourire en entrant dans la grange.

Deux femmes se tenaient sur le côté, regardant les produits d'érable que nous avions. La grange était équipée d'un système de sécurité ultramoderne avec des caméras braquées sur tout. Nicky m'avait recommandé d'embaucher quelqu'un pour surveiller la grange quand nous étions à la ferme. Je l'avais repoussé sur ce sujet comme je l'avais fait concernant les tubes. Quelque chose allait se casser, mourir ou survenir qui nécessiterait de l'argent. J'avais quelques économies et l'argent de fonctionnement de la ferme, mais selon la gravité du désastre, ce ne serait pas suffisant. Et tant que je ne saurais pas si je pouvais embaucher quelqu'un sans devoir le licencier presque immédiatement, je ne demanderais pas d'aide.

— Salut, dit l'une des femmes. — On a entendu dire que tu as des trucs vraiment bien ici.

La sensualité dans sa voix ne me faisait aucun effet. Je préférais une femme plus subtile. Une qui ne ressentait pas le besoin de se pavaner pour attirer l'attention. Une qui savait qu'elle était belle, ou une qui ne se trouvait rien de spécial, mais qui l'était.

Une comme cette femme que je n'avais pas pu cesser de penser depuis qu'elle m'avait parlé de George Boldt et combien il aimait sa femme.

— En effet, dis-je, forçant un sourire pour les femmes devant moi. — Nous proposons de nombreux articles fabriqués par des artisans locaux. Nous avons des produits qu'on ne trouve qu'ici. Notre section de friandises est particulièrement populaire.

— Tu en fais partie ? demanda l'autre, mâchonnant son ongle.

Je souris et secouai la tête. — Euh, désolé mesdames, mais non.

Leurs visages s'affaissèrent. — Tu es pris ? On nous avait dit que tu étais célibataire.

J'envisageai de mentir, mais ce n'était pas dans ma nature de le faire, même si c'était dans mon intérêt. Je secouai la tête. — Je ne suis pas pris, mais je ne cherche rien de sérieux en ce moment.

— On n'est pas obligés d'être sérieux, dit la première. Son amie prit la suite. — On pourrait juste s'amuser un peu ensemble.

Son amie hocha la tête quand je la regardai. Était-elle sérieusement... Non. Ce n'était pas possible.

— Ça ne nous dérange pas de partager. Surtout un gars comme toi. Je suis sûre que tu pourrais nous satisfaire toutes les deux, très, très bien, dit la seconde. Elle fit glisser sa main sur ma poitrine.

Je reculai et me retrouvai contre la table. Une partie de moi, la partie mâle primale, me disait de rester là et profiter de ce qu'elles voulaient faire, mais la partie décente me disait que ce n'était pas juste. Ni pour elles, ni pour moi. Peu m'importait si les gens voulaient plus d'un amant, mais ce n'était pas moi. J'étais un homme fidèle à une seule femme, et même envisager autre chose allait à l'encontre de qui j'étais.

— Désolé, mesdames, mais je n'ai pas la confiance en mes compétences que vous semblez avoir. De plus, je manque de pratique. J'ai l'impression que vous vous satisferiez l'une l'autre plus que je ne vous aiderais.

— On te donnerait une chance, dit l'une, faisant la moue tandis que je m'esquivais pour m'éloigner.

L'autre tourna le visage de son amie et l'embrassa. Elles se perdirent l'une dans l'autre un moment, oubliant complètement que j'étais là.

La première se détacha du baiser et me fit un sourire narquois. La seconde garda son attention sur son amie.

— Et maintenant ? dit l'une.

L'autre détacha finalement son regard adorateur de son amie. Elle me trouva en train de la regarder. Ses yeux s'élargirent quand elle réalisa que je savais ce qu'elle pensait. Elle releva brusquement la mâchoire et détourna son regard du mien.

— Allons-y, Kris. Il n'en vaut pas la peine.

— Mais..., protesta Kris.

Je lui souris tandis que son amie l'entraînait au loin. J'espérais qu'un jour Kris réaliserait combien son amie l'aimait et lui donnerait une chance.

Je fermai les yeux une fois qu'elles furent parties et pris une profonde respiration. Peut-être que j'avais vraiment besoin d'embaucher quelqu'un. Bientôt.

Je retournai à la cabane à sucre et trouvai Nicky en train de décharger le réservoir collecteur de la ferme dans le réservoir de stockage. Il conduisait le chariot élévateur comme si c'était une extension de lui-même. Ça l'était probablement après toutes ces années à conduire le même engin.

Il posa le réservoir au sol et éteignit le chariot élévateur. Il en sortit avec un large sourire qui indiquait qu'il savait exactement ce qui s'était passé dans la grange.

— Combien ? demanda-t-il.

— Combien quoi ? répondis-je.

— Combien de femmes t'attendaient dans la grange.

— Elles ne m'attendaient pas.

— Ont-elles acheté quelque chose ?

Je secouai la tête.

— Ont-elles essayé de partir avec quelque chose ?

Je ricanai à son insinuation à peine voilée.

— Je le savais. Mon gars, je te le dis, si j'avais quarante ans de moins, je serais déjà parti. Tu dois vivre un peu.

Je secouai la tête. — Je ne pense pas que ce soit vivre. Vivre, c'est profiter de la vie. C'est faire les choses qu'on veut faire. Ces femmes étaient belles, mais je ne cherche rien en ce moment.

— Alors pourquoi as-tu téléchargé cette application de rencontres ?

Mes joues s'échauffèrent. — Comment le sais-tu ?

Il ricana. — Tu viens de me le dire.

Je gémis. Je tombais toujours dans ce piège. — Je voulais juste... Je ne sais pas.

Nicky secoua la tête. — Il n'y a pas de honte à vouloir passer sa vie avec quelqu'un, petit. Nous devrions tous avoir quelqu'un de spécial. Quelqu'un qui nous rend heureux. Personne n'a dit que tu devais être célibataire pour faire ce travail.

— Toi, tu l'es, rétorquai-je.

Il haussa les épaules. — Je ne l'ai pas toujours été. J'ai eu l'amour de ma vie pendant de nombreuses années.

— Vraiment ? Tu n'as jamais mentionné personne.

Il sourit tristement. — Nous parlons d'elle tout le temps.

J'y réfléchis mais ne trouvais personne. — Nous parlons du travail et de ma grand-mère. C'est tout.

Il sourit et hocha lentement la tête.

Je compris, et je me demandai pourquoi je ne l'avais jamais réalisé. — Toi et ma grand-mère. Vous étiez ensemble ?

Il acquiesça. — Pendant des années. J'ai commencé à travailler ici après le décès de ton grand-père. Elle l'aimait, mais avec le temps, elle s'est sentie seule aussi. Nous avons passé du temps ensemble en tant qu'amis, deux personnes solitaires qui voulaient quelqu'un d'autre. Finalement, cette amitié est devenue plus.

— Pourquoi ne le savais-je pas ? lui demandai-je.

Il sourit. — Personne ne le savait. Nous ne voulions le dire à personne. Ce que nous avions était entre nous. Cela ne concernait personne d'autre, alors nous l'avons gardé entre nous. Aucun de nous ne voulait se marier. Nous voulions juste nous aimer aussi longtemps que possible.

— Wow, soufflai-je. — Je suis désolé, Nicky. Je savais que vous étiez proches, mais je ne savais pas.

Il sourit à nouveau. — Je sais, petit. Et la seule raison pour laquelle tu le sais maintenant, c'est parce que Cleotha aurait voulu que tu sois heureux aussi.

J'acquiesçai, souhaitant avoir mieux connu ma grand-mère. Nous n'avions pas beaucoup gardé contact au fil des ans, mais elle avait toujours semblé gentille. Mon père l'aimait, et il aurait aimé pouvoir s'occuper de la ferme, mais c'était trop douloureux pour lui.

Nicky me tapa sur l'épaule et s'éloigna d'un pas lourd. Il vaqua à ses occupations, s'occupant des choses comme il le faisait toujours. J'essayai d'assimiler tout cela et me demandai quand j'aurais le temps pour une femme dans ma vie. Et si j'étais prêt à sacrifier autre chose pour elle.

Cette réponse était facile. Pour la bonne, je ferais n'importe quoi.

TOUT ÉTAIT PLUS ANIMÉ le week-end. Dans mon ancien travail, j'étais libre les week-ends. Nous nous tuions à la tâche toute la semaine pour tout terminer, et nous étions généralement libres pour le week-end. Ce que je n'avais jamais réalisé, c'est que les propriétaires, eux, ne l'étaient pas.

Maintenant, j'étais le propriétaire.

Nicky était d'une aide précieuse. Il vérifiait toutes les entailles et faisait sa tournée les samedis et dimanches matins pendant que je me concentrais sur la préparation pour les invités qui afflueraient vers dix heures.

Je réapprovisionnais les étagères avec les produits préférés des clients comme les bonbons à l'érable et la garniture pour crème glacée, puis je redressais les articles exposés. Nous proposions une variété de choses, toutes sur le thème de l'érable, allant de la nourriture aux vêtements en passant par les bijoux. La plupart étaient fabriqués par des locaux, beaucoup d'entre eux des amis de ma grand-mère. Je voulais perpétuer certaines de ses traditions et aider les habitants du coin. Quand on possède une ferme, il est logique de travailler avec d'autres qui vivent près de chez vous et qui soutiennent votre entreprise.

Le premier client fit glisser la porte un peu avant dix heures, et quand je levai les yeux, je ne pus m'empêcher de sourire. Ramsey était habillé décontracté en jeans et t-shirt foncé et portait sa fille sur son épaule comme un pompier. De son autre main, il tenait celle de sa femme.

— Bonjour tout le monde, dis-je alors qu'ils s'approchaient.

— Bonjour, dirent-ils ensemble.

— Qu'est-ce qui se passe ?

— Quelqu'un voulait aller vérifier son arbre. Je lui ai dit qu'elle ne pouvait pas courir à travers les bois sans un adulte.

— J'ai dit à Papa que tu m'avais dit que je pouvais aller où je voulais, Monsieur Colin, dit Amber de sa voix douce. Ses cheveux roux couvraient son visage, même quand elle tournait la tête sur le côté.

J'acquiesçai et croisai les bras, lançant un regard sévère à Ramsey. — Elle a raison. J'ai dit qu'elle pouvait aller où elle voulait. C'est une propriétaire honoraire parce qu'elle m'a aidé à entailler le premier arbre.

Ramsey lutta pour ne pas sourire. Amber se tortilla contre lui jusqu'à ce qu'il la fasse glisser dans ses bras. Elle était particulièrement éclatante dans son legging violet et son sweat rose vif contre les vêtements sobres de Ramsey. — Même si tu es une propriétaire honoraire et que tu peux aller où tu veux, tu es encore trop petite pour courir partout. Il pourrait y avoir des ours là-bas.

Les yeux d'Amber s'écarquillèrent. — Vraiment ? Je veux voir un ours !

Je ne pus retenir mon rire. J'essayai de le couvrir avec une toux, mais Ramsey ne fut pas dupe.

— Amber, commença Ramsey, les ours n'aiment pas quand tu entres sur leur territoire. Ils deviennent protecteurs, surtout s'il y a des bébés.

— Oh, des bébés ! Je veux voir un bébé ours.

— Laisse-moi la prendre, dit Melody, lâchant la main de Ramsey et tendant les bras vers leur fille. — Tu ne fais qu'empirer les choses. Elle lança un faux regard sévère à son mari. — Amber, allons voir ce qu'il y a par là.

Amber partit avec Melody, et Ramsey les regarda marcher

vers l'autre côté de la grange. L'amour dans ses yeux était bien meilleur que la douleur que j'y avais vue lors de notre première rencontre. Le premier jour, il m'avait dit qu'ils étaient séparés et probablement en route vers le divorce. J'étais plus qu'heureux qu'ils aient résolu tous leurs problèmes.

— Elle est difficile à gérer, dit Ramsey en secouant la tête.

— Oui, mais tu ne voudrais pas l'échanger, répondis-je.

Il ricana et acquiesça. — Très juste.

— Alors, à quoi dois-je cet honneur ? demandai-je. Cela faisait un moment qu'ils n'étaient pas venus à la ferme.

— Melody pensait que je devrais vérifier comment tu vas, dit Ramsey.

J'étais un peu surpris. — Pourquoi ?

Ramsey secoua la tête et sourit. — Elle pense que tu t'intéresses à son amie, et elle veut que je le découvre. Venir prendre de tes nouvelles n'est qu'une excuse pour agir comme des lycéens.

Je ricanai. — Elle est drôle.

Ramsey jeta un coup d'œil à sa femme. — Elle l'est, mais elle a aussi rarement tort. Tu en pinces pour Elise ?

Je secouai la tête, forçant mon corps à ne pas réagir. — Non.

— Mais tu la trouves sexy ?

— Oui. Je ne vais pas mentir sur le fait que je trouve une femme attirante. Ça ne veut pas dire que je lui cours après.

— Melody semble penser qu'Elise est intéressée, mais je suis déjà trop impliqué dans tout ça. On devrait prendre une bière et parler de sport ou quelque chose.

Je ricanai et acquiesçai. — C'est plus mon style aussi.

— Bien. La prochaine fois ?

J'acquiesçai. — Je suis passé là-bas la semaine dernière. Hudson ?

Ramsey hocha la tête.

— Il a dit que vous étiez partis juste un peu avant que j'arrive.

Ramsey acquiesça à nouveau. — Oui, il me l'a dit. Désolé de t'avoir manqué.

Je haussai les épaules. — C'est ma faute. Je m'habitue encore à la vie dans une petite ville et à tout ça.

— Comme ton avocat qui t'invite à boire un verre ? dit-il avec un sourire.

Je ris. — Oui, en gros.

Il haussa les épaules. — Tu apprendras qu'ici, tout le monde est ami avec tout le monde. L'anse MacKellar est assez minuscule, et nous nous connaissons tous. Si tu ne connais pas quelqu'un, il y a des chances que tu connaisses sa famille. Nous n'avons pas de barrières entre nous comme beaucoup d'autres endroits. Nous veillons tous les uns sur les autres.

Je souris. — Je pense que c'est ce que je préfère dans le fait de vivre ici. Ça va quand même prendre du temps pour m'y habituer.

Ramsey me tapa dans le dos tandis que de nouveaux clients entraient. — C'est pas grave. On finira par t'user.

J'éclatai de rire. Ils y parvenaient déjà.

Ramsey rejoignit sa famille, et j'accueillis les nouveaux visiteurs. Ils regardèrent autour d'eux et, au moment où ils s'approchèrent de la caisse, d'autres clients déambulaient à l'intérieur.

Bientôt, les gens débordèrent dans la ferme. Ramsey et Melody emmenèrent Amber voir son arbre et s'arrêtèrent à la grange en partant. La journée était animée, mais pas au point que je ne remarque pas qu'Elise n'était pas là.

Non pas que je m'attendais à ce qu'elle le soit, mais l'espoir n'a jamais tué personne.

6

ELISE

Je n'arrivais pas à me débarrasser de ce sentiment de malaise. Il grandissait depuis un moment. Je savais ce que c'était et j'y avais résisté aussi longtemps que possible, mais je devais accepter le fait que j'avais simplement besoin de sexe.

La plupart du temps, je pouvais me débarrasser de cette envie avec l'un de mes vibromasseurs, mais c'était l'un de ces moments où j'avais besoin de contact physique avec l'orgasme. Mais cela me rendait aussi mal à l'aise parce que je devais garder le contrôle. Pas un contrôle de dominatrice, mais le genre de contrôle où, si le mec était un détraqué, je pouvais m'échapper sans craindre de devenir une histoire d'horreur que les enfants se chuchoteraient un jour.

Mon imagination était un putain d'endroit effrayant.

J'ai cherché sur À la Recherche du Héros Littéraire Parfait, sachant que j'avais besoin de trouver un mec temporaire pour soulager une démangeaison. Un mec pour du long terme était hors de question, mais l'un de ces gars qui s'intéressait à voir où les choses pouvaient aller ou qui était nouveau sur le site étaient généralement de bons paris qu'ils cherchaient du sexe et rien de plus long qu'une nuit. De temps en temps, ils voulaient plus, mais j'avais parcouru suffisamment de profils de rencontres pour avoir une idée du genre de mec que je cherchais.

Celui qu'on appelait SweetStuff a attiré mon attention. Il était nouveau sur le site, ce qui était bon. Il était drôle, ce que j'ai toujours trouvé attirant, et il admettait être un peu bourreau de travail. C'était le genre de combo sur lequel j'aurais parié.

Je lui ai envoyé un message, juste un salut, et lui ai demandé comment il allait. Je n'étais pas sûre qu'il réponde, alors j'ai posé mon téléphone pour préparer le dîner.

Après avoir mangé, j'ai remarqué un message de lui.

TRUCS SUCRÉS

Salut, Capitaine. Je vais bien. Et toi ?

Oui, mon pseudo était Capitaine. Je me disais que ça leur faisait comprendre d'emblée que j'étais aux commandes. S'ils n'aimaient pas ça, ils n'avaient pas à répondre.

CAPITAINE

Bien. J'ai vu ton profil. On dirait que tu es un mec occupé.

TRUCS SUCRÉS

Trop occupé, malheureusement. Je n'ai pas assez l'occasion de m'amuser.

CAPITAINE

Envie de t'amuser avec moi ?

TRUCS SUCRÉS

Quel genre d'amusement ?

CAPITAINE

Et si tu me retrouvais au O'Kelley's à L'anse MacKellar pour le découvrir ? Tu sais où c'est ?

TRUCS SUCRÉS

Oui. J'y serai dans 30 minutes ?

CAPITAINE

Je serai celle au pull jaune au bar.

TRUCS SUCRÉS

Je te trouverai.

J'ai souri et me suis déconnectée. Hudson allait être furieux que je rencontre un plan cul au O'Kelley's, mais il s'en remettrait. Il parlait fort, mais il était comme un grand frère pour nous tous. C'était un protecteur, et il s'assurerait qu'il n'arrive rien de mal à personne.

J'ai envisagé de me changer pour quelque chose de plus élégant que mon legging, mais j'ai décidé de ne pas le faire. Les leggings étaient bons pour les plans culs occasionnels parce qu'ils disaient que j'étais décontractée et que je n'essayais pas d'impressionner le mec.

J'ai enfilé mon pull jaune et je suis sortie. Je voulais arriver tôt et peut-être repérer le gars avant qu'il ne me voie, si je pouvais deviner qui il était. J'aimais aussi avoir un verre à la main avant de rencontrer un inconnu pour qu'il ne m'offre pas quelque chose auquel il pourrait ajouter un petit extra.

Je me suis garée dans la rue devant O'Kelley's et je suis entrée. Hudson était derrière le bar et a hoché la tête quand il m'a vue entrer. Je suis allée droit vers lui et j'ai commandé une eau tonique avec un zeste de citron vert.

— Tu te moques de moi ? a-t-il demandé en fronçant les sourcils.

— Quoi ?

— Je t'ai dit de ne plus rencontrer d'hommes au hasard de ce truc de rencontres ici. C'est mauvais pour les affaires.

— C'est excellent pour les affaires. Je dis à des inconnus

de venir ici, et ils se présentent et achètent des boissons, ai-je argumenté.

— Et si tu te fais agresser ?

La peur que ce mot portait en lui s'est glissée le long de ma colonne vertébrale. J'ai dû me figer avant que cette sensation ne me fasse frissonner. Si Hudson avait la moindre idée à quel point il était terrifiant d'imaginer qu'une chose pareille puisse se reproduire, il ne plaisanterait pas.

Non pas qu'il plaisantait. Il s'inquiétait pour moi. Mais c'était exactement pour ça que je venais ici.

— Tu seras là, ai-je dit quand j'ai finalement pu parler. Je sais que tu ne laisseras jamais rien m'arriver. Tu détestes ça, mais préférerais-tu que je rencontre un inconnu chez moi ?

— Putain, Elise, ne donne jamais ton adresse à un inconnu.

— Je ne le fais pas. C'est pourquoi je les rencontre ici, et s'ils ne sont pas trop flippants, je vais chez eux. Après avoir fait une copie de leur permis de conduire et l'avoir envoyée par SMS à une amie.

Hudson a éclaté de rire.

— Il n'y a que toi.

J'ai secoué la tête.

— Non. Toutes les femmes intelligentes devraient faire ce genre de choses. Les gens cachent toutes sortes de choses sur eux-mêmes. Il n'y a aucun moyen de tout savoir sur une personne, même une personne que tu connais depuis des années. Je ne vais certainement pas faire confiance à quelqu'un que je viens de rencontrer.

— Bien. Alors, qui est le mec ce soir ?

J'ai haussé les épaules.

— Je ne sais pas. Il devrait être ici dans environ cinq minutes. Je lui ai dit que je porterais mon pull jaune, donc quand un mec s'approchera, c'est probablement lui.

Hudson a levé les sourcils et a ricané.

— Les rencontres ont bien changé depuis la dernière fois que je suis sorti avec quelqu'un.

J'ai hoché la tête.

— Ouais, mais ce n'est pas vraiment un rendez-vous. C'est baiser. C'est tout ce que c'est. Je vais rencontrer ce mec, on va retourner chez lui pendant une heure ou deux, et puis je ne le reverrai jamais.

Hudson a secoué la tête.

— Je ne suis définitivement pas fait pour ça. Je suis content d'avoir déjà eu une femme. Elle était celle qu'il me fallait. Tout ça, c'est trop.

— Ce n'est pas si terrible, ai-je dit en prenant une gorgée de ma boisson. Elle était pétillante pour que les gens pensent que c'était quelque chose de fancy, mais je ne commandais jamais rien avec de l'alcool quand je rentrais avec quelqu'un. J'avais besoin d'avoir l'esprit clair, à la fois pour m'assurer d'être alerte et pour m'assurer de me souvenir de la nuit. Ça prendrait un certain temps avant que je sois assez courageuse pour trouver quelqu'un d'autre.

Quand je suis revenue après l'université, j'ai couché à droite à gauche. Je ressentais le besoin de me réapproprier ma personne, et j'ai commencé par faire ce que je pouvais pour effacer Andy de mon passé sexuel. S'il n'était qu'un parmi tant d'autres, il serait moins important que s'il était l'un des deux ou trois.

Un soir, je suis sortie avec un gars qui a mis ses mains autour de ma gorge. Ce n'était pas une tentative pour m'étrangler, mais personne d'autre n'avait touché ma gorge. Les souvenirs sont revenus en force et j'ai fait une crise de panique. Le gars a dû appeler Laura pour me faire sortir des toilettes. Il se sentait horrible, mais je ne pouvais même pas le regarder. Laura lui a dit de perdre mon numéro, et je ne l'ai jamais revu.

Mais ça m'a foutu une peur bleue. Depuis, j'ai été beaucoup plus prudente et beaucoup moins courageuse.

— Es-tu Capitaine ? a dit un homme par-dessus mon épaule gauche.

J'ai plaqué un sourire sur mon visage et me suis retournée. Mes yeux se sont écarquillés et mon sourire s'est effacé. J'ai secoué la tête avant même de réaliser ce que je faisais.

— Non. Non. Tu ne peux pas être Trucs Sucrés, ai-je dit à Colin.

Il s'est balancé sur ses talons. Cet homme était puissant. Le simple fait d'être si proche de lui déclenchait toutes les hormones de mon corps. Je voulais presser mon nez contre sa gorge et bien respirer le parfum qui me taquinait. Je voulais faire courir mes doigts sur sa poitrine et apprendre les contours de ces muscles sous sa chemise. Je voulais me mettre sur la pointe des pieds et sceller mes lèvres aux siennes pour découvrir quel goût il avait.

Mais je ne pouvais rien faire de tout ça. Pas avec lui. Il était trop tentant. Il était trop proche, trop attirant, trop tout. C'était l'homme en qui je me perdrais et j'oublierais pourquoi j'avais érigé tous ces murs. Il me détruirait, si je le laissais faire.

— C'est bien moi, a-t-il dit après une minute. Je ne savais pas que c'était toi.

— C'est bien là le but, ai-je dit sèchement. Karissa a conçu l'appli pour éliminer les choses que la plupart des gens recherchent. Pas de photos, pas de détails d'identification, pas de jugement. Tu rencontres quelqu'un qui aime vraiment les mêmes choses que toi, et tu décides s'il y a plus après avoir appris à se connaître.

— Nous n'avons pas encore appris à nous connaître. Es-tu sûre...

— J'en suis sûre, ai-je dit fermement. Ça ne va pas marcher.

— Mais...

— Non, je suis désolée. J'ai gaspillé ton temps. Je lui ai tourné le dos, espérant qu'il comprendrait le message et partirait.

Il ne l'a pas fait.

Il a pris le tabouret à côté du mien et s'est tourné vers moi.

— Pourquoi me détestes-tu ? Ai-je fait quelque chose ? Parce que si c'est le cas, je suis désolé.

J'ai soupiré. En plus de tout le reste, il était gentil. Les hommes qui lui ressemblaient n'étaient pas censés être des types sympa. Ils étaient censés être des connards de première classe, alors quand tu les rejetais, ils s'énervaient tous et disaient qu'ils étaient trop bien pour toi de toute façon.

Ça n'aurait pas été la première fois qu'un mec sexy disait qu'il ne demandait à sortir avec la grosse fille que pour lui faire plaisir. J'avais dépassé l'idée d'être simplement « la grosse fille » avec eux, mais avec Colin, il voulait savoir pourquoi.

J'ai bu une gorgée de ma boisson et l'ai étudié du coin de l'œil. Il n'a pas insisté pour que je lui réponde tout de suite, mais je savais qu'il attendait que je dise quelque chose. Il se tenait droit, un bras étendu sur le bar. Il gardait ses distances avec moi, sans m'envahir, mais en faisant clairement comprendre à quiconque nous regardait que nous parlions.

Ses yeux sombres ont glissé le long de mon corps, me faisant encore plus transpirer. Quand ils sont remontés, ils ont heurté les miens. Il s'était présenté en cherchant du sexe avec une inconnue, et il repartait sans. J'ai attendu que ses yeux me disent qu'il était en colère, mais il était plus préoccupé qu'autre chose.

J'ai tourné la tête pour le regarder et j'ai dit :

— Tu n'as rien fait. Je suis désolée de t'avoir demandé de me retrouver ici. Quand je rencontre des mecs en ligne, c'est pour une nuit seulement. Je ne suis pas intéressée par quelque chose de plus long.

— D'accord ?

— Nous nous connaissons. Nous nous sommes déjà rencontrés. Tu es trop proche.

— Et ça rend les choses pires, pas meilleures ? a-t-il demandé.

J'ai ri.

— Comment ça pourrait rendre les choses meilleures ?

Il a haussé les épaules.

— Tu sais que je ne vais pas te faire de mal.

— Quoi ? ai-je soufflé.

— Tu es en sécurité. Tes amis savent qui je suis, nous avons des amis en commun, et si quelque chose arrivait, Ramsey me botterait le cul, et je suis presque sûr qu'Hudson l'aiderait.

— Tout à fait, a dit Hudson à quelques pas de là, écoutant clairement notre conversation.

— Donc, n'est-ce pas plus logique ?

J'ai ouvert la bouche pour argumenter et j'ai constaté que je ne pouvais pas. Il avait raison. Tout ce qu'il disait avait du sens. Et s'il avait été n'importe qui d'autre, j'aurais probable-ment sérieusement envisagé la chose, mais il ne l'était pas. C'était l'homme dont je m'étais réveillée en rêvant, emmêlée dans mes draps. C'était l'homme qui me faisait oublier qui j'étais. C'était l'homme qui avait le même charme facile que mon ex.

— Nous ne pouvons tout simplement pas, ai-je dit.

Au lieu de le laisser argumenter davantage, je me suis levée. J'ai envisagé, pendant environ une demi-seconde, de draguer quelqu'un d'autre dans le bar, mais l'ambiance était partie. Le désir avait disparu. Je voulais juste rentrer chez moi, me glisser dans mon lit et prétendre que je n'avais jamais rencontré Colin Jones.

COLIN

J'ai regardé Elise sortir en trombe de chez O'Kelley's comme si elle avait le feu aux fesses. J'ai vérifié, ce n'était pas le cas, mais elle agissait comme si c'était le cas.

J'ai soupiré et secoué la tête. Hudson m'observait, alors j'ai décidé de lui demander ce que j'avais fait. Après tout, il avait entendu toute notre conversation.

— Est-ce que j'ai tout foutu en l'air ?

Il a secoué la tête. — Non. Elle est prudente. L'anonymat lui convient, et toi, tu n'es pas anonyme.

— Mais elle sait qu'elle peut me faire confiance.

Il a ri. — Non, elle ne le sait pas. Pour un cerveau logique comme le tien, ça peut sembler évident. Même si elle se calme, ça pourrait sembler logique. Mais tu n'es pas celui qu'elle attendait. Elle s'attendait à un type au hasard qu'elle n'avait jamais vu et qu'elle ne reverrait jamais. Elle s'attendait à un type à qui elle pourrait donner un faux nom si elle le voulait. Elle s'attendait à un type qui profiterait de ce qu'elle lui offrirait sans en demander plus. Et quand tu t'es pointé, toute possibilité de logique a disparu. Et avec elle, toute chance qu'elle puisse te faire confiance.

J'ai gémi et fermé les yeux. Bon sang, elle était putain de belle. Quand elle a dit pull jaune, j'imaginais un horrible pull tricoté de la couleur du soleil dans un dessin d'enfant. Le sien était plutôt cuivré ou d'un jaune doré. Il épousait chacune de ses courbes et cachait la rondeur de ses fesses. Bordel, j'avais envie d'avoir une meilleure vue de ses fesses. Ces leggings faisaient des choses incroyables pour ses jambes, et ce pull... putain. Impossible de la sortir de mon esprit quand je rentrerais chez moi. Mille douches froides ne changeraient rien. Je prévoyais déjà de me prendre en main pour soulager les pulsations derrière ma braguette.

Mais d'abord, j'avais besoin de savoir quelque chose.

— Est-ce qu'elle rencontre souvent des mecs ici ?

Hudson m'a fixé longuement avant de répondre. Finalement, il a soupiré et secoué la tête. — Non. Elle l'a fait par le passé, mais récemment, non.

Je n'étais pas sûr si cela me faisait me sentir mieux ou pire.

— Tu veux un verre ? a demandé Hudson, toujours debout devant moi.

J'ai hoché la tête et demandé deux doigts de whisky. Je pourrais le siroter lentement et observer les gens dans le bar.

J'ai réfléchi à ce qu'Hudson avait dit tout en sirotant mon whisky. Ça brûlait en descendant, mais la réalisation qu'il avait raison brûlait encore plus fort. Elise ne me cherchait pas, ni rien d'autre. Elle cherchait un exutoire.

Si j'étais honnête, c'était mon cas aussi. Je n'avais pas accepté de la rencontrer parce que c'était elle. J'avais accepté de la rencontrer parce que je pensais que ce serait une bonne occasion de décompresser.

Et en faisant cela, je lui avais montré que je n'étais pas le genre de type avec qui elle devrait s'impliquer.

Le truc merdique dans tout ça, c'est que je voulais la voir. Je voulais la rencontrer. Elle était la femme à laquelle je pensais quand j'ai accepté de rencontrer Capitaine. Je n'étais pas sûr si cela rendait les choses meilleures ou pires. Probablement pires. Ça n'aurait pas été juste si une autre femme s'était présentée et que nous avions couché ensemble. Ç'aurait été encore pire si j'avais imaginé Elise pendant que j'étais à l'intérieur de quelqu'un d'autre.

Je devais me remettre les idées en place. Et cela signifiait que je devais retourner au travail et oublier Elise, et toutes les autres femmes.

Je me suis jeté à corps perdu dans le travail durant la semaine suivante. Ça avait toujours été mon refuge, et ça ne m'avait jamais déçu.

Mais la nuit... c'était une autre histoire.

Je travaillais jusqu'à l'épuisement pendant la journée pour pouvoir dormir toute la nuit. Mais la nuit, mes rêves rendaient impossible de rester endormi. Je me réveillais avec ma main autour de ma bite, pompant furieusement en criant le nom d'Elise.

Les rêves devenaient de plus en plus graphiques au fil de la semaine. Je pensais qu'ils finiraient par s'arrêter, mais non. Ils continuaient de venir, et moi aussi.

Mais ce n'était pas seulement le fantasme sexuel qui me tenait éveillé la nuit. J'ai commencé à la voir chaque fois que j'allais en ville. Elle passait en voiture quand j'allais chercher des fournitures au magasin de bricolage. Elle marchait dans la rue quand j'allais faire des courses. Elle était à une table quand je suis entré pour déjeuner.

Je perdais complètement la tête.

Partout où je la voyais, Elise avait un sourire sur le visage.

C'était une personne heureuse. Je voyais quelque chose derrière son sourire, mais son sourire était là. Et il m'en disait plus sur elle chaque jour. Parfois son sourire était pour une autre personne, un sourire qui disait qu'elle était gentille. Parfois son sourire cachait une pensée secrète, ce qui me disait qu'elle avait le sens de l'humour. Et parfois son sourire était pour elle-même. C'étaient mes préférés. Ceux où elle passait devant une vitrine et souriait à son reflet. Ou quand elle prenait son cheeseburger et souriait avant d'en prendre une bouchée.

Elle était le genre de femme qui s'aimait, et c'était la femme la plus sexy sur terre. Une femme qui n'avait pas honte de qui elle était. Peu importait qu'elle soit mince ou ronde, qu'elle soit petite ou grande, qu'elle ait les cheveux foncés ou clairs, si elle s'aimait, c'était le genre de femme que je voulais dans ma vie.

Et tout cela rendait impossible de lui résister, et impossible d'arrêter de la désirer.

Je n'étais pas sûr de croire au destin, mais quelque chose nous a réunis à nouveau. Peut-être était-ce le destin, ou peut-être était-ce la bénédiction de vivre dans une petite ville où on ne peut éviter les gens que pendant un certain temps, mais quoi que ce soit, cela nous a réunis.

— Commande pour Elise, a-t-elle dit, en s'arrêtant à côté de moi et en souriant à la femme derrière le comptoir.

Quand je suis entré dans le fast-food, je n'ai pas réfléchi à m'asseoir au comptoir pour manger. J'essayais de faire comme dans les petites villes et de connaître les gens. La chance était définitivement de mon côté.

— Salut, ai-je dit quand elle a jeté un coup d'œil vers moi.

Elle a sursauté et s'est figée, puis a plaqué un sourire aussi faux que ses cheveux récemment teints en rose. — Oh, euh, salut.

— Je suppose que cet endroit est plutôt bon si tu es là, ai-je dit.

Elle a souri et hoché la tête, évitant de me regarder à nouveau.

— Le ciel est d'un joli bleu aujourd'hui, ai-je dit, juste pour voir si elle continuerait à m'ignorer.

Elle a hoché la tête à nouveau, regardant vers l'arrière et tapotant sa carte sur le comptoir.

— Ton cul est fantastique dans ce pantalon, ai-je dit.

— Quoi ? a-t-elle lâché, me regardant enfin.

J'ai souri. — Je voulais savoir si tu me regarderais un jour.

Elle a roulé des yeux et détourné le regard à nouveau.

— Pourquoi ne t'assieds-tu pas pour manger avec moi ?

Elle a secoué la tête. — Je ne peux pas. Je dois y aller.

— Parce que tu as quelque chose à faire ou parce que tu ne veux pas t'asseoir avec moi ?

Elle m'a jeté un coup d'œil et a mordillé l'intérieur de sa lèvre.

— À cause de moi, ai-je répondu à sa place.

Elle a soupiré et s'est tournée vers moi. — Ce n'est pas toi...

J'ai ri et secoué la tête. — Laisse-moi deviner. Ce n'est pas toi, c'est moi ?

Elle a tordu sa bouche et soupiré à nouveau. — Je ne fais pas dans les relations.

— D'accord ?

— Tu as « relation » écrit partout sur toi.

J'ai éclaté de rire. — Vraiment ? Qu'est-ce qui te fait dire ça ?

Elle a haussé un sourcil. — Pour commencer, tu es beaucoup plus âgé que moi.

— Wow. Je ne m'attendais pas à ce que tu me fasses sentir comme un vieux pervers.

— Je n'ai pas dit ça, a-t-elle protesté.

— Tu n'avais pas besoin.

Elle a eu un petit sourire narquois puis a essayé de le cacher. — Tu n'es pas pervers. Je sais juste que les gars plus âgés sont généralement prêts à se poser.

— Et pas toi ?

Elle a secoué la tête. — Non. Je ne suis pas intéressée par l'idée de me poser. Jamais. J'ai essayé, et ce n'était pas fait pour moi.

— Peut-être que c'est lui qui n'était pas fait pour toi.

— Quoi ? a-t-elle soufflé.

J'ai haussé les épaules. — Peut-être que ce n'était pas le fait de te poser qui était le problème, mais la personne avec qui tu te posais. Peut-être que c'était lui.

Elle a ri. — C'était définitivement lui. Et à cause de lui, je n'essaierai plus jamais.

— Tu ne me donneras même pas une chance ? Un rendez-vous ?

Elle a secoué la tête. — Je ne sors pas avec des gens.

— Une nuit ?

Elle a secoué la tête à nouveau. — Je ne reste pas pour la nuit.

— Une heure ?

Ses yeux ont parcouru mon corps de haut en bas. — Je ne sais pas si tu pourrais tenir le coup.

J'ai serré mon cœur et me suis appuyé contre le comptoir. — Tu as blessé le vieux monsieur, l'ai-je taquinée.

Elle a ri, et le son m'a traversé de part en part. Je voulais l'entendre encore et encore.

— Je ne suis pas sûr de m'en remettre un jour, ai-je continué.

Elle a secoué la tête. — Je suis sûre que tu y arriveras.

J'ai gémi. — Je pense que tu devrais me laisser t'offrir le déjeuner pour te faire pardonner.

Elle a hésité, puis a vu la femme revenir avec sa nourriture. Quand elle la lui a tendue, Elise m'a désigné et a dit : — Il paie mon déjeuner.

La femme m'a regardé et a haussé les sourcils. J'ai acquiescé en signe d'accord et lui ai donné de l'argent pour couvrir l'addition.

— Merci, a dit Elise, en prenant son sac et en se dirigeant vers la porte.

— Attends une minute, ai-je dit. — Je pensais que tu allais manger avec moi.

Elle a haussé les épaules. — Tu as dit que tu voulais m'offrir le déjeuner, pas que je devais le prendre avec toi.

J'ai ouvert la bouche pour argumenter, mais tout ce que j'ai pu faire, c'est rire.

— Merci pour le déjeuner, a-t-elle dit, en poussant la porte vitrée. Elle a traversé le parking en courant et a disparu quand un autre véhicule est passé. Quand il s'est éloigné, elle sortait déjà de sa place de parking.

— Voilà votre monnaie, a dit la femme derrière le comptoir. — Désolée.

J'ai secoué la tête. — Pas moi. C'est la plus longue conversation que nous ayons jamais eue. Ça valait chaque centime.

Et comme ça, mon engagement à rester loin d'elle a volé en éclats.

J'AI RÉFLÉCHI pendant une journée à ma décision de poursuivre Elise, puis j'ai décidé que je ne pouvais pas attendre qu'elle réalise qu'elle devrait me donner une chance. J'ai ouvert la conversation que nous avions eue la nuit où nous nous étions rencontrés chez O'Kelley's et j'ai commencé un nouveau message.

TRUCS SUCRÉS

Comment était ton déjeuner hier ?

CAPITAINE

Délicieux.

TRUCS SUCRÉS

Heureux d'avoir pu être utile.

CAPITAINE

MDR. Moi aussi.

TRUCS SUCRÉS

Est-ce que tu vas me laisser t'offrir le dîner la prochaine fois ?

CAPITAINE

Je ne sais pas. Est-ce que tu vas encore dire quelque chose de stupide ?

J'ai ri à haute voix et secoué la tête.

TRUCS SUCRÉS

Si ma mémoire est bonne, c'est moi qui ai été blessé. Peut-être que c'est toi qui devrais m'offrir le dîner.

CAPITAINE

Quelque chose me dit que ton ego pourrait l'encaisser.

TRUCS SUCRÉS

Je pense que c'est mon âge. Je suis plus sophistiqué et capable d'accepter quand quelqu'un essaie d'être drôle mais rate sa cible.

CAPITAINE

Je ne pense pas avoir raté. Tout ce que j'ai dit était la vérité.

J'ai ri à nouveau.

TRUCS SUCRÉS

Tu sais vraiment comment blesser un homme. Quel âge penses-tu que j'ai, de toute façon ?

CAPITAINE

Quel âge as-tu ?

TRUCS SUCRÉS

Pas de triche.

CAPITAINE

D'accord. Si je devais deviner, je dirais dans la quarantaine.

TRUCS SUCRÉS

Je ne suis pas sûr si je devrais être offensé ou non. Début ou fin de la quarantaine ?

CAPITAINE

Je dirais milieu. Peut-être 44 ans ?

TRUCS SUCRÉS

Tu te trompes de 5 ans.

CAPITAINE

Wow. Je ne pensais vraiment pas que tu avais 49 ans.

— Quoi ! ai-je crié tout seul.

TRUCS SUCRÉS

J'ai 39 ans, pas 49. Wow. Maintenant je pense que je suis offensé.

CAPITAINE

Je plaisante. Et désolée. Je ne voulais pas vraiment t'offenser. Je blaguais juste.

TRUCS SUCRÉS

Moi aussi. L'âge n'a pas d'importance pour moi. Quand j'avais vingt ans, je me sentais beaucoup plus âgé parce que je ne faisais pas les choses que beaucoup de gens que je connaissais faisaient. Maintenant que j'ai presque 40 ans et que je ne suis pas marié et que je n'ai pas d'enfants, je me sens plus jeune.

CAPITAINE

Je comprends ça. J'ai 29 ans, et je me suis toujours senti plus âgé. J'ai eu des années sauvages, mais j'ai acheté ma propre maison il y a un moment et j'aime ma vie. Je commence à me sentir vieux au travail ces derniers temps. Certaines personnes qui commencent cet été n'étaient même pas au lycée quand j'ai fini la fac. Ça me fait me sentir vieux.

TRUCS SUCRÉS

Tu es encore un bébé.

CAPITAINE

MDR. Cami, l'autre fille de la croisière ? Elle a 22 ans. Certains de ses amis ont seulement 21 ans. J'aurai 30 ans en octobre. Ils sortent après avoir travaillé toute la journée et moi je me demande à quelle vitesse je peux rentrer à la maison pour regarder Netflix et me coucher tôt.

TRUCS SUCRÉS

Tu vois ? On irait bien ensemble. C'est aussi une bonne journée pour moi.

J'ai ajouté un clin d'œil quand elle n'a pas répondu après une minute. Je savais que pousser trop fort ne serait pas bon, mais je ne voulais pas qu'elle pense que je faisais juste la conversation. Je voulais la revoir.

TRUCS SUCRÉS

Et maintenant je t'ai fait peur. Je sais que tu ne sors pas avec des gens, ou que tu n'aimes pas ça, ou quelque chose comme ça, mais je veux apprendre à te connaître.

CAPITAINE

Pourquoi ?

TRUCS SUCRÉS

Parce que tu souris à tous ceux à qui tu parles, et je pense que nous avons tous besoin de quelqu'un comme toi dans nos vies.

CAPITAINE

J'y réfléchirai.

TRUCS SUCRÉS

Samedi à deux heures. Je vais faire une randonnée sur la ferme. Air frais, ça devrait être une belle journée. Si tu veux me rejoindre, je te retrouverai dans la grange.

CAPITAINE

J'y réfléchirai.

TRUCS SUCRÉS

À plus tard alors.

CAPITAINE

Tu es persistant.

TRUCS SUCRÉS

Seulement quand je sais que je passe à côté de quelque chose de génial.

CAPITAINE

J'y réfléchirai.

TRUCS SUCRÉS

Je suppose que je dois me contenter de cette réponse.

> **CAPITAINE**
>
> Ouais.

> **TRUCS SUCRÉS**
>
> Passe une bonne nuit. Et merci de ne pas m'avoir désapparié.

> **CAPITAINE**
>
> Bonne nuit.

J'ai fermé l'application et posé mon téléphone. Elle allait venir. Je pouvais le sentir. Et ça allait être un super rendez-vous. Ça devait l'être.

J'AI ESSAYÉ de ne pas être trop confiant le samedi, mais je l'étais. Je savais qu'Elise allait se présenter. Je me suis réveillé de bonne humeur, et je n'ai pas pu arrêter de sourire toute la matinée, même quand un gamin a échappé à ses parents et a renversé un présentoir. Heureusement, c'était un présentoir de livres d'auteurs locaux et rien de cassable, et le gamin n'a pas été blessé, mais c'était pénible pour moi de tout ramasser. Et les parents ont à peine reconnu que leur enfant était responsable.

Juste avant deux heures, je suis sorti pour attendre Elise. J'avais envisagé d'emporter un déjeuner ou une couverture ou quelque chose, mais je voulais rester décontracté. Ce n'était pas un rendez-vous, pas vraiment, bien que j'espérais que ça en aurait l'air et qu'elle accepterait de sortir à nouveau.

J'ai fait le tour, saluant les nouveaux arrivants et remerciant les autres qui partaient. Je me suis forcé à ne pas vérifier l'heure ou me demander où elle était. Elle allait venir.

Je suis retourné à l'intérieur et j'ai regardé autour de moi pour m'assurer que je ne l'avais pas manquée, mais elle n'était pas là. Il n'y avait pas beaucoup de monde. C'était une belle journée, et les gens ne voulaient pas être enfermés à l'intérieur. Ils prenaient les articles qu'ils étaient venus chercher et partaient.

Quand le dernier client est parti, j'ai dû m'avouer qu'elle ne viendrait pas. J'ai finalement cédé et regardé mon téléphone. Il était presque trois heures. Elle ne venait pas.

J'ai fermé la grange et glissé le verrou en place. Nicky a incliné la tête vers moi et m'a demandé ce qui se passait.

— J'espérais que quelqu'un viendrait aujourd'hui, ai-je dit.

— Une personne spéciale ?

J'ai hoché la tête. — Elle pourrait l'être. Je voulais apprendre à la connaître.

— Peut-être que quelque chose est arrivé ?

J'ai haussé les épaules. — Peut-être. Ou peut-être qu'elle n'est pas aussi intéressée que moi.

— Qu'est-ce que tu vas faire à ce sujet ?

J'ai ri. — Que puis-je faire ? Je ne vais pas forcer une femme à sortir avec moi. Si elle n'est pas intéressée, elle n'est pas intéressée. Fin de l'histoire.

— Et si elle arrive en retard et qu'elle a une bonne excuse ?

— Comme quoi ? ai-je demandé.

Il a haussé les épaules. — Pourquoi ne pas lui demander. Il a fait un signe de tête derrière moi.

Je me suis retourné et j'ai vu Elise assise dans le parking en train de nous regarder. Je ne savais pas depuis combien de temps elle était là, mais j'étais sûr qu'elle n'était pas là quand j'étais dehors plus tôt.

Est-ce que ça importait ? Elle était là maintenant. Et je voulais toujours passer du temps avec elle.

— Es-tu déjà allé au trou de baignade ? a demandé Nicky.

J'ai détourné mon regard d'Elise et secoué la tête. — Pas

depuis des années. Je m'en souviens vaguement de quand j'étais enfant. Je l'avais oublié.

— C'est au nord de la propriété. À environ trente minutes de marche d'ici. Calme et paisible. Ça pourrait être un bon endroit pour emmener ta femme, surtout qu'elle a l'air d'avoir peur de sortir de cette voiture.

J'ai jeté un coup d'œil à Elise. Elle tenait fermement le volant à deux mains. Je me demandais si elle allait s'enfuir. Ça semblait être une réelle possibilité.

— Bonne chance, a dit Nicky avec un sourire. Il a fait signe à Elise, et elle a lâché une main du volant pour lui répondre. Ça devait être bon signe, non ?

Je me suis approché de sa voiture lentement. Elle m'a regardé tout du long. J'ai fait un signe de la main quand je suis arrivé près de sa portière. Elle m'a fait signe en retour. C'était comme si nous jouions au chat et à la souris, mais je n'étais pas sûr lequel de nous était le chat.

Elle avait peur de sortir, et j'avais peur qu'elle reste à l'intérieur. Nous étions dans une impasse, mais elle avait tout le contrôle.

— Tu veux sortir ? ai-je demandé à travers la vitre fermée.

Sa poitrine s'est soulevée avec sa profonde respiration, puis elle a hoché la tête et éteint sa voiture. Elle a saisi la poignée et la porte s'est déverrouillée. Je l'ai tirée le reste du chemin et lui ai offert ma main.

— Je suis désolée d'être en retard, a-t-elle dit avant de prendre ma main.

J'ai haussé les épaules. — Je me suis dit que tu te montrerais quand tu pourrais.

Elle m'a regardé. — Tu es contrarié ?

J'ai souri. — J'étais déçu quand je pensais que tu m'avais posé un lapin. Mais une fois que Nicky t'a signalée, la seule chose qui comptait c'est que tu sois là.

— Même si je suis un désastre ?

J'ai pris sa main et l'ai tirée hors de sa voiture. Je voulais la tirer dans mes bras et lui dire qu'elle n'était pas un désastre, mais j'avais le sentiment que cela la ferait retourner directement dans sa voiture. À la place, j'ai tenu sa main un moment et j'ai serré ses doigts. — Tu es la seule à penser qu'il y a quelque chose qui ne va pas chez toi.

Elle a ri. — C'est parce que je me connais mieux.

J'ai hoché la tête. — Oui, mais tu es aussi ta propre pire critique. Nous le sommes tous. Et être prudente n'est jamais une mauvaise chose quand il s'agit de rencontrer de nouvelles personnes.

— Alors, tu ne penses pas que je suis folle ?

J'ai haussé les épaules. — Pas encore. Je suis sûr que tu peux me faire changer d'avis aujourd'hui, cependant.

Elle a ri et a finalement fermé la porte. C'était petit, mais ça semblait être une énorme victoire. Une victoire que j'accepterais volontiers.

8

ELISE

Je ne savais pas comment il s'y prenait, mais Colin avait la capacité de me mettre à l'aise. Andy... eh bien, au début, je voulais l'impressionner. Il était plus âgé, mais c'était aussi l'un de mes assistants d'enseignement. Il avait du pouvoir sur moi dès le début. Pour lui, son âge et sa position étaient des choses qu'il utilisait pour me convaincre de faire certaines choses. Pour Colin, son âge lui donnait plutôt une capacité à lire les gens.

— Où allons-nous ? lui ai-je demandé alors que nous nous enfoncions dans les bois. Quand il m'avait proposé de faire une promenade, j'étais enthousiaste. Mais à mesure que nous nous éloignions de la grange et du monde que je connaissais, je devenais inquiète. Étais-je stupide de penser que je pouvais lui faire confiance ?

— C'est Nicky qui m'a donné l'idée. Il a mentionné un lieu secret que j'avais oublié. Je n'y suis pas retourné depuis mon enfance. Tu veux que je t'envoie une localisation ? Comme ça, tu peux la partager à un ami pour que quelqu'un sache où nous serons ?

Je l'ai regardé de côté, me demandant pourquoi il posait cette question. — Devrais-je m'inquiéter ?

Il m'a jeté un coup d'œil et m'a surprise en train de l'observer. — De moi ? Non. Mais tu ne le sais pas encore. Une femme doit être prudente. Les hommes aussi, mais je suis plus grand que toi. Je suis plus grand et je pèse plus lourd. Je pourrais te maîtriser. Tu devrais me prendre par surprise, ce qui est possible, mais si tu préfères partager ta localisation avec un ami, je comprends. Tu as juste besoin de me donner ton numéro.

Il m'a tendu son téléphone avec un sourire. — Tout ça n'était qu'une ruse pour avoir mon numéro ?

Il a haussé les épaules. — Juste une façon pratique de l'obtenir.

J'ai roulé des yeux et me suis ajoutée à ses contacts. J'en ai peut-être aussi profité pour voir combien de femmes il avait dans son répertoire. Pas beaucoup.

— Si tu veux continuer à fouiller dans mon téléphone, tu peux, mais j'en ai besoin pour t'envoyer la localisation.

Mes joues ont brûlé d'avoir été prise sur le fait, et je lui ai rendu son téléphone sans un mot. Mon téléphone a vibré dans ma poche, et je l'ai attrapé. J'ai transféré la localisation à Laura avec une note disant que j'étais partie me promener avec un parfait inconnu et que si elle n'avait pas de nouvelles de moi dans les prochaines heures, elle devrait envoyer de l'aide.

Elle m'a répondu presque immédiatement.

Quoi ? Pourquoi ? Où l'as-tu rencontré ? Je viens te chercher tout de suite !

Détends-toi. Il n'est pas vraiment inconnu. C'est Colin de la Ferme d'Érable des Jones. Nous sommes quelque part sur la propriété, mais il a pensé que je me sentirais mieux si quelqu'un savait où nous allions.

Sérieusement ? Il est au courant ?

Non. Il comprend juste, d'une certaine façon.

Je n'ai rien dit à personne.

Je sais. Je n'ai jamais pensé que tu l'avais fait.

Alors, c'est un rendez-vous ?

Je ne sais pas. Peut-être. Il est... beaucoup de choses. Ce qui me terrifie en partie. Il semble parfait, ce qui n'est jamais bon signe.

Parfois, tu trouves quelqu'un qui est parfait... pour toi. Sois heureuse. N'attends pas que le mauvais arrive.

Le mauvais arrive toujours. C'est juste une question de si je le vois venir ou non.

Où est-il maintenant ?

J'ai jeté un coup d'œil à Colin. Il marchait à côté de moi, profitant de la promenade.

Il est juste à côté de moi.

Tu es avec lui maintenant ? Pourquoi m'écris-tu ?

Pour que tu saches où je suis !

Mon Dieu, va t'amuser. J'enverrai une équipe de recherche si je n'ai pas de tes nouvelles. Sois prudente.

Je le suis toujours.

J'ai verrouillé mon téléphone et l'ai remis dans ma poche. Colin n'a rien dit.

— Désolée, ai-je dit après une minute.

— De quoi ?

— D'avoir envoyé un message à mon amie.

— Tu n'as pas à t'excuser. Les amis sont importants, et ta sécurité aussi. Je préfère que tu sois prudente plutôt que blessée.

— Es-tu pour de vrai ? lui ai-je demandé.

— Que veux-tu dire ?

— Es-tu pour de vrai ? Je n'ai jamais connu d'homme comme toi.

— Peut-être que tu n'as simplement pas connu le bon genre d'homme.

— C'est définitivement vrai.

Il a laissé échapper un rire mais n'a rien ajouté. À la place, il m'a tendu son téléphone à nouveau. — Voulais-tu chercher autre chose ?

J'ai hésité puis j'ai secoué la tête. — Non. Je suis désolée d'avoir violé ton intimité.

Il a haussé les épaules. — Je ne crois pas aux secrets. Cacher des choses aux personnes dont nous nous soucions n'aide personne.

— Je crois que tu es peut-être une licorne.

— Une licorne ?

J'ai acquiescé. — Un être fictif que tout le monde souhaite voir exister mais qui n'existe pas.

— Tu penses que je suis fictif.

J'ai acquiescé à nouveau. — C'est la seule explication. Aucun homme n'est aussi parfait que toi.

Il a ri doucement. — Je suis loin d'être parfait.

— Tu en as l'air.

— Crois-moi, je ne le suis pas.

Le ton de sa voix a envoyé un frisson le long de ma colonne vertébrale. Pas le genre de frisson désagréable. Le bon genre. Celui qui disait qu'il avait toutes sortes de pensées salaces en tête. Le genre de choses qui feraient supplier une femme d'en avoir plus. Le genre qui me faisait reconsidérer la promesse que je m'étais faite de garder mes vêtements.

— Nous y sommes, a-t-il dit, un sourire retroussant ses lèvres.

J'ai suivi la direction de son regard et j'ai su, sans l'ombre d'un doute, que j'allais rompre cette promesse. Mes vêtements allaient définitivement partir.

— Wow, ai-je soufflé. L'étang était relativement petit, mais le ruisseau qui l'alimentait se déversait en une petite cascade. À l'extrémité, il se rétrécissait et disparaissait à nouveau. La partie devant laquelle nous nous tenions était claire jusqu'au fond et tellement invitante.

— C'est beau, n'est-ce pas ?

J'ai acquiescé, incapable de détacher mes yeux. — Je ne savais pas que cet endroit existait.

— Peu de gens le savent. C'est tellement loin de la grange que personne ne s'aventurerait jusqu'ici. C'est entièrement sur la propriété de la Ferme, donc c'est privé. C'est le remède parfait pour une chaude journée de printemps.

Colin a fait quelques pas de plus et a saisi le bord de son t-shirt. Il l'a retiré d'un geste involontairement théâtral. Ma bouche s'est asséchée à la vue de son dos nu. Une peau sombre et lisse couvrait des muscles épais. Deux fossettes se dessinaient juste au-dessus de sa ceinture. Ses cheveux courts brillaient de sueur. La marche n'était pas difficile, mais le soleil printanier était chaud. Je transpirais aussi.

Encore plus maintenant qu'il était torse nu.

Doux Jésus, il a dézippé son jean et l'a laissé tomber aussi.

Mon pouls tonnait dans mes oreilles et mon cœur battait dans ma poitrine. Je ne voulais pas dévisager Colin, mais il était encore plus beau que le paysage.

Il a délacé ses bottes puis les a retirées et a posé son jean par-dessus. Il s'est finalement retourné pour me regarder et a haussé un sourcil. — Tu viens ?

J'ai ouvert la bouche puis l'ai refermée aussitôt.

Il a eu un petit sourire narquois. — Poule mouillée. Puis il a couru vers l'eau et a sauté.

— Wouhou ! a-t-il crié en remontant à la surface. — Bon sang, ça fait du bien. Allez, Elise. Tu sais que tu as envie de me rejoindre.

L'eau avait l'air rafraîchissante. Je savais qu'elle serait froide, mais je m'en fichais. Ce qui m'inquiétait, c'était de me déshabiller devant lui.

— Tourne-toi.

Il a fait ce que je lui demandais, faisant du sur-place dans l'eau. J'ai observé son dos tout le temps pour m'assurer qu'il ne regardait pas. Quand il ne l'a pas fait, j'ai commencé à enlever mes vêtements. Mes bottes et mes chaussettes sont parties en premier. Il ne s'est toujours pas retourné. Mes leggings ont suivi. Il ne s'est pas retourné. Finalement, j'ai retiré mon sweat et mon t-shirt. Quand ce dernier a dépassé ma tête, il ne me regardait toujours pas.

Une petite partie de moi était déçue. Peut-être qu'il n'était pas intéressé. Il n'avait pas essayé de me regarder, et il ne m'avait pas touchée depuis qu'il m'avait aidée à sortir de ma voiture.

Ça devrait être une bonne chose, mais ce n'était pas le cas, et je détestais ça.

J'ai attaché mes cheveux en queue de cheval et j'ai marché sur la pointe des pieds sur l'herbe froide jusqu'au bord de l'eau. Il y avait une chute juste au-delà des rochers qui bordaient l'étang. Je ne savais pas à quelle profondeur allait l'eau, mais elle semblait assez profonde pour que je puisse plonger ou sauter sans craindre de toucher le fond.

Je me suis tenue sur l'un des rochers et j'ai pris une

profonde inspiration. Si je touchais l'eau d'abord, je me dégonflerais, alors j'ai simplement sauté.

L'eau froide a enveloppé mon corps instantanément, me coupant le souffle. J'ai résisté à l'envie de respirer immédiatement et j'ai donné des coups de pied pour remonter à la surface. Quand j'ai émergé, Colin me souriait.

— Ça fait du bien, n'est-ce pas ? a-t-il demandé.

— C'est putain de glacial.

Il a rejeté la tête en arrière et a ri. — Oui, ça aussi.

— Tu aurais pu me prévenir.

Il a ri. — Je pensais que tu avais grandi ici. L'eau ne sera pas chaude avant août, si on a de la chance.

— Tu aurais quand même pu me prévenir, ai-je dit.

Il a haussé les épaules. — Je voulais que tu me rejoignes. J'ai pensé que tu ne le ferais pas si tu savais à quel point c'était froid.

Je me suis léché les lèvres et j'ai tiré la lèvre inférieure entre mes dents. Il me lançait encore ce regard, celui qui disait qu'il pensait à des choses peu catholiques.

J'ai nagé plus près de lui. Il a tendu la main vers moi mais s'est arrêté avant de me toucher. J'ai nagé un peu plus près, assez près pour sentir la chaleur de son corps dans l'eau. Nos pieds se sont effleurés alors que nous battions des jambes pour rester à flot.

— Je ne vais pas mentir et dire que je ne te désire pas, Elise, mais ce n'est pas pour ça que je t'ai amenée ici. Je voulais juste partager quelque chose avec toi.

— Merci, ai-je dit doucement.

— Est-ce que je peux t'embrasser ?

Je n'ai pas eu besoin de réfléchir. J'ai acquiescé et l'ai laissé m'attirer dans ses bras. Une main réchauffait mon dos tandis que l'autre nous aidait à rester au-dessus de l'eau. Je m'attendais à ce que son baiser arrive d'un coup, mains, lèvres, corps entrant en collision sans réfléchir. Mais Colin me prouvait encore et encore qu'il n'était pas celui que je croyais.

Il m'a regardée, la distance entre nous suffisant à peine pour croiser nos regards. Les siens étaient brun foncé, presque noirs lorsque nous étions si proches. Ses cils étaient courts mais lui allaient parfaitement.

Sa main me marquait, me disant que j'étais à lui alors que ce n'était pas le cas. Pas encore. Je ne pouvais pas nier que l'envie de le laisser me réclamer était là, mais je n'étais pas prête pour ça.

De temps en temps, nos jambes se frôlaient, mais tout aussi rapidement, nous nous séparions, luttant tous les deux pour rester au-dessus de l'eau. J'ai laissé mes mains flotter à la surface, mais je voulais toucher sa peau. Sentir son corps sous mes paumes.

Il s'est finalement rapproché, sa poitrine heurtant la mienne. Mon soutien-gorge et ma culotte ne faisaient pas grand-chose pour me protéger de lui et je me suis retrouvée à désirer plus. À désirer avant même d'avoir goûté à lui.

Je n'avais jamais connu un désir comme celui-là. Vouloir quelque chose sans même savoir si j'allais l'apprécier. Mais je savais que j'apprécierais Colin. Je savais que je me perdrais en lui. Je savais que je me noierais en lui sans jamais songer à remonter à la surface pour respirer.

— Tu pourrais mettre tes bras autour de moi, a-t-il dit.

— On va couler tous les deux.

Il a secoué la tête. — Je ne laisserai rien t'arriver.

Je lui faisais confiance. Je ne voulais pas trop réfléchir à pourquoi c'était si facile de le faire. J'ai glissé une main autour de son cou et j'ai laissé l'autre dériver sur sa poitrine. Des boucles serrées ont éraflé mes mains lorsque je l'ai touché.

— Nous sommes au bord, Elise, a dit doucement Colin. — Je peux me tenir.

Je me suis tournée et j'ai vu les rochers qui se dressaient au-dessus de nous. Un éclair de panique m'a dit de fuir, mais j'ai regardé Colin et tout a disparu à nouveau.

Je le voulais il y a des semaines, quand nous avions été mis en relation sur À la Recherche du Héros Littéraire Parfait. Je le voulais il y a des mois, quand nous nous étions rencontrés pour la première fois. Et je le voulais à ce moment-là, et je ne pouvais pas dire non.

J'ai enroulé mes deux bras autour de son cou et l'ai attiré à moi. Il a gémi lorsque nos lèvres se sont touchées, mais il n'a pas pris le contrôle. Il m'a laissée mener, m'a laissée choisir comment notre baiser devait se dérouler.

J'ai entrouvert mes lèvres et les ai passées sur les siennes. Il a ouvert la bouche et a léché ma langue. J'ai resserré mon emprise sur lui et j'ai plongé ma langue dans sa bouche. Sa main s'est glissée plus loin autour de mon dos, rapprochant davantage nos corps.

J'ai écarté les jambes et les ai enroulées autour de sa taille. Sa main est tombée sur ma cuisse puis est remontée. Ses deux mains ont encerclé ma taille...

Et nous avons coulé.

Il m'a poussée vers le haut, ses mains fermes me propulsant hors de l'eau. Je l'ai agrippé pour qu'il remonte, et il m'a lâchée pour nager.

J'ai recraché de l'eau glaciale, m'accrochant aux rochers pour ne pas couler à nouveau. Colin a fait de même à côté de moi.

— Désolé, a-t-il finalement réussi à dire entre deux toussotements. — Je me suis perdu en toi et j'ai oublié que nous étions dans l'eau. Tu vas bien ?

J'ai acquiescé et j'ai essayé de ne pas rire, mais c'était juste trop drôle. Colin s'étouffait et toussait, et j'ai ri puis toussé. Et nous avons flotté sur le côté de l'étang, alternant entre tousser et rire.

— Pourquoi rions-nous ? a finalement demandé Colin.

— Parce que nous avons failli nous noyer en essayant de nous embrasser.

Colin a ri et a secoué la tête. — Je suis content que tu trouves ça amusant. Je me sens comme un crétin.

J'ai secoué la tête. — C'est une bonne histoire pour notre premier baiser.

— Premier baiser ? Ça donne l'impression qu'il y en aura plus d'un.

J'ai haussé les épaules. — Tant que tu n'essaies pas de me noyer à nouveau, je pense qu'on peut en discuter.

— Sur la terre ferme, a-t-il dit.

J'ai ri. — Oui, la terre ferme est une bonne idée. Mais je ne suis pas encore prête pour la terre ferme.

Je me suis allongée sur le dos dans l'eau et j'ai fermé les yeux. C'était paisible, et je ne pouvais pas résister.

Après une minute, les mains de Colin ont effleuré les miennes. Il a accroché ses doigts aux miens et a flotté avec moi.

Je ne sais pas combien de temps nous sommes restés là, avec le bruit de l'eau clapotant et la brise fraîche dérivant sur nous. J'ai presque sommeillé. C'était relaxant et paisible. Deux choses que je n'avais pas ressenties seule avec un homme depuis de nombreuses, nombreuses années.

— Tu trembles, a dit Colin, en serrant mes doigts.

J'ai ouvert les yeux et l'ai trouvé faisant du sur-place à côté de moi. Ses yeux étaient fixés sur les miens, mais le tic dans sa mâchoire disait qu'il faisait de son mieux pour les garder là. J'ai donné un coup de pied pour me rédresser et je me suis rappelée que je portais un soutien-gorge et une culotte roses. Je les trouvais mignons quand je les avais mis et ils me donnaient un peu de confiance, mais je ne doutais pas qu'ils étaient complètement transparents une fois mouillés.

J'ai retiré ma main de la sienne et j'ai croisé les bras sur ma poitrine. — Désolée.

Il a secoué la tête. — Tu n'as pas besoin de t'excuser tout le temps. Il n'y a rien dont tu doives t'excuser maintenant.

— J'ai l'impression d'être une allumeuse en ce moment.

— Pourquoi ?

J'ai baissé les yeux et j'ai vu mes tétons à travers le tissu de mon soutien-gorge. — Euh, parce que je suis pratiquement nue.

— Tu ne savais pas que nous allions venir ici. Je ne t'ai pas dit d'apporter un maillot de bain. Et je n'attends rien de toi. Bon sang, je suis tellement mal préparé que je n'ai même pas de serviettes pour nous sécher.

J'ai ri avec lui. — On est un peu un désastre.

Il a haussé les épaules. — Un beau désastre. Il a souri. — Tes lèvres deviennent bleues, cependant. Nous devrions probablement essayer de nous sécher un peu. Le soleil est encore chaud.

J'ai acquiescé. — J'ai un peu froid. Peut-être que je devrais juste m'habiller.

— C'est à toi de voir. Je ne regarderai pas. Pas trop.

Un rire surpris a jailli de moi.

Colin a souri et m'a fait un clin d'œil. — Viens, réchauffons-toi.

Nous avons nagé vers le bord et sommes sortis. J'ai frissonné sans l'eau pour me protéger de la brise et j'ai enroulé mes bras autour de moi. Colin s'est hissé hors de l'eau facilement. Il est venu vers moi et a frotté ses mains de haut en bas sur mes bras.

La friction m'a réchauffée et la chaleur entre nous m'a presque donné envie de sauter à nouveau dans l'eau. Il a fait un pas de plus, et j'ai incliné la tête en arrière pour le regarder. Il s'est penché, me demandant silencieusement ma permission. Je me suis levée sur la pointe des pieds et l'ai rejoint à mi-chemin.

J'ai senti l'effort qu'il faisait pour se retenir, pour me laisser le contrôle. Je voulais l'explorer, apprendre des choses sur lui. Je n'embrassais pas souvent mes coups d'un soir. Si je le faisais, c'étaient des baisers désordonnés qui menaient à des halètements. Cela faisait longtemps que je n'avais pas simplement embrassé un homme. Cela me manquait encore plus que la compagnie.

J'ai construit notre baiser lentement cette fois, gardant mes lèvres fermées pendant quelques secondes avant de mordiller le dessous de sa mâchoire. Il a gémi et a resserré sa prise sur moi, la relâchant presque immédiatement.

Je me suis rapprochée et j'ai pressé mon corps contre le sien. Mes courbes s'adaptaient parfaitement à lui, comme si chaque centimètre de lui était fait pour me bercer. Je n'avais jamais compris ce que les gens voulaient dire quand ils disaient qu'ils s'accordaient avec une autre personne. C'était aussi effrayant qu'excitant de sentir que nous étions faits l'un pour l'autre.

J'ai posé mes lèvres sur les siennes à nouveau et j'ai passé ma langue sur ses lèvres. Sa langue est sortie et a glissé contre la mienne. J'ai aspiré sa langue dans ma bouche et l'ai rapproché de moi. Mon pouls s'est accéléré, et ma respiration s'est transformée en halètements. Son érection a tressailli contre mon ventre. Il ne s'est pas pressé contre moi et ne m'a pas poussée, il s'est simplement tenu là et m'a laissée mener.

Et c'était un sentiment grisant.

J'ai traîné mes ongles sur sa poitrine, les passant sur ses tétons. Il a gémi à nouveau, mais il n'a toujours pas pris le contrôle. J'ai incliné la tête de l'autre côté et j'ai enfoncé ma langue dans sa bouche encore et encore, mais il n'a pas essayé de me contrôler.

Quand je me suis finalement reculée, il a gardé les yeux

fermés pendant un long moment. Je l'ai étudié, des taches de rousseur sombres sur ses joues à la petite cicatrice près de son oreille droite, jusqu'à la façon dont son pouls battait dans sa gorge. Il était aussi fou que moi, mais il était capable de se retenir.

— Tu as chaud maintenant ? a-t-il demandé en ouvrant les yeux.

J'ai acquiescé.

— Je suis sur le point de prendre feu.

J'ai ri, et il m'a attirée près de lui et a pressé son nez contre mon cou.

— Tu sens tellement bon.

— Je sens l'étang.

— J'aime les étangs. Et je t'aime bien.

J'ai souri. Je l'aimais bien aussi.

Nous nous sommes habillés en silence, et quand il a tendu la main pour la mienne pour rentrer, je l'ai laissé la prendre sans réfléchir. Quand nous sommes revenus à la grange, il m'a raccompagnée à ma voiture et m'a remerciée d'être venue.

— Je me suis beaucoup amusée, ai-je admis, presque surprise que ce soit vrai.

— Est-ce que ça veut dire que je pourrais avoir un deuxième rendez-vous ?

J'ai souri. — Peut-être. Si tu demandes gentiment.

Il a ri. — Je te verrai bientôt, Elise.

— Au revoir, Colin.

9

Je ne voulais pas parler à qui que ce soit de mon rendez-vous avec Colin, mais j'ai oublié d'appeler Laura plus tard ce soir-là, alors elle a décidé de me le faire payer lors de notre soirée entre filles le lendemain.

— Elise avait un rendez-vous hier. Avec un certain fabricant de sirop sexy, dit Laura en se coupant un morceau de gâteau.

C'était un cheesecake arc-en-ciel, quelque chose que Trinity voulait essayer. J'étais folle de cheesecake, ce qui était pratique car je pouvais me gaver et prétendre que je ne pouvais pas parler.

Malheureusement, Laura était libre de parler à ma place.

— Elle m'a envoyé sa position hier, au cas où, puis elle a oublié de me dire qu'il ne l'avait pas tuée et enterrée dans les bois. J'ai paniqué quand je n'ai pas eu de nouvelles d'elle et je suis allée chez elle hier soir. Mais elle allait parfaitement bien, continua Laura.

— Il ne s'est rien passé, dis-je la bouche pleine de cheesecake. Je ne pouvais pas affronter les regards ébahis de mes amies.

— Elle a dit ça aussi, mais je ne la crois pas. Ses cheveux étaient mouillés et ses vêtements humides, comme si elle avait porté un maillot de bain en dessous. Pourtant, elle n'arrêtait pas de répéter qu'il ne s'était rien passé, dit Laura.

— Toi et Colin ? demanda Melody. Je savais que vous seriez bien ensemble. Quand je vous ai présentés, j'ai cru que j'allais me brûler à cause de toute cette chaleur.

— Je m'en souviens, dit Trinity. C'était pareil quand on l'a vu chez O'Kelley's il y a quelques semaines. Colin est vraiment mignon, mais il m'a à peine regardée. Il était trop occupé à te baiser des yeux.

— Pas du tout, protestai-je.

Trinity ricana. — Euh, si. Totalement. Il était complètement sous ton charme. Et je suis presque sûre que le sentiment était réciproque. Ça l'est toujours d'après ce que dit Laura.

— Il ne s'est rien passé, répétai-je. Je n'étais pas prête à tout admettre. Pas même à mes meilleures amies. C'était trop tôt, trop intense.

— Devons-nous nous inquiéter ? demanda doucement Finley.

Mon regard se posa sur elle. La profondeur de sa peur se lisait dans ses yeux, et je me sentis coupable. Je savais ce qu'elle demandait.

— Non. Il était doux. Trop doux. Ça me fait peur de l'apprécier autant. D'une certaine façon, il me rappelle Andy, mais plus je passe du temps avec lui, plus je me demande s'il est vraiment sincère, dis-je.

— Qui est Andy ? demanda Melody après quelques secondes.

Tout le monde se figea. Elles savaient toutes qui était Andy. Même Trinity, qui ne connaissait pas toute l'histoire, savait qui était Andy. Je m'étais habituée à ce que tout le monde comprenne qu'il était une mauvaise nouvelle et que c'était une partie douloureuse de mon passé dont je n'aimais pas parler.

Mais Melody n'était pas avec nous depuis longtemps. Blake l'avait introduite dans notre groupe d'amies, et quelques mois n'étaient pas suffisants pour qu'elle connaisse tout ce qui nous était arrivé à toutes. Alors, elle posait des questions.

— Andy était mon petit ami à l'université, dis-je.

— Les choses se sont mal terminées ? demanda-t-elle. Si c'était quelqu'un d'autre, je n'aurais pas dit grand-chose, mais c'était Melody. Elle n'était pas curieuse ou argumentative. Elle essayait d'en apprendre plus sur moi, sur nous toutes.

— Andy était assistant d'enseignement dans l'un de mes cours. Je suis allée lui demander de l'aide pour des devoirs et il a fini par m'inviter à sortir. Nous avons commencé à sortir ensemble après la fin du cours, et finalement nous avons emménagé ensemble. Il m'a convaincue d'arrêter de parler à tous ceux que je connaissais à l'université et de prendre mes distances avec ma famille. Une fois qu'il m'a isolée, il est devenu physiquement violent. Je l'ai quitté, ainsi que l'école, après qu'il a failli me tuer une nuit, expliquai-je.

Des années de thérapie m'avaient appris à donner des détails quand je parlais d'Andy. Raconter à quelqu'un de nouveau était toujours difficile, mais donner des détails sans partager d'émotions me permettait presque de faire semblant que c'était arrivé à quelqu'un d'autre.

Je me frottai la gorge inconsciemment, ne réalisant pas que je le faisais jusqu'à ce que Melody demande : — Ça va ?

Je forçai un sourire et me calai en arrière. J'acquiesçai et dis : — Oui. Je suis libre, et il ne s'approchera plus jamais de moi. J'établis mes propres règles et je vis ma vie pour moi-même. Ce qui signifie ne plus m'impliquer avec les hommes.

Pas sérieusement, du moins. De temps en temps, je me sens... seule. Mais je trouve quelqu'un et je me libère, puis je vais bien à nouveau.

— Colin est quelqu'un de bien, dit Melody. Il n'est pas comme ça.

Je lui souris. — Personne ne m'a crue quand j'ai admis ce qu'Andy avait fait. Ils disaient tous la même chose à son sujet. Ce n'est que lorsqu'une autre étudiante s'est manifestée et a dit que la même chose lui était arrivée que quelqu'un a fait confiance à mon histoire. Les gens ne sont pas toujours ce qu'ils semblent être. Et certaines personnes sont particulièrement douées pour cacher leur vraie nature.

Melody ouvrit la bouche pour dire quelque chose, mais Laura secoua la tête. Quand Trinity se pencha en avant, nous nous tournâmes toutes vers elle.

— Ma mère était dans une relation abusive. Pas avec mon père, mais avec l'un de ses petits amis après la mort de mon père. Elle a essayé de me le cacher, mais j'étais assez âgée pour savoir que les choses n'allaient pas bien. J'ai appelé la police un soir. Elle avait trop peur de le faire elle-même, mais elle m'a été très reconnaissante de l'avoir fait. C'était un homme puissant, et elle ne pensait pas que les gens la croiraient. Nous avons emménagé chez ma grand-mère après ça, et ma mère n'a plus jamais fréquenté personne depuis. Ce n'est pas facile. Même les bonnes relations ne sont pas faciles. Je te félicite beaucoup d'être sortie avec Colin.

Le sourire de Trinity était triste et compréhensif. Je détestais qu'elle connaisse une partie de ce que j'avais vécu. Je ne souhaiterais la violence à personne, ni comme victime ni comme proche d'une victime.

— Je suis désolée, dit Laura. Je n'aurais pas dû parler de Colin à tout le monde.

Je lui souris et secouai la tête. — Ce n'est pas ta faute. J'aurais dû le dire à tout le monde. Je suis juste complètement perturbée. Juste après Andy, je voulais me réapproprier ma vie, alors j'ai effacé son souvenir avec d'autres hommes. Quand j'ai arrêté ça, une partie de moi a l'impression d'avoir cessé de vivre. J'ai laissé la peur tout contrôler pendant long-temps. J'ai perdu tellement de qui j'étais quand j'étais avec Andy, et c'est difficile de tout récupérer.

— Tout ne reviendra pas d'un coup, dit Trinity. Il y a des parties de ma mère qui ne reviendront jamais. Mais il y a des parties d'elle qui reviennent. Tu dois décider ce que tu peux supporter, et si tu n'es pas prête à sortir avec quelqu'un, alors ne le fais pas. Si tu ne veux que des aventures sans lende-main, fais-le. Et si tu veux nous raconter tous les détails croustillants de ce qui s'est passé avec Colin, nous sommes toutes prêtes à écouter.

Un rire surpris sortit de ma bouche. Je secouai la tête, mais les visages expectatifs autour de moi me disaient que je pouvais leur faire confiance. Elles n'allaient nulle part. Je ne me retrouverais jamais dans une situation comme avec Andy parce que les femmes extraordinaires qui m'entouraient seraient là à chaque étape pour me tirer d'affaire si quelque chose arrivait.

J'avais de l'amour dans ma vie, le genre d'amour que tout le monde voulait. Un amour inconditionnel et éternel. Parce que j'avais les meilleures amies du monde.

Alors je leur ai raconté tous les détails pas si croustillants sur Colin. Et je savais que c'était la bonne décision.

TRINITY EST SORTIE avec moi à la fin de la soirée. Elle m'a demandé si j'allais bien.

J'ai acquiescé. — Ça va. Et toi ? La réponse était auto-matique.

Elle m'a étudiée attentivement. Ses yeux bruns semblaient

pouvoir voir à l'intérieur de moi. Je me suis concentrée sur le reste de sa personne pour ne pas avoir à croiser son regard. Ses boucles sombres qui encadraient son visage. Le léger rouge sur ses joues. La teinte rose qu'elle portait la plupart du temps sur ses lèvres. Son haut jaune.

— Tu sais que ce n'est pas ce que je voulais dire, dit-elle, attirant mon attention. Il y a combien de temps que tu étais avec Andy ?

— Longtemps. À l'université. Je l'ai quitté quand j'avais vingt et un ans. Il y a huit ans.

— Le temps ne peut guérir que certaines choses. L'ex de ma mère est allé en prison quand j'étais adolescente. Ça fait plus de quinze ans, et ma mère n'a toujours aucun intérêt à sortir avec quelqu'un.

J'ai soupiré. — Je ne sais pas si je ferai un jour pleinement confiance à un homme.

— Tu as fait assez confiance à Colin pour sortir seule avec lui. Pour te montrer vulnérable.

J'ai acquiescé et glissé mes cheveux derrière mon oreille. — Je n'étais pas sûre d'en être capable, mais oui.

— Je n'ai pas eu de relation pendant longtemps après ça, a admis Trinity.

Nous avons continué à marcher au-delà de nos voitures jusqu'à ce que nous arrivions au parc Catherine, ce que nous appelions tous la place. C'était calme pour un dimanche soir, mais le calme était bon.

— Est-ce qu'il a déjà... ?

Trinity a secoué la tête. — Non. Je pense que ma mère l'aurait tué s'il avait essayé de me toucher, de quelque façon que ce soit. Il gardait ses distances avec moi.

— Ça t'a quand même perturbée, cependant.

Trinity a acquiescé. — Oui. Savoir ce qu'elle a traversé, même si je suis sûre que je ne connais pas encore tout, ça m'a vraiment dérangée. Quand nous avons emménagé chez ma grand-mère, ma mère s'est repliée sur elle-même pendant un moment. Elle sortait à peine de la maison. C'est ma grand-mère qui m'a appris à fabriquer des bijoux. Nous sommes devenues très proches.

— C'est bien que vous vous soyez eues l'une l'autre. Et que vous ayez toutes les deux été là pour ta mère.

— Tu avais quelqu'un, toi ? demanda Trinity.

J'ai hésité une seconde, puis j'ai secoué la tête. — Il s'est assuré que je sois seule. Ma cousine et moi étions très proches, mais il l'a mise très mal à l'aise quand elle est venue me rendre visite. Quand elle m'a interrogée à ce sujet, j'ai pris son parti à lui. Nous n'avons plus été proches depuis.

— Tu lui as dit un jour ?

J'ai ri doucement. — Non. Personne dans ma famille ne sait.

— Mais tu nous l'as dit à toutes ?

J'ai acquiescé. — Laura a été la première à le découvrir. J'ai commencé à voir un thérapeute tout de suite, et elle me disait toujours que j'avais besoin de parler aux gens, mais jusqu'à ce que je panique pendant un rapport sexuel un soir, je pensais que j'allais bien. Laura a dû venir me chercher, et après ça j'ai réalisé que j'avais besoin de parler aux gens. Je pense qu'elles savaient toutes, mais personne ne posait de questions.

— C'est souvent comme ça.

J'ai acquiescé. — C'est vrai. Il m'a fallu beaucoup de temps pour admettre que j'avais honte. Je me disais que ça ne regardait personne d'autre, mais je me blâmais de ne pas avoir été plus forte. Je pensais que j'aurais dû le voir venir ou l'arrêter ou le quitter plus tôt. Je me disais que c'était ma faute.

— Et maintenant tu te dis que la seule façon d'empêcher que ça se reproduise est de ne pas t'impliquer.

— Exactement.

Trinity a pris ma main et l'a serrée. — Je comprends. Mais

je déteste l'idée que quelqu'un manque quelque chose d'incroyable à cause de quelqu'un d'autre. L'ex de ma mère lui a volé une partie d'elle-même. Je ne pense pas qu'elle la récupérera un jour. Mais elle me dit qu'elle a eu son grand amour. Elle a eu mon père. Il est mort dans un accident de voiture quand j'avais treize ans, et ça a détruit ma mère. Mais elle l'aimait. Elle ne pense pas qu'il lui manque quelque chose parce qu'elle sait ce qu'est l'amour. Mais toi...

— Je n'ai jamais vraiment connu l'amour, ai-je fini pour elle.

Trinity a haussé les épaules. — Il n'y a que toi qui sais si c'est vrai. Et il n'y a que toi qui sais si tu veux aimer. Je pense que tout commence par apprécier quelqu'un et lui donner une chance. Tu l'as fait avec Colin, alors peut-être qu'il y a plus que ça.

— Ou peut-être qu'il sera juste une histoire un jour.

Trinity a souri. — Une belle histoire.

— Ou pas.

— Mais tu ne le sauras pas tant que tu ne lui auras pas donné une chance.

J'ai gémi. — Pourquoi les rencontres doivent-elles être si difficiles ?

— Parce que rien de valable n'est jamais facile.

— C'est vrai.

Trinity et moi nous sommes levées et sommes retournées là où nous étions garées. Nous nous sommes enlacées et nous nous sommes dit bonne nuit et je lui ai promis que je réfléchirais à revoir Colin.

En grandissant, je croyais en l'amour. Que c'était quelque chose que tout le monde pouvait avoir. Mes parents étaient encore fous amoureux, et je pensais que l'amour était juste quelque chose qui arrivait un jour. Quand j'ai rencontré Andy, j'ai pensé qu'il était fait pour moi.

Mais après Andy, j'ai vu l'amour plus comme dans Autant en emporte le vent. C'était l'un des films préférés de ma mère. Elle le regardait tout le temps quand j'étais enfant, et elle disait qu'elle savait que Rhett et Scarlett finiraient ensemble. Je détestais ce film. Je voyais une relation toxique dès le début, qui les laissait tous les deux malheureux et blessés. Mais après Andy, je me suis dit que c'était ça, l'amour. Pour certains, c'était beau et magique, et pour d'autres, c'était douloureux et tragique.

J'étais définitivement dans la deuxième catégorie. Et je n'étais pas sûre d'être destinée à être dans la première.

La vie après Andy signifiait prendre soin de moi. Cela signifiait essayer de récupérer qui j'étais et qui j'étais censée être. Cela signifiait accepter mon destin de femme célibataire pour toujours. J'étais d'accord avec ça. J'aimais le sexe, et je le pratiquais quand je le voulais, mais j'étais d'accord pour ne rien avoir de plus que ça. J'étais devenue douée pour repousser le désir de quelque chose d'autre, et même s'il refaisait surface de temps en temps, je pouvais l'écraser avec du sexe et passer à autre chose.

Mais Colin... Colin était un danger pour ça. Je m'étais déshabillée jusqu'à mes sous-vêtements avec lui. J'étais allée nager dans un endroit désert avec lui. Je l'avais embrassé. Il avait pris soin de moi. Il m'avait fait me sentir en sécurité. Il me foutait la trouille.

Je ne savais pas comment j'allais gérer les choses avec lui. Je l'aimais bien, mais j'étais brisée. Les personnes brisées ne peuvent pas tomber amoureuses. Mon cœur était endommagé au-delà de toute réparation, et si j'essayais d'aimer quelqu'un, mon cœur fracturé laisserait tout l'amour s'échapper à travers les fissures.

Alors il valait mieux que je n'essaie pas. Il valait mieux que ce qui se passait entre nous reste superficiel. Peut-être que nous pourrions avoir une relation sans attaches pendant un petit moment. Ou juste une fois. Nous étions compatibles, et ça devait signifier quelque chose. Non ?

MES PARENTS VOULAIENT FAIRE un autre dîner de famille cette semaine, alors j'y suis allée directement après le travail mardi. J'étais fatiguée, mais Chelsea n'était pas disponible la dernière fois que mes parents nous avaient invités à dîner, alors nous recommencions.

Ma mère et tante Cathy étaient meilleures amies en grandissant. Elles avaient seulement deux ans d'écart, et bien qu'elles aient eu leur lot de disputes, elles se sont toujours eues l'une l'autre. Chelsea et moi étions similaires. Nous étions proches, et j'ai détesté quand Andy l'a éloignée. Elle était ma meilleure amie à un moment donné. Nous travaillions à retrouver cette relation, mais ce n'était pas facile. Chelsea gardait ses distances par moments. Je comprenais. Je ne lui ai jamais expliqué pourquoi j'avais pris le parti d'Andy dans leur dispute. Je n'étais pas sûre de le faire un jour.

Tout le monde était là quand je suis arrivée. Je suis entrée et j'ai suivi mon nez jusqu'à la cuisine. Ma mère a toujours aimé cuisiner. Elle avait l'allure d'une cheffe, potelée et ronde avec un sourire perpétuel sur son visage. Mon père n'était pas un homme mince non plus. Il avait un ventre et des joues qui feraient envie à un bébé.

En grandissant, ils étaient simplement mes parents. Je ne les ai jamais vus comme en surpoids. Ils étaient juste qui ils étaient. Je leur ressemblais avec mon ventre rond et ma forte poitrine. J'avais les joues potelées de mon père et tout le reste potelé de ma mère. J'aimais leur ressembler.

Jusqu'à ce que j'arrive au lycée. Les enfants étaient méchants au lycée. On me donnait des noms et on me critiquait pour mon apparence. J'ai essayé de faire un régime et de ressembler aux filles minces, mais ça n'a jamais fonctionné parce que j'aimais trop la nourriture.

À l'université, j'ai essayé plus fort de faire un régime puisque j'étais loin de la cuisine de ma mère. J'ai perdu beaucoup de poids, mais j'étais malheureuse. Pour maintenir le poids, je devais compter les calories et faire beaucoup d'exercice. Après Andy, je suis retournée à la maison et j'ai repris la plupart du poids. Je n'ai jamais été mince, mais une fois que j'ai repris du poids, j'étais plus heureuse.

En entrant dans la cuisine avec toute ma famille autour, je me sentais comme la personne que j'étais censée être. Nous étions tous un peu trop ronds et un peu trop bruyants. Nous étions faits pour être comme ça, et j'aimais ça. J'étais à nouveau à l'aise dans mon corps. Et j'aimais pouvoir manger la cuisine de ma mère sans me sentir coupable parce que la vie était meilleure quand on en profitait.

— Salut, M'man, dis-je en m'approchant pour faire un câlin à ma mère.

— Oh, Elise, tu dois entendre ça. Cathy était en train de nous parler de la nouvelle érablière. Ça a l'air merveilleux. Tu devrais y aller, dit maman. Elle repoussa mes cheveux et les glissa derrière mon oreille en me souriant.

Je lui souris en retour. — J'y suis allée. C'est magnifique.

— Quand y es-tu allée ? J'y étais samedi, dit tante Cathy.

— Moi aussi, mais tard. Et j'étais là pour la grande réouverture. Le nouveau propriétaire est un ami d'une amie, expliquai-je. Je passai devant ma mère pour serrer tante Cathy dans mes bras, puis fis le tour jusqu'à ce que je sois à côté de Chelsea. — Salut, cousine.

— Salut, dit Chelsea. Comment vas-tu ?

— Bien. Occupée. Tu sais comment c'est.

Chelsea était coiffeuse. Elle voulait rester à L'anse MacKellar alors elle avait pris un emploi chez Debby, la coiffeuse locale. Debby avait été dans le même salon depuis toujours. Ses styles étaient dépassés et la décoration du salon aussi, mais Debby était une institution à L'anse MacKellar. Je pense qu'elle était là quand la ville a été fondée.

— Les choses sont occupées. Debby n'est pas ravie de mon travail parce que j'essaie de faire des choses que les gens de ce siècle veulent. J'aimerais pouvoir ouvrir mon propre salon.

— Pourquoi ne peux-tu pas ? demandai-je.

— Je travaille déjà trop d'heures. Et je me sentirais coupable de la mettre en faillite, dit Chelsea. Les cheveux bruns de Chelsea étaient tressés en une épaisse natte au centre de son dos. Elle les gardait attachés quand elle travaillait, mais quand elle les lâchait, ils tombaient en vagues lâches dont j'avais été jalouse toute ma vie.

— Qu'as-tu pensé de la ferme ? demanda tante Cathy, ramenant la conversation à son point de départ.

— C'est magnifique. Je suis contente que Colin l'ait rouverte. Il fait du très bon travail, dis-je.

Ma mère arrêta de remuer la sauce et me fixa, bouche bée.

— Quoi ?

— Elise McKenna Webber. As-tu le béguin pour cet homme ?

J'ai roulé des yeux et ri, priant pour que le feu sur mes joues ne soit pas visible. — Bien sûr que non. Je le connais à peine.

Maman plissa les yeux vers moi. — Tu as l'air de le connaître assez bien.

J'ai ri. — Maman, ton horloge biologique grand-maternelle fait trop de bruit. Tu n'entends pas correctement. Je n'ai rencontré Colin que quelques fois.

— Et pourtant tu es déjà en termes familiers avec lui ? intervint tante Cathy.

J'ai regardé Chelsea pour obtenir de l'aide mais elle a

simplement haussé les épaules. — Je vous l'ai dit. C'est l'ami d'une amie. Suis-je censée l'appeler M. Jones ? Il a dix ans de plus que moi, pas trente.

— Comment sais-tu quel âge il a ? demanda maman.

— Je, euh, eh bien, je lui ai demandé, avouai-je.

— Tu lui as demandé ? Ça a vraiment l'air que tu le connais mieux que simplement l'ami d'une amie. Nous caches-tu quelque chose ? Sors-tu avec cet homme ?

— Non, dis-je fermement.

— Oh, Elise, tu aurais dû l'inviter à dîner. Nous aurions pu mettre un couvert supplémentaire. Pourquoi ne l'appelles-tu pas maintenant ?

— Non, maman. Je ne l'appelle pas parce que nous ne sortons pas ensemble. Nous discutons, mais nous nous connaissons à peine, expliquai-je.

Dès que les mots sortirent, je sus que c'était une erreur. Elle sauta dessus et me demanda tout ce qu'elle voulait savoir sur Colin, et nous. Tante Cathy s'y mit aussi.

Peu importait le nombre de fois où je leur disais que nous ne nous connaissions pas bien, elles étaient convaincues que j'allais l'épouser et avoir ses enfants.

J'étais vraiment fichue.

COLIN

Socialiser n'a jamais été mon point fort. Je me suis toujours senti trop vieux, ce qui signifiait que je ne pouvais pas me connecter avec les gens de mon âge. Alors que j'approchais la quarantaine, je me sentais trop jeune. Pas que je sois jeune, mais les personnes de mon âge avaient des enfants qui approchaient l'adolescence, et j'étais toujours célibataire sans enfants.

Je n'étais pas un bon parti. J'étais le type dont tout le monde se demandait ce qui n'allait pas chez lui.

La plupart du temps, ça ne me dérangeait pas, mais quand j'étais assis sur un tabouret de bar chez O'Kelley's avec Ramsey et ses amis, à parler de leurs vies, je me retrouvais à me demander ce qui n'allait pas chez moi.

—Amber a tellement hâte que l'été arrive. Je ne pense pas qu'elle s'en rende compte, mais je crois qu'elle a manqué à Melody toute l'année, a dit Ramsey.

Ian, un constructeur de bateaux et fiancé à l'une des amies de Melody et d'Elise, a dit : —Je parie que Melody lui a manqué aussi.

Ramsey a acquiescé. —Elle reste occupée avec sa nouvelle

entreprise, cependant. Elle adore créer des packs pour fêtes pour les parents occupés. Elle était tellement excitée la semaine dernière parce qu'elle a reçu une commande du Wyoming. C'est le plus loin qu'elle ait eu à expédier un colis jusqu'à présent.

—Très cool, a dit Ian. C'est excitant de savoir que tu atteins de nouvelles personnes.

—Et toi ? a demandé Ramsey en se tournant vers moi. Comment vont les choses pour toi ?

—Bien, ai-je dit. Tout va bien.

Ramsey a plissé les yeux. —Qu'est-ce qui se passe ?

—Rien, pourquoi ?

—Parce que tu as l'air bizarre.

—Il court après Elise, a dit Hudson, calant sa hanche de l'autre côté du bar. Je suppose qu'il ne veut pas que vous le sachiez.

—Melody avait raison à propos de vous deux ? a demandé Ramsey, échangeant un regard avec Hudson, puis Ian.

—On ne fait que parler.

—Ils se sont trouvés sur cette application, a ajouté Hudson.

—Mec, tu dois vraiment tout leur dire ? ai-je demandé.

Il a haussé les épaules et secoué la tête. —Pas si tu veux le faire toi-même.

Ramsey a ricané. —Hud, laisse-le tranquille. S'il ne veut pas de notre aide, il n'a pas besoin de la prendre.

—De l'aide pour quoi ?

—Avec Elise, a dit Ian. C'est une dure à cuire.

—Qu'est-ce qui te fait dire ça ?

Ian a haussé les épaules. —Elle observe toujours les choses, absorbe le monde qui l'entoure. Ce n'est pas mauvais, mais elle s'implique rarement trop. Elle préfère rester en retrait.

—Vraiment ?

—Ouais, a dit Hudson. Elle trouve son bonheur où elle peut, mais si ce n'est pas toi, recule. Je l'ai vue abattre quelques hommes.

—Mais c'est une bonne personne, non ?

—Sans aucun doute, a dit Ramsey. Elle est loyale, gentille et protectrice. Je pense aussi qu'elle est effrayée et blessée. Approche avec prudence.

—J'ai déjà appris cette leçon, ai-je dit.

—Elle t'a botté le cul ? a demandé Hudson.

J'ai secoué la tête. —On est allés nager.

Ramsey, Ian et Hudson ont tous échangé des sourires coquins. —Sympa.

—La ferme, ai-je dit, essayant de cacher mon sourire. Il ne s'est rien passé.

—Aww, regarde. Il rougit. C'est tellement mignon, a dit Ramsey.

—Va te faire foutre, ai-je dit, mes joues brûlant encore plus.

—Il est adorable, a ajouté Ian.

J'ai secoué la tête. Tout ce que je dirais ne ferait qu'empirer les choses.

—Sérieusement, a dit Hudson, fais attention avec elle. Si tu lui fais du mal, on te fera du mal.

J'ai regardé les trois hommes autour de moi dans les yeux et j'ai acquiescé. —Je n'attendrais rien de moins.

Ils ont tous hoché la tête.

—Alors, tu l'aimes bien ? a demandé Ian.

J'ai haussé les épaules. —Ce que je connais d'elle, oui. Elle est belle. Et drôle et intelligente. Et quand elle sourit, le monde entier est un peu meilleur.

—Mince, a dit Ian. Il est foutu.

—Ouais, a confirmé Ramsey, levant sa bière en toast. Bienvenue au club.

—Je me tire, a dit Hudson en s'éloignant.

—Quel club ? ai-je demandé.

—Est-ce que je veux même savoir quel genre de club vous avez ? a demandé un autre gars à côté de moi. Il s'est glissé sur le tabouret à ma droite et a tendu la main. —Je m'appelle James.

—Colin.

—Quel genre de club est-ce ?

—Le genre où les seuls hommes autorisés sont ceux qui sont soumis, a dit Hudson, glissant une bière devant James.

—Oh, rien à foutre. Je ne vais pas me faire attacher. Être célibataire, c'est tellement mieux. Pas vrai, Hud ?

Hudson a fixé James pendant une minute, puis s'est éloigné. Ramsey a tendu le bras derrière moi et a frappé James derrière la tête.

—Aïe, bordel. Je ne le pensais pas comme ça, a dit James.

—Alors comment le pensais-tu ? a demandé Ian.

—Je suis juste un crétin, a dit James en secouant la tête.

J'ai regardé Ramsey pour une clarification. —La femme de Hudson est morte il y a quelques années.

—Merde. Je me suis tourné vers James. Aïe.

James a grimacé et acquiescé. —Ouais, je suis un con.

—Irréfléchi, a dit Ramsey. Tu lui dois des excuses. Tu sais comment il est.

James a grommelé mais a glissé de son tabouret et a suivi Hudson dans le couloir arrière, les épaules affaissées.

—James est flic. Lui et Hudson sont de bons amis. Hudson sait qu'il n'était pas intentionnellement un con, mais Hud est aussi susceptible au sujet de Hillary, a expliqué Ramsey.

—Je peux comprendre ça. Je n'ai jamais été marié, mais j'aime à penser que si je l'étais, je me sentirais pareil si elle mourait, ai-je dit.

Mon père se sentait certainement de la même façon. Ça l'a tué quand nous avons perdu ma mère. Il pouvait à peine fonctionner au début. C'est seulement quand nous avons quitté L'anse MacKellar que Papa a commencé à redevenir lui-même.

—Je ne peux même pas penser à perdre Blake, a dit Ian. Il a secoué la tête. J'ai attendu trop longtemps pour être avec elle. La perdre n'est pas une option.

—Ce n'est jamais une option, a dit Ramsey. J'ai eu des années avec Melody et la perdre pendant quelques mois a été la pire chose que j'ai jamais vécue dans ma vie. Je ne vais jamais laisser une chose pareille se reproduire.

Je les ai écoutés parler des femmes qu'ils aimaient et je me suis demandé si je me sentirais un jour comme ça. Les femmes que j'ai fréquentées dans le passé étaient des femmes dont je me souciais, mais aucune d'entre elles n'a suscité cette même passion. Quand les choses se terminaient, elles se terminaient simplement. Nous ne revenions pas en arrière et en avant, débattant si c'était juste. C'était fini. Même les relations qui étaient plus sérieuses se terminaient simplement, et nous nous éloignions tous les deux.

Avec Elise, je n'en étais pas là. Oui, je l'aimais bien. Et j'espérais qu'on apprendrait à mieux se connaître, mais je passerais à autre chose si rien n'en sortait.

Mais ma poitrine me faisait mal à cette pensée. Je ne voulais pas encore passer à autre chose. Je voulais savoir si quelque chose pouvait se passer entre nous. Je voulais... elle. C'était aussi simple que ça. Je voulais Elise.

Et j'étais assez sûr qu'elle me voulait aussi.

Je venais de m'asseoir pour un dîner solitaire le lendemain soir quand mon téléphone a sonné. Puisque je ne connaissais qu'une personne qui appelait au lieu d'envoyer des textos, j'ai décroché sans regarder.

—Salut, Papa, ai-je dit.

—Colin ! la voix de mon père a résonné dans le téléphone. Comment vas-tu ?

—Je vais bien. Occupé, mais bien. Comment vas-tu ?

—À peu près pareil. Tu sais comment ça se passe. Comment va la ferme ?

J'ai souri. Papa demandait toujours des nouvelles de la ferme. Je savais qu'elle lui manquait. Partir avait été une décision difficile, une qu'il remettait toujours en question.

—La ferme va bien. La saison de la sève est terminée puisque les nuits ne descendent plus au point de congélation. Nous traitons tout. Le magasin se porte bien. Tout va bien, lui ai-je dit.

Mon père était un homme d'affaires. Il aimait parler d'affaires. Les émotions étaient une option aussi, mais il préférait parler de choses qui ne le tiraillaient pas trop.

—C'est bien. On dirait que tu es sur la bonne voie.

J'ai acquiescé. —J'espère. Nicky a été d'une aide énorme. Je ne pense pas que j'aurais pu faire tout ça sans lui.

—Il a toujours été comme ça. Je me souviens encore quand il a commencé là-bas. Il était drôle et il aimait tellement ma mère. J'étais heureux quand ils se sont enfin mis ensemble.

—Tu savais pour eux ? ai-je lâché.

Papa a ri. —Oui. Je ne leur ai jamais dit que je savais, cependant. Ma voulait garder leur relation secrète. Ce n'était pas à moi de demander pourquoi. J'ai toujours pensé que l'amour devait être célébré. C'est ce que ta mère m'a montré. Mais tout le monde ne voit pas l'amour de la même façon. Certains le voient comme un piège au lieu d'un endroit où l'on peut être libre d'être soi-même. Si tu ne te sens pas comme ça quand tu es avec la personne que tu aimes, je ne pense pas que ce soit vraiment de l'amour.

J'ai acquiescé. J'avais reçu beaucoup de conseils relationnels non intentionnels dernièrement. Je les ai tous pesés par rapport à Elise, ce qui n'était probablement pas juste pour elle. Nous n'avions eu qu'un seul rendez-vous. C'était un super rendez-vous, mais ce n'était qu'un seul. Nous n'étions pas dans une relation. Nous sortions à peine ensemble. Mais je pensais d'abord à elle quand je pensais à quelqu'un avec qui je voulais passer du temps.

—Hé, Papa, veux-tu venir me rendre visite un de ces jours ? Monter à la ferme, peut-être rester un petit moment.

Il a inspiré brusquement. —Oh, euh, je ne sais pas, fils. J'aimais cet endroit, mais mes souvenirs sont tellement embrouillés à ce stade. Tout ce que je me rappelle de la ferme est lié à ta mère. Et sans elle, ou ta grand-mère, là-bas, je ne sais pas si je peux le faire.

—C'est bon, ai-je dit, même si j'étais déçu. Je comprends. Mais j'avais espéré qu'il viendrait.

Papa a soupiré. —J'y réfléchirai.

—Non, Papa, je comprends. C'est trop douloureux de venir ici.

—Ce le serait, mais je me suis caché de cette douleur pendant des années. Peut-être qu'il est temps d'arrêter de se cacher et de la ressentir. J'aimais ta mère, et je l'aime toujours. Elle était mon monde. Et quand elle est morte, je savais que je ne serais plus jamais le même. J'ai fait de mon mieux pour être un bon père pour toi, mais je te laisse tomber en ce moment.

—Non, pas du tout. Tu prends soin de toi. Je comprends, Papa. Tu dois prendre soin de toi.

—Pas au détriment de toi. Quitter la ferme a été une décision difficile pour moi parce que je savais que tu l'aimais. Ma m'a dit que t'éloigner serait mauvais, mais elle ne comprenait pas. Je perdais des morceaux de moi-même chaque jour. Ta mère était là, dans chaque centimètre de cet endroit. Je la voyais partout où j'allais. Et rester là-bas me donnait l'impression de la perdre chaque minute de chaque jour. Ça faisait mal d'être là. Je me suis mis au-dessus de toi à ce moment-là, et je le fais toujours.

—C'est bon, Papa. Vraiment. Je pensais juste que tu voudrais peut-être voir l'endroit.

—Es-tu allé au vieux trou de baignade ? a demandé Papa.

J'ai été surpris par le changement de sujet mais je l'ai suivi. —Euh, oui. J'y étais le week-end dernier.

—C'est là que je suis tombé amoureux de ta mère. Je l'y ai emmenée pour un rendez-vous, et nous avons flotté dans l'eau et parlé. J'ai toujours eu l'impression que nous pouvions tout dire ou tout faire quand nous étions là. C'est là que nous avons décidé que nous voulions nous marier et fonder une famille. C'est là que nous avons parlé de tout.

Ma gorge s'est nouée devant l'émotion brute dans sa voix. Je voulais ça. Pas la douleur qui venait avec la perte, mais la joie qui venait avec l'amour.

J'ai pensé à Elise à nouveau et au temps que nous avons passé à l'étang. L'endroit était vraiment magique. Nous n'avons pas beaucoup parlé, mais nous n'avons pas non plus gardé nos distances. L'eau nous a permis de nous détendre et d'être nous-mêmes.

Elle était magnifique flottant dans l'étang. Ses cheveux s'étalaient autour d'elle comme une couronne rose. Ses yeux fermés et tout son corps détendu. Son corps me tentait et me rendait la respiration difficile. Ses mamelons durs pressaient contre le tissu transparent de son soutien-gorge et me suppliaient de la toucher.

Mais je ne pouvais pas. Je le voulais, mais je ne violerais pas sa confiance. Je ne savais pas ce qui s'était passé dans son passé, mais elle n'était définitivement pas une personne qui accordait facilement sa confiance. Elle avait besoin de réassurances.

—Je pense que je veux retourner à l'étang, a dit Papa après une minute. Juste y penser me donne envie d'y aller. J'ai l'impression que ta mère est là.

J'espère que non, ai-je pensé. Si elle y était, elle a eu tout un spectacle le week-end dernier.

—Tu devrais venir, Papa. Quand tu veux.

—Je le ferai, a-t-il dit. Je regarderai mon emploi du temps et je te ferai savoir bientôt. Et peut-être que quand je serai là, tu pourras me présenter la femme à laquelle tu penses en ce moment.

—Quoi ? ai-je lâché, sachant que ce mot choqué était toute la confirmation dont Papa avait besoin.

Il a ri. —Ouais, je pouvais l'entendre dans ta voix. Tu as commencé à tomber amoureux à l'étang, toi aussi. Ou peut-être que c'était juste du désir. Quoi qu'il en soit, si tu l'as emmenée là-bas, je sais qu'elle est spéciale.

—Oui, elle l'est, ai-je admis.

—Bien. Maintenant j'ai deux raisons de venir.

J'ai secoué la tête. Il avait toujours eu la capacité de savoir ce que je pensais. Quand j'étais adolescent, c'était franchement frustrant, mais en tant qu'adulte, je souhaitais seulement avoir la même capacité.

Nous avons parlé quelques minutes de plus puis avons raccroché. J'ai réchauffé mon dîner et me suis rassis. J'ai trouvé un film que je voulais voir et je me suis laissé emporter par l'histoire. Avant que je ne m'en rende compte, le film était terminé, le dîner était parti, et je m'endormais.

QUELQUES JOURS SONT PASSÉS et je n'ai pas eu de nouvelles d'Elise. Je n'étais pas sûr si elle allait prendre contact, mais je voulais la revoir. J'étais trop vieux pour les jeux, et j'avais appris qu'être direct était toujours la meilleure façon d'être avec les gens.

TRUCS SUCRÉS

Tu as réfléchi à me laisser t'inviter à dîner ?

L'application te prévenait quand il y avait un message en attente, alors j'espérais qu'Elise le verrait et répondrait, mais je ne m'attendais pas à ce que ce soit rapide.

Mon téléphone a sonné une minute plus tard avec une notification de À la Recherche du Héros Littéraire Parfait, et j'ai souri.

CAPITAINE

J'ai un peu faim.

TRUCS SUCRÉS

Tu as des idées ?

CAPITAINE

Je prévoyais de rester à la maison ce soir.

J'étais plus qu'un peu déçu, mais je comprenais.

TRUCS SUCRÉS

Peut-être une prochaine fois ?

CAPITAINE

Tu abandonnes si facilement ?

TRUCS SUCRÉS

Pas du tout. Mais je ne veux pas changer tes plans.

CAPITAINE

Dis-moi quelque chose que personne d'autre ne sait.

TRUCS SUCRÉS

Tu as un grand cœur.

CAPITAINE

Je voulais dire à propos de toi.

J'ai ri. Je pouvais presque l'entendre lever les yeux au ciel.

TRUCS SUCRÉS

Je n'arrive pas à arrêter de penser à toi. Mon père veut te rencontrer.

CAPITAINE

Tu as parlé de moi à ton père ?

TRUCS SUCRÉS

Nous parlions et il a détecté quelque chose.

CAPITAINE

Qu'as-tu dit ?

TRUCS SUCRÉS

Je lui ai dit qu'on apprenait à se connaître.

CAPITAINE

C'est tout ? Qu'a-t-il détecté ?

J'ai pris une respiration et me suis rappelé que les femmes étaient censées être prudentes. Si elles ne l'étaient pas, je serais déçu. Tous les hommes ne sont pas des hommes bien, et une femme devait savoir qu'elle était en sécurité.

TRUCS SUCRÉS

Je l'ai invité à la ferme. Il n'y est pas venu depuis que j'étais enfant. Il m'a demandé à propos de l'étang, où nous sommes allés, et pendant que nous parlions, je pensais à toi. Il l'a remarqué. Il est très perspicace.

CAPITAINE

Que lui as-tu dit à mon sujet ?

TRUCS SUCRÉS

Que je veux t'épouser et t'installer à la ferme immédiatement pour que je puisse te mettre enceinte aussi vite que possible.

J'ai souri dès que j'ai appuyé sur envoyer, puis j'ai recommencé à taper.

TRUCS SUCRÉS

Je plaisante. Je lui ai dit qu'on apprenait à se connaître et que tu es spéciale. Je ne suis pas le genre de personne qui se précipite dans les choses.

CAPITAINE

Je suis désolée. Je ne devrais pas être si paniquée par cela. Ma famille est au courant pour toi.

TRUCS SUCRÉS

Ah vraiment ? Tu parles de moi ?

CAPITAINE

Non, mais il semble que ma mère ait les mêmes pouvoirs de perception que ton père. Ma tante a mentionné ta ferme, et j'ai dit à ma mère que j'y étais allée. Elle m'a pressée de lui donner des informations et a compris que je n'étais pas juste une cliente.

J'ai souri en lisant sa dernière ligne. Non, elle n'était définitivement pas juste une cliente. Pas pour moi.

CAPITAINE

Je ne voulais pas dire ça comme ça sonnait. Je suis une cliente, mais nous parlons. Tu vois ce que je veux dire ?

TRUCS SUCRÉS

Absolument. Tu veux dire que tu veux me voir nue.

CAPITAINE

Je n'ai jamais dit ça !

TRUCS SUCRÉS

Pas besoin. J'ai le même pouvoir de perception. Tu meurs d'envie de me voir nue.

CAPITAINE

Mon Dieu, je n'ai jamais dit ça.

TRUCS SUCRÉS

Peut-être, mais tu le pensais. C'est bon. Je sais que je suis impossible à résister.

CAPITAINE

Et si humble.

TRUCS SUCRÉS

Mais je t'ai fait rire. Dieu, j'aimerais pouvoir entendre ton rire maintenant.

Je regardais toujours mon téléphone quand il a sonné. Le nom d'Elise était à l'écran. J'avais oublié qu'elle avait enregistré son numéro dans mon téléphone.

—Allô ?

—Tu es incorrigible, a-t-elle dit avec un petit rire.

J'ai ri et me suis réinstallé dans ma chaise. —Je le suis, mais tu trouves ça mignon.

—Je n'en suis pas si sûre, a-t-elle dit.

—Oh, je pense que si. Je pense que tu me trouves adorable et mignon et que tu n'en as jamais assez.

—Wow. Tu continues à m'étonner.

—Mon esprit éblouissant ?

—Non, je pensais à ta confiance éhontée.

J'ai éclaté de rire et secoué la tête. —Si tu savais à quel point je ne me sens pas confiant en te parlant, tu ne dirais pas ça.

—Pourquoi ? a-t-elle demandé, sa voix changeant, baissant.

J'ai adapté mon ton au sien. —Je n'ai pas beaucoup fréquenté. Quelques femmes, mais je ne suis pas un sérial flirteur. La plupart des femmes avec qui j'ai été impliqué n'ont pas compris les exigences que mon emploi du temps impose à mon temps. Et je sais que c'est principalement de ma faute. Je n'ai jamais fait d'aucune d'entre elles une priorité.

—Pourquoi pas ?

J'ai haussé les épaules. —Je savais que ça ne durerait pas. Avec toutes, je savais que ça finirait à un moment donné, et je n'étais pas prêt à abandonner ce que j'aimais pour une femme qui ne serait pas là pour toujours.

—Tu n'as jamais été amoureux ? a-t-elle demandé doucement.

—Non. Pas au sens véritable. J'ai pensé l'être. J'ai voulu l'être. J'ai dit les mots. Mais dans toutes ces situations, le travail est passé en premier en fin de compte. Si l'une de ces femmes avait été la bonne, ça n'aurait pas été le cas.

—Cela semble très perspicace.

J'ai laissé échapper un rire. —Mes parents s'aimaient. Tellement que lorsque ma mère est morte, mon père a quitté le seul foyer qu'il ait jamais connu parce que c'était trop douloureux d'être rappelé à elle chaque jour. Il n'a jamais refréquenté. Il aime toujours ma mère. Ils avaient le genre d'amour dont les gens ne font que rêver, le genre d'amour que la plupart d'entre nous ne pensent pas exister parce qu'il est rare. Peut-être que cela aurait changé si ma mère n'était pas morte, mais ce n'était pas ce qui devait être. Mon père m'a dit récemment que l'amour devrait te permettre d'être la version la plus vraie de toi-même. Que si tu ne peux pas être qui tu veux être avec la personne que tu aimes, alors tu ne l'aimes pas vraiment. J'ai toujours essayé d'être quelqu'un d'autre avec les femmes que j'ai fréquentées. C'est comme ça que je sais que ce n'était pas de l'amour véritable.

—C'est à la fois la chose la plus belle et la chose la plus triste que j'aie jamais entendue.

J'ai ri doucement. —Oui, ça l'est vraiment.

Nous avons continué à parler pendant des heures, partageant des histoires sur nos familles et notre enfance. Nous avons parlé du travail, des amis et de la vie en général. Et quand nous avons finalement raccroché, j'ai réalisé que je ne lui avais rien caché. J'étais juste moi en train de parler à Elise.

Mais je n'étais pas encore prêt à admettre ce que cela signifiait.

11

ELISE

J'étais presque sortie quand Walter m'a demandé s'il pouvait me parler. Il discutait avec quelqu'un d'autre, alors j'ai attendu sur le côté en essayant de ne pas écouter leur conversation.

— Merci, Elise, dit-il en me rejoignant. Tu as commencé à midi aujourd'hui, c'est bien ça ?

J'ai acquiescé. — Oui, pourquoi ? Tu as besoin que je reste ?

Il a soupiré. — En effet. Si tu peux. Si tu as quelque chose de prévu, je peux demander à quelqu'un d'autre, mais...

— Pas de problème, dis-je. Je n'ai rien de prévu.

« Rien de prévu » n'incluait pas vérifier mon téléphone en espérant avoir un nouveau message de Colin. Cela faisait deux jours que nous avions parlé, et je devais admettre que j'espérais avoir de ses nouvelles depuis.

Travailler quelques heures supplémentaires me permettrait de penser à autre chose qu'à Colin et de me rappeler que j'étais une femme forte et que je n'avais pas besoin d'attendre qu'un homme fasse le premier pas. Je devais juste trouver le courage de le contacter.

— Merci, soupira Walter. Je l'apprécie vraiment. Ça va beaucoup m'aider. Nous avons eu une réservation de dernière minute pour un dîner-croisière privé. Je suis en train de régler tous les détails, mais le gars veut faire sa demande en mariage.

J'ai étouffé mon gémissement et forcé un sourire. Je détestais les croisières de fiançailles. Non pas que je ne voulais pas que les gens soient heureux, mais je détestais être témoin d'un amour aussi intense. Pour certains, c'était comme faire intrusion dans un moment personnel, et pour moi, ça me rappelait simplement que je n'aurais jamais ce qu'ils avaient.

— À quelle heure ? ai-je demandé.

— Départ à dix-neuf heures. C'est une croisière de deux heures. Tu es sûre que tu peux le faire ?

J'ai hoché la tête. — Bien sûr. Mais je vais d'abord aller dîner. Comme ça, je ne volerai pas la nourriture de leurs assiettes quand ils ne regardent pas.

Walter a ri et a fouillé dans sa poche. Il a sorti son porte-feuille et l'a ouvert. — Puisque je te fais travailler, laisse-moi t'offrir le dîner.

J'ai secoué la tête en souriant. — Ça va. Je crois savoir où je peux obtenir un dîner gratuit.

Walter m'a lancé un regard mais n'a pas insisté. Il m'a fait un signe de la main tandis que je partais précipitamment, sortant mon téléphone en marchant vers ma voiture.

CAPITAINE

Tu veux toujours m'offrir à dîner ?

Sa réponse a été presque immédiate.

TRUCS SUCRÉS

Absolument.

CAPITAINE

Parfait. Je meurs de faim et je suis pressée. On se retrouve chez O'Kelley's ?

TRUCS SUCRÉS

J'y serai dans dix minutes.

CAPITAINE

Je vais commander sans toi. Tu veux que je prenne quelque chose pour toi ?

TRUCS SUCRÉS

D'accord, prends-moi la même chose que toi. Merci. Je suis en route.

CAPITAINE

À tout de suite.

J'ai rangé mon téléphone et souri. Il n'avait pas dit non, et il n'avait pas dit qu'il était occupé. Il m'avait dit l'autre soir que ses relations précédentes s'étaient terminées parce qu'il était plus intéressé par le travail que par la femme qu'il fréquentait. Il n'avait pas encore fait ça avec moi.

J'ai conduit jusqu'à L'anse MacKellar et trouvé une place juste devant O'Kelley's. Je savais qu'Hudson prendrait ma commande immédiatement pour que je puisse retourner au bateau à temps, mais c'était aussi mon espace sécurisé. Je ne m'inquiétais de rien quand j'y étais.

Hudson était derrière le bar comme toujours. Il a attendu que je m'assoie pour me demander ce que je voulais boire.

— Juste de l'eau, ai-je dit. Mais j'ai aussi besoin de manger. Deux hamburgers, bien garnis. Deux portions de frites. Et tu as un dessert ?

Il m'a lancé un regard qui disait que je connaissais déjà la réponse à cette question.

J'ai haussé les épaules. — Peut-être qu'à force de demander, tu finiras par l'ajouter au menu.

— Et peut-être que des ailes me pousseront et que j'apprendrai à voler. Qui est en chemin ?

— Colin, ai-je dit sans réfléchir.

Hudson a souri. — Le gars au sirop ? Celui que tu as planté il y a quelques semaines ? Tu lui donnes une autre chance ?

J'ai soupiré et incliné la tête vers lui. — Je ne l'ai pas planté. J'ai juste...

— Quitté les lieux sans lui ?

— C'est compliqué.

— C'est toujours compliqué avec toi. Tu veux simplifier les choses ? a-t-il demandé avec un éclat dans le regard qui me faisait penser qu'il en savait plus qu'il ne le laissait paraître.

J'ai secoué la tête. — Pas avant que tu passes cette commande. Je dois être de retour aux quais dans trente minutes, et je meurs de faim.

Hudson a maintenu mon regard encore quelques secondes. Je lui ai offert un sourire éblouissant jusqu'à ce qu'il se détourne et s'éloigne. Avec un peu de chance, Colin arriverait avant qu'Hudson ne revienne et je n'aurais pas à lui expliquer quoi que ce soit.

La chance était définitivement de mon côté. Colin s'est glissé sur le tabouret à côté de moi dès qu'Hudson a disparu de notre vue.

— Salut, dit-il.

— Salut. J'ai attendu qu'il se penche pour essayer de m'embrasser ou quelque chose comme ça, mais il ne l'a pas fait. Je ne pensais pas que nous en étions déjà là, mais j'étais un peu déçue qu'il ne le fasse pas.

— Tu retournes travailler après ?

J'ai acquiescé. — On a une croisière de fiançailles au coucher du soleil à dix-neuf heures. Elle a été réservée à la dernière minute, et mon patron m'a demandé de m'en occuper.

— Ça devrait être sympa.

J'ai ricané.

— Euh, ou pas ?

J'ai ri. — C'est bon. Je suis juste... cynique.

— Toi ? Non. Je ne l'aurais jamais deviné.

J'ai ri avec lui. — Je n'ai pas un très bon parcours en matière de relations.

— Combien en as-tu eu ? a-t-il demandé.

J'ai hésité à lui dire quoi que ce soit, mais j'avais commencé la conversation. — Une relation sérieuse. Ce n'était pas une bonne.

— C'est pour ça, a simplement dit Colin. Une seule relation, ça donne peu de chances d'en avoir une bonne. Tu ne peux pas t'attendre à réussir du premier coup. Presque personne n'y arrive.

J'ai souri et hoché la tête, espérant qu'il ne me poserait pas d'autres questions sur ma relation passée.

— Colin, a dit Hudson, tendant la main par-dessus le bar pour serrer la sienne. Content de te voir.

— Moi aussi. Elise, tu as commandé ? a demandé Colin.

— Elle l'a fait. Ça devrait être prêt dans quelques minutes. Je peux te servir quelque chose à boire ?

— De l'eau pour moi, a dit Colin. La journée a été longue.

— Désolée de t'avoir éloigné du travail, ai-je dit.

Il m'a regardée et a souri. — Ça ne me dérange pas du tout. Dîner avec toi est mieux que le travail n'importe quel jour.

Ses mots m'ont réchauffée bien plus qu'une tentative d'embrasser à moitié ratée ne l'aurait fait. Je savais ce qu'il disait, et j'aimais ça. Beaucoup.

— Merci.

Colin a souri et a maintenu mon regard pendant un long moment. Hudson et le reste du bar se sont estompés.

— Tu dois travailler jusqu'à quelle heure ce soir ? a demandé Colin.

— On devrait avoir terminé vers vingt et une heures. Peut-être un peu plus tard.

— Assure-toi que quelqu'un t'accompagne jusqu'au parking, a dit Colin. Sa voix était tendue et serrée.

J'ai acquiescé. — Je le fais toujours. Nous sommes trois pour ce genre de sorties, et nous veillons les uns sur les autres. Je sais que L'anse MacKellar est une petite ville, mais nous devons être prudents.

— Bien. Je détesterais qu'il t'arrive quelque chose.

J'ai souri et détourné le regard. S'il savait seulement.

— Quand vas-tu me laisser t'inviter à sortir sans devoir filer juste après t'avoir offert un repas ? a demandé Colin, avec une note taquine dans sa voix.

J'ai haussé les épaules. — Je ne sais pas. Les repas gratuits sont plutôt pratiques.

— Hmm. Je crois que j'ai préféré la baignade. Et parler au téléphone.

Est-ce que j'avais imaginé sa voix qui baissait comme ça ? S'était-il penché plus près ? Ou était-ce moi ?

Je me suis éclairci la gorge. — Euh, oui. Moi aussi.

Colin a souri. — Bien sûr, je saisirai toutes les occasions de passer du temps avec toi, même si c'est seulement pour que tu puisses avoir un repas gratuit.

J'ai ri. Nous savions tous les deux qu'il ne s'agissait pas seulement de nourriture gratuite. Il y avait tellement plus que ça. Il était la première et la seule personne que j'avais appelée.

— Salut, a dit quelqu'un juste derrière moi.

Je me suis retournée. Finley. — Salut, Fin. Qu'est-ce que tu fais ici ?

— J'allais te poser la même question. Rissa et moi allions dîner. Je lui ai dit que je la retrouverais ici. Je ne savais pas que tu serais là. Tu veux te joindre à nous ?

J'ai jeté un coup d'œil à Colin. Il sirotait son eau comme s'il n'avait pas un souci au monde. On aurait dit que nous n'étions pas en pleine conversation. Nous n'étions que deux personnes assises l'une à côté de l'autre par hasard.

Il me laissait le soin de dire quelque chose à mon amie. Wow.

— En fait, je suis ici avec Colin. Je ne sais pas si vous vous êtes déjà rencontrés, mais Finley, voici Colin Jones. Colin, Finley Jameson. Elle est propriétaire de Petits ami du Livre Illimité.

— La conceptrice de l'application ? a demandé Colin.

Finley a secoué la tête. — Non, je possède la librairie. L'application a été développée par ma colocataire. C'est elle, le génie de la technologie.

— Oh, je suis désolé. Je ne savais pas, a dit Colin, tendant sa main à Finley. Enchanté de faire ta connaissance.

— Moi de même, Colin.

Hudson est revenu avec notre nourriture, distrayant Colin pendant quelques secondes. Finley a souri et m'a lancé un regard écarquillé qui disait clairement qu'elle approuvait. J'ai levé les yeux au ciel, mais elle a battu des cils.

— Oh, je vois Karissa, a dit Finley. Je vais la rejoindre. C'était tellement agréable de te rencontrer enfin, Colin. J'ai hâte de mieux te connaître.

— Euh, moi aussi, Finley, a dit Colin. Ses sourcils se sont froncés en une question. Il a penché la tête vers moi et haussé un sourcil.

— D'accord, tous mes amis te connaissent.

Il a essayé de réprimer un sourire, en vain.

J'ai attrapé le ketchup devant lui et en ai pressé sur mon

assiette. J'ai trempé une frite dedans et l'ai mise dans ma bouche.

Colin m'observait simplement.

— Quand nous sommes allés nager, j'ai oublié de dire à Laura que j'allais bien. Elle a paniqué et est venue, puis l'a dit à tout le monde. Elle... ils... je suis désolée.

Il s'est penché en arrière. — Désolée ? De quoi ?

— De l'avoir dit à tout le monde. Je n'aurais probablement pas dû.

Colin a secoué la tête. — D'abord, ce sont tes amis. Ils doivent savoir ce que tu veux qu'ils sachent. Ensuite, je suis un peu jaloux. Je n'ai pas de gens comme ça dans ma vie. J'ai mon père et Nicky, mais sinon, je suis plutôt solitaire. Je l'ai toujours été. Mais ça ne veut pas dire que je ne comprends pas que les gens ont besoin d'autres personnes.

Je l'ai regardé. — Je pense vraiment que tu es une licorne. Je me demanderais si tu n'étais pas un produit de mon imagination si d'autres personnes ne te parlaient pas aussi.

Il a ri et secoué la tête. — Je suis juste un type ordinaire.

J'ai secoué la tête. — Non, tu ne l'es vraiment pas. Mais le fait que tu penses l'être te rend encore plus licorne.

Colin a ri et s'est mis à manger. Nos bras et nos jambes se frôlaient pendant que nous mangions. Quand nous avons fini, j'ai proposé de payer mon dîner, mais Colin a insisté pour que ce soit lui qui offre et m'a accompagnée dehors.

La nuit était chaude, nous faisant enfin savoir que le printemps était définitivement là et que l'été approchait. J'adorais ça.

— C'est une belle soirée, a dit Colin.

J'ai acquiescé. — C'est vrai. Ce sera bien pour une croisière.

— Peut-être que celle-ci ne sera pas si terrible.

J'ai ri. — Je suis sûre qu'elle le sera, mais ce n'est pas grave.

Il a pris ma main et l'a tenue légèrement quand nous nous

sommes arrêtés devant ma voiture. — Est-ce que je peux t'embrasser avant que tu partes ?

— Eh bien, tu m'as offert le dîner, ai-je plaisanté.

Colin a reculé d'un pas. — Ce n'est pas donnant-donnant, Elise. Je ne veux pas que tu m'embrasses parce que j'ai payé ton repas.

— Je sais, ai-je dit rapidement. C'était juste une mauvaise blague.

Il s'est rapproché et a repoussé mes cheveux derrière mon oreille. — Je veux juste que tu saches que je n'attendrai jamais rien de toi. Ou n'exigerai rien. Tout ce qui se passera entre nous n'arrivera que si nous sommes tous les deux complètement sûrs que c'est ce que nous voulons.

— Tout ? ai-je respiré.

Il m'a attirée dans ses bras et a murmuré : — Tout, Elise. Et plus encore.

Mon pouls s'est accéléré. Il a appuyé son nez contre mon cou. Ma respiration s'est bloquée dans ma gorge. Il a embrassé ma joue, puis a reculé.

— Passe une bonne croisière, a-t-il dit.

— C'est tout ? ai-je demandé après un moment.

Il a souri. — Je veux que tu sois sûre, Elise. Et à moins que tu le sois, je ne le suis pas. Appelle-moi quand tu rentreras ce soir.

— Pourquoi ?

— Parce que je veux entendre ta voix avant de m'endormir.

Mon cœur a fondu. — D'accord.

— Sois prudente. On se parle plus tard.

Il s'est retourné pour s'éloigner.

— Hé, Colin ?

Il s'est arrêté. — Oui ?

— Je suis sûre.

Il a souri. — Bien. Il s'est retourné à nouveau.

— Vraiment ? ai-je dit.

Il a ri et est revenu. Il était devant moi avant que je ne puisse reprendre mon souffle. Il m'a soulevée dans ses bras et a pris mon visage en coupe. Tout s'est passé si vite que la tête m'en tournait. Mais il ne m'a pas embrassée.

Il a souri et a maintenu mon regard. Chaque cellule de mon corps le suppliait de franchir la distance entre nous et de m'embrasser. Mais il s'est contenté de me regarder.

J'ai attendu, le seul bruit étant celui de nos respirations. Je ne voulais pas partir sans l'embrasser. Je ne voulais pas qu'il parte. Je voulais respirer son odeur et l'emporter avec moi.

J'ai bougé, prête à me rapprocher, et il y a répondu. Il a comblé la distance entre nous, pressant fermement ses lèvres contre les miennes. Sa langue a dansé entre mes lèvres, m'ouvrant à lui. Je l'ai laissé contrôler le baiser, nous mener là où il voulait aller. Je n'avais pas laissé une autre personne avoir autant de contrôle sur moi depuis des années, mais je savais que je pouvais lui faire confiance. Je savais que Colin me garderait en sécurité.

Son érection grandissait contre mon ventre, mais encore une fois, il ne l'a pas frottée contre moi. Il l'a ignorée et s'est concentré entièrement sur me rendre folle avec son baiser.

Et il savait vraiment comment faire.

Il alternait entre de tendres baisers et des exigences pulsantes. Il m'a tenue près de lui tout le temps, ses bras me protégeant de tout le reste. Il a incliné sa tête de l'autre côté et m'a dévorée à nouveau.

Et quand il s'est enfin reculé, je n'étais pas sûre que le monde serait jamais le même.

Il haletait avec moi, son souffle pulsant en lui et hors de lui au même rythme que le mien. Nous sommes restés là à nous tenir l'un l'autre, aucun de nous ne pouvant lâcher prise. Mes pieds touchaient à peine le sol.

Il a finalement ouvert les yeux et nos regards se sont croisés. Tout ce que je ressentais se reflétait dans ses yeux. Nous n'avions pas commencé en nous attendant à ce que les choses soient comme elles l'étaient, mais aucun de nous ne pouvait nier que quand nous ne nous retenions pas, les étincelles volaient.

— Merci, ai-je dit, me sentant idiote de dire quelque chose d'aussi insuffisant, mais sachant que c'était la seule chose que je pouvais dire.

Il a embrassé mon front et a dit : — Merci.

Il a ouvert la portière de ma voiture et a reculé pour me laisser entrer. Il l'a fermée et m'a fait signe quand je suis partie. Je l'ai regardé dans mon rétroviseur jusqu'à ce que je tourne au coin et que je ne puisse plus le voir.

De toutes les fois où je m'étais dit que je n'allais plus m'impliquer, je savais que Colin serait celui à qui il serait impossible de résister. Il le prouvait à tous les niveaux. Même à un niveau que je croyais depuis longtemps disparu. Parce que je voulais Colin Jones. Et ce n'était pas seulement parce que j'étais seule ou parce que je voulais du sexe. C'était parce que je le voulais *lui*.

Et c'était la chose la plus difficile au monde à admettre.

12

La croisière au coucher du soleil avait commencé, et je ne la détestais pas autant que je l'aurais cru. Le couple était vraiment adorable. Il était sur le point de terminer ses études de droit, et elle terminait sa licence. Ils avaient prévu de s'installer ensemble à New York, où il avait un poste qui l'attendait dans un petit cabinet. Elle n'était pas encore sûre de ce qu'elle allait faire, mais elle postulait régulièrement à des emplois.

Et oui, ils aimaient tous les deux parler.

J'ai indiqué beaucoup de sites populaires pendant que nous naviguions dans la région. Pour les croisières au coucher du soleil, nous ne nous arrêtions pas au château Boldt ni ailleurs. C'étaient simplement des excursions en bateau où nous racontions l'histoire de la région. J'avais appris à partager l'histoire romantique quand je parlais à des couples.

— George n'est vraiment jamais revenu ? demanda Amy.

J'ai hoché la tête. — C'est l'histoire qu'on raconte. Il a immédiatement arrêté toute construction et a dit aux ouvriers de partir. Le château était pour Louise. Il le créait pour elle, sur Heart Island, où ils prévoyaient de vivre le reste de leur vie. Quand elle est morte, il n'a pas pu le supporter.

— C'est tellement déchirant, dit Amy en prenant la main de son petit ami. Je comprends, cependant. Si quelque chose t'arrivait, je ne pourrais pas revenir ici, ni aller dans aucun endroit où nous avons passé beaucoup de temps. Je comprends parfaitement qu'on puisse abandonner l'endroit qu'on a construit pour la personne qu'on aime.

— C'est vrai, acquiesça Mike. Mais je ne vais nulle part. Nous sommes jeunes, en bonne santé et nous commençons tout juste notre vie ensemble.

— Oui, mais on ne sait jamais, dit Amy. Des choses arrivent tout le temps. Ce n'est pas parce que nous sommes jeunes que le lendemain nous est garanti.

Je l'ai vu dans ses yeux quand elle a prononcé ces mots. Sa respiration s'est bloquée et il a glissé sa main sous la table où ils étaient assis.

J'ai discrètement reculé, ne voulant pas m'immiscer dans leur moment. J'ai sorti mon téléphone pour l'enregistrer afin qu'ils gardent ce souvenir pour toujours. Amy fixait le château, inconsciente des mouvements de Mike.

— Amy, dit-il doucement.

Elle le regarda.

— Amy, je t'aime.

— Je t'aime, Mike.

— Je ne veux jamais être sans toi. Tu as raison. Le lendemain ne nous est pas garanti. Rien ne nous est garanti. Tout ce que nous avons, c'est maintenant et l'espoir d'un avenir. Mon espoir pour notre futur, c'est une maison, une famille. Mon espoir, c'est que tu sois avec moi pour toujours. Parce que je ne peux pas imaginer une seule minute de ma vie sans toi.

Il glissa de son siège et se mit à genoux devant elle. Elle

réalisa enfin ce qu'il faisait. Ses mains se plaquèrent sur sa bouche. Des larmes remplirent ses yeux.

— Tout cela commence par toi devenant ma femme, Amy. S'il te plaît, veux-tu m'épouser ?

Amy hocha la tête tandis que des larmes coulaient sur ses joues. Elle tendit les bras vers lui, l'attirant contre elle et l'embrassant. Ils se séparèrent après une minute, et Mike glissa la bague à son doigt. Il embrassa l'anneau et dit : — Je t'aime, Amy.

— Je t'aime, Mike. Et je n'arrive pas à croire que tu aies fait ça. Je n'en avais aucune idée.

Mike me fit un signe de tête. — Heureusement, Elise était au courant.

Amy se tourna vers moi. Ses yeux s'écarquillèrent. Je lui fis signe de la main, et elle me le rendit. J'ai arrêté la vidéo et commencé à rire. — C'était parfait. Félicitations.

Kimberly sortit avec deux coupes de champagne pour qu'ils puissent trinquer. Elle les posa sur la table et nous nous sommes éloignées toutes les deux pour laisser Amy et Mike quelques minutes seuls.

— C'était vraiment touchant, me chuchota Kimberly.

J'ai acquiescé. — Oui, c'était vraiment beau.

— Pensez-vous qu'ils vont réussir ?

Je les ai regardés et n'ai vu que de l'amour dans leurs yeux. J'avais observé beaucoup de couples se fiancer, et j'étais devenue assez douée pour déterminer qui allait tenir et qui ne tiendrait pas. J'ai hoché la tête. — Ils s'en sortiront bien.

Kimberly sourit et fit tourner la bague à son doigt. — Je l'espère.

— Quand vous mariez-vous ? lui ai-je demandé.

Elle arrêta de jouer avec sa bague et haussa les épaules. — Je ne sais pas encore.

— Êtes-vous fiancée depuis longtemps ?

Elle eut un petit rire. — Oui. Presque un an. Il est en école de troisième cycle. J'allais le suivre, mais c'est difficile de le faire sans prendre un appartement. Il fait des études en alternance, donc il vit dans une résidence universitaire en échange d'une réduction des frais de scolarité. C'est dur de ne pas être ensemble, mais je sais que c'est pour le mieux.

— Combien de temps lui reste-t-il avant de finir ses études ? ai-je demandé. La frustration dans sa voix était facile à entendre, mais aussi la tristesse.

— Deux ans, dit Kimberly.

— Aïe, je suis désolée. Mais si vous travaillez et économisez de l'argent, vous aurez un bien meilleur départ quand vous vous marierez.

— Je sais, et il continue à dire la même chose, mais je crains que les choses ne changent.

— Peut-être que le changement ne sera pas mauvais, lui ai-je dit. Nous changeons tous, et le changement ne signifie pas toujours que les choses empirent.

Kimberly haussa les épaules. — Oui, mais j'aimais comment les choses étaient l'année dernière. Je suis prête à ce que nous soyons simplement ensemble. Je vis avec mes parents, je ne vois jamais mon fiancé et c'est vraiment dur.

J'ai forcé un sourire et acquiescé. Elle ne voulait pas entendre ce que j'avais à dire. Elle était en colère et tout ce qui lui importait était de se défouler. Je détestais le penser, mais le sien était le genre de mariage dont je doutais qu'il survive. Ce n'était pas facile d'être séparés, mais il y avait toujours des moyens de faire fonctionner les choses. Surtout quand c'était temporaire. S'ils n'étaient pas prêts à y faire face, peut-être qu'ils n'étaient pas faits l'un pour l'autre.

Pas que j'allais lui dire ça.

Le reste de la croisière fut relativement calme. J'ai expliqué à Amy et Mike quelques autres choses sur la région et indiqué d'autres points de repère avant que le soleil ne se couche et que nous nous enfoncions dans une obscurité ambrée.

Lorsque nous sommes revenus à l'embarcadère, nous avons dit au revoir à Amy et Mike et leur avons souhaité bonne chance. Je suis restée pour aider à nettoyer et m'assurer que le bateau était prêt pour le matin, puis je me suis dirigée vers ma voiture.

Le parking était bien éclairé, et notre ville était assez sûre, mais marcher seule me rendait toujours anxieuse. Le capitaine de la soirée s'était garé dans l'autre direction, et Kimberly n'était pas restée, alors j'étais seule.

J'ai sorti mon téléphone de mon sac et appelé Colin. Je me sentais stupide, mais entendre sa voix me ferait me sentir mieux. J'espérais.

— Salut, je n'étais pas sûr que tu appellerais, dit-il en répondant.

— Salut, désolée. C'est bon ?

— Bien sûr. Ça va ?

— Oui, je me fais juste peur. L'autre guide est partie et je marche seule jusqu'à ma voiture.

— Où es-tu ?

— C'est bon. Je suis dans le parking. Il n'y a personne aux alentours, et il n'y a pas de voitures ici.

— Es-tu là où les invités se garent ? demanda-t-il.

— Oui, mais le temps que tu arrives ici, je serai à la maison. Parle-moi simplement, Colin. Et appelle la police s'il se passe quelque chose.

— Ne plaisante pas, Elise, dit-il. Sa voix était tendue et sérieuse.

— Désolée. C'est mon réflexe. Je sais qu'il n'y a aucune raison d'avoir peur, mais j'ai peur.

— Peux-tu voir ta voiture ?

J'ai hoché la tête. — Oui, j'y suis presque.

— D'accord, continue à me parler. Comment était la visite ? A-t-elle dit oui ?

J'ai ri doucement. — Oui, elle a accepté. Ils étaient vraiment adorables. Je pense qu'ils vont être heureux ensemble.

— Bien. Quel âge ont-ils ?

— Il a vingt-cinq ans et elle en a vingt-deux, presque vingt-trois.

— C'est un bon âge pour se marier. Il fit une pause, puis dit : — Qu'est-ce que j'en sais ? Je n'ai jamais été marié.

J'ai ri avec lui. — Ça sonnait bien, pourtant.

— J'ai l'impression que beaucoup de gens se marient vers la vingtaine.

— Eh bien, les gens de ma génération se marient plus tard, plus près de la trentaine.

— Aïe. Tu ne me dis pas seulement que je suis vieux, tu me dis que je suis d'une génération différente. Wow. Je pense que tu me dois un autre dîner pour celle-là.

J'ai ri. — Je pense que ça peut s'arranger. Peut-être que je paierai cette fois.

— Tu n'es pas obligée.

— Est-ce un problème pour toi ?

— Pas du tout. Je pense que les gens sont tous égaux, ou devraient l'être. Je ne t'ai pas laissée payer ce soir parce que j'avais dit que je le ferais. Je ne suis pas du genre à revenir sur ma parole.

— Donc, si je t'invitais à dîner, tu me laisserais payer ?

— Bien sûr, pourquoi pas ?

J'ai hésité, essayant de trouver comment lui dire pourquoi je voulais savoir.

— Elise, es-tu dans ta voiture maintenant ?

— Oh, oui, désolée. J'ai oublié de te le dire. Je suis en route vers chez moi.

Il soupira de soulagement. — Dieu merci. Je me demandais pourquoi diable tu devais marcher si loin pour rejoindre ta voiture.

J'ai ri. — Désolée.

— Tout ce qui compte, c'est que tu sois en sécurité.

— Merci.

— Je t'en prie. Veux-tu continuer à parler ou préfères-tu que je te laisse ?

— Je t'ai mis sur haut-parleur, donc nous pouvons continuer à parler si ça te convient.

— Absolument. Parle-moi encore de cette croisière.

J'ai passé le reste de mon trajet à raconter à Colin tout sur Amy et Mike. Il a convenu qu'ils semblaient être le genre de couple qui réussirait. Quand je suis arrivée chez moi, j'ai soupiré de soulagement et commencé à me changer pour me coucher.

— Que fais-tu maintenant ? demanda Colin.

— Oh, désolée, je me changeais, j'enlevais mes vêtements de travail.

— Puis-je te poser une question ?

Je me suis assise sur mon canapé et j'ai tiré la couverture sur mes genoux. — Bien sûr.

— Pourquoi est-ce que tu t'excuses tout le temps ?

— Désolée, je ne veux pas le faire.

— Je me demande juste pourquoi tu le fais. Tu n'as pas à t'excuser auprès de moi pour quoi que ce soit. Je me demandais si tu réalisais que tu le faisais ou si tu pensais que tu me contrariait pour une raison quelconque.

— C'est en partie une habitude et en partie parce que je pense te contrarier.

— Je te promets, Elise, tu n'as jamais rien fait qui m'ait contrarié. Je te le dirais si c'était le cas.

— Tu le ferais ?

— Bien sûr. J'ai déjà dit que je ne crois pas aux secrets ou à cacher des choses aux personnes qui te sont chères. Être contrarié et retenir ces sentiments entre dans la même catégorie pour moi.

— Eh bien, merci. Je ne sais pas si je pourrai faire de même tout le temps, mais j'essaierai.

— Je pense que c'est tout ce que je peux demander. Donc, puis-je te poser une autre question ?

— Bien sûr.

— Qu'est-ce que tu portes ?

J'ai ri et j'ai été soulagée quand il s'est joint à moi.

— Je devais demander puisque tu as dit que tu te changeais après le travail. Tu te sens mieux ?

J'ai hoché la tête et me suis blottie plus profondément dans mon canapé. — Oui. J'adore mon travail, et j'aime être dehors, mais à la fin de la journée, il n'y a rien de mieux que de se pelotonner sur mon canapé et regarder la télé.

— Que regardes-tu ?

J'ai ri et lui ai parlé du film que j'avais gardé pour ce soir-là. Il a commencé à le regarder avec moi, et nous avons parlé pendant que le film se déroulait sur nos écrans. C'était une façon encore meilleure de terminer la soirée.

— Essaie ça, ma chérie.

J'ai pris la cuillère de Mme Carter et raclé la pâte de la première. Enfin, dire pâte était généreux. C'étaient encore juste des ingrédients. Avec un peu de chance, ce serait bientôt de la pâte.

Avec la cuillère plus grande, ça prenait enfin forme. Je n'arrivais toujours pas à croire que la pâte à tarte qu'elle faisait était si simple, mais elle insistait sur le fait qu'elle n'omettait rien.

— D'accord, maintenant nous devons ajouter l'eau. Tu vas vouloir utiliser tes mains pour cette partie.

J'ai posé la cuillère dans son évier et je me suis écartée pendant qu'elle ajoutait de l'eau au mélange. Quand elle s'est éloignée du bol, je suis revenue et j'ai pétri. Il n'a pas fallu grand-chose pour que ça se forme et ressemble vraiment à de la pâte.

— Wow, ai-je soufflé. Je pense que je cuisinerais plus si je savais que c'était si facile.

Mme Carter a ri. — C'est pour ça que je le fais. Ça fait passer le temps et j'aime ça. Mes hanches aussi d'ailleurs.

Elle a remué ses hanches de façon séduisante. Nous avons toutes les deux ri.

— Bravo, Madame Carter.

Elle a souri. — Il fut un temps où je pouvais faire faire à peu près n'importe quoi à un homme avec ça. Bien sûr, cet homme était mon mari et il m'aimait, mais je prends ce que je peux.

— Absolument, lui ai-je dit. Je n'ai jamais été capable de faire faire à un homme ce que je voulais.

— Oh, tu n'as simplement pas rencontré le bon. Elle a pris le bol et l'a déplacé vers la table où elle avait un tapis à pâtisserie fariné et prêt.

— J'ai beaucoup entendu ça dernièrement, ai-je admis. J'ai toujours su que mon ex était le mauvais, mais je ne sais pas s'il y a vraiment quelqu'un de bien pour moi.

Mme Carter a ri. — Oh, il y a quelqu'un de bien pour tout le monde. Je crois qu'il y a plus d'une bonne personne, parce qu'à différents moments de la vie, tu as besoin de personnes différentes. Parfois, tu as besoin d'un homme qui est un peu plus doux et gentil, et parfois tu as besoin d'un homme qui va te pousser. Et parfois tu n'as pas besoin d'un homme du tout et tu as juste besoin d'un ami. C'est l'étape où je me trouve.

Je lui ai souri. — Vous m'avez, moi.

— Je sais, ma chérie. Et j'en suis heureuse. Je ne sais pas ce que je ferais sans les gens d'ici.

— J'adore cet endroit. Je ne peux pas imaginer vivre ailleurs.

— Oh, tu le feras un jour. Tu épouseras quelqu'un de formidable et tu nous quitteras.

J'ai ri. — Je n'en suis pas si sûre.

— Promets-moi quelque chose, ma chérie.

— Quoi donc ?

— Promets-moi que quand tu rencontreras la personne avec qui tu dois passer ta vie, tu n'hésiteras pas à être heureuse. Tu as été seule et effrayée pendant trop longtemps. Il est temps que tu laisses quelqu'un entrer et que tu ressentes l'amour.

— Je me sens bien seule, ai-je dit, me sentant un peu défensive.

Mme Carter m'a souri et m'a tapoté la main. — Moi aussi. Mais ça devient solitaire. À mon âge, les gens sont seuls. Mais pour toi, tu as besoin de quelqu'un qui te fasse te sentir vivante.

— Je me sens vivante. Je suis vivante. Et je vis selon mes propres conditions.

— Et tu devrais, Elise. Tu as traversé suffisamment d'épreuves. Personne ne devrait connaître la douleur que tu as vécue, mais tu devrais connaître l'amour. L'amour véritable.

— Je... J'ai fermé la bouche, incertaine de ce qu'il fallait dire. Je ne savais pas que Mme Carter savait quoi que ce soit sur ce que j'avais vécu avant d'emménager à côté, mais il n'y avait pas à s'y tromper, elle le savait.

— Le secret numéro un pour une tarte réussie, c'est une pâte uniforme. Je mets ces petites choses à côté de la pâte pour être sûre de l'étaler uniformément. Pourquoi n'essaies-tu pas ? dit-elle.

Il m'a fallu quelques secondes pour me remettre. Elle a changé de sujet comme si nous parlions de rien d'important, et j'ai été un peu plus lente à suivre. J'ai suivi le mouvement et étalé la pâte, puis l'ai aidée à la mettre sur le plat à tarte. Nous avons ajouté les pêches, recouvert avec la pâte du dessus et l'avons mise au four préchauffé.

Mme Carter nous a préparé du thé pendant que je nettoyais. Quand nous avons eu terminé, nous nous sommes assises à sa table.

— J'étais sérieuse, tu sais, dit-elle. Ses yeux se sont fixés sur les miens, et je ne pouvais plus respirer. Elle savait tout. — M. Carter a fait des recherches sur toi quand tu as emménagé. Tu étais jeune, et c'était inhabituel d'avoir une jeune femme célibataire vivant ici. Nous voulions nous assurer que tu n'étais pas là pour gâcher le quartier. Une fois que nous avons découvert ce qui t'était arrivé, nous avons su que tu avais besoin de nous.

— Est-ce que quelqu'un d'autre...? M. Carter était policier, donc c'était logique qu'il ait trouvé le dossier sur Andy et moi, mais je ne supportais pas l'idée que quelqu'un d'autre le sache.

Mme Carter a secoué la tête. — Personne d'autre ne sait. Ils me l'ont demandé, mais j'ai toujours dit à tout le monde que tu étais une fille du coin qui voulait un quartier tran-quille pour vivre seule. Personne n'a jamais rien demandé d'autre. Surtout une fois que tu as commencé à me laisser entrer.

J'ai forcé un sourire mais je me sentais un peu malade. Je ne voulais pas que mes voisins sachent pour Andy, mais Mme Carter avait su depuis le début. — Est-ce pour cela que vous m'avez parlé ?

Mme Carter a secoué la tête. — Non. Je t'ai parlé parce que tu étais nouvelle et que tu vivais à côté. Nous ne laissons personne être seule ici, tu sais. Quand quelqu'un de nouveau emménage, nous lui apportons tous de la nourriture et nous l'invitons à nos réunions. C'était pareil pour toi.

— Je... Je n'en parle pas beaucoup.

— Et je ne m'attends pas à ce que tu le fasses. Je l'ai seulement mentionné parce que je veux que tu trouves quelqu'un qui te montrera que ça ne devrait pas être comme ça.

— Je sais. J'ai vu des amis tomber amoureux. Et mes parents sont heureux.

— Mais cela ne signifie pas que tu l'as ressenti. Il y a une différence entre voir l'amour et ressentir l'amour. Tu dois être ouverte à le ressentir.

— Je le suis, ai-je menti, en ajoutant un sourire pour la convaincre.

Mme Carter a ricané. — Tu es la personne la plus fermée que j'aie jamais rencontrée. C'est pourquoi nous parlons. Parce que je veux te voir ouverte à l'amour. Non pas que nous ayons besoin d'amour pour vivre, mais parce que l'amour rend la vie meilleure.

Mme Carter était trop intelligente pour moi. Elle s'est levée et a vérifié la tarte, me laissant assimiler ses paroles. *L'amour rend la vie meilleure.* Cela semblait si simple, mais je n'avais jamais laissé ces mots m'atteindre. Je n'y avais jamais pensé. Parce qu'elle avait raison, et je n'avais jamais laissé l'amour entrer.

J'ai essayé avec Andy, mais il a souillé tout ce qui concernait notre relation, tout ce qui concernait l'amour. Il m'a fait croire que l'amour était laid, mais c'était lui qui le rendait laid.

L'amour était beau, quand il était juste. Quand il était réel. Mais je n'avais jamais connu ce genre d'amour.

Peut-être un jour.

13

— Tu as déjà eu l'impression que le monde essayait de te faire passer un message ? ai-je demandé lors de notre soirée entre filles ce week-end.

J'essayais de comprendre pourquoi tout le monde dans ma vie semblait me dire la même chose, et la seule conclusion que je pouvais en tirer était que je devais écouter. Je ne savais simplement pas pourquoi.

— Tout le temps, a dit Blake. Je l'ignore généralement et le regrette ensuite, mais oui, j'ai déjà vécu ça.

— Moi aussi, a ajouté Karissa. Mais j'écoute. En travaillant seule, je n'ai personne avec qui échanger des idées. Ce n'est pas toujours facile, alors je dois avoir confiance que lorsque je reçois un signal de quelque part, c'est pour une raison.

— On parle de Colin ? a demandé Finley.

Tout le monde s'est tourné vers elle, puis vers moi.

— Elle et Colin ont dîné ensemble l'autre soir. Quand on s'est retrouvés au O'Kelley's ? Elle a regardé Karissa pour confirmation. Ils étaient là ensemble.

— Bravo, a dit Trinity. Il est mignon. Et oui, tu devrais absolument sortir avec lui. Ou continuer à sortir avec lui.

— Ma voisine m'a dit que je devrais être ouverte à l'amour. Elle m'a dit qu'elle savait tout sur Andy et qu'elle voulait que je sois heureuse. Et vous, vous n'arrêtez pas de me pousser vers Colin. Et Colin...

— Tu l'aimes bien, a suggéré Laura.

J'ai hoché la tête. — Oui, je suppose.

— Tu supposes ? a dit Karissa.

J'ai haussé les épaules. — Je l'aime bien, mais...

— Tu ne veux pas l'aimer, a dit Finley.

J'ai acquiescé.

— C'est à propos d'Andy ou de Colin ? a demandé Laura.

— Ce n'est ni l'un ni l'autre, a dit Melody. C'est à propos d'elle. C'est une question de confiance en soi pour Elise. Elle a cru en Andy autrefois, et il a tout gâché. Elle ne sait plus si elle peut faire confiance à son jugement concernant les hommes.

Tout le monde s'est tourné vers moi pour confirmer l'hypothèse de Melody. Elle avait tout à fait raison. J'ai hoché la tête.

— Si elle s'est tellement trompée sur Andy, comment peut-elle savoir qu'elle ne se trompe pas sur Colin ? Ou sur le prochain ? Il s'agit de réapprendre à se faire confiance et à s'écouter. Et ce n'est pas facile, a expliqué Melody.

— On dirait que tu en sais quelque chose, a dit Finley.

Melody a acquiescé. — En effet. Parce que c'est ce que ma sœur m'a fait. Pas dans la même mesure, évidemment, mais elle a tout déformé pour son propre bénéfice et a détruit notre relation. Willow me faisait taire chaque fois que j'essayais d'avoir une opinion et accusait Ramsey d'essayer de me manipuler, tout ça pour nous séparer. Quand elle a finalement admis ce qu'elle faisait, je me suis sentie brisée d'avoir fait confiance à ma propre sœur. Comment ne pas faire confiance à sa sœur ?

— Wow, a soufflé Finley. Je ne savais pas que c'était si grave.

Melody a hoché la tête. — Ça l'était, et ça l'est toujours, mais j'ai Ramsey. Ramsey me montre chaque jour que l'amour est encore possible. Il me dit qu'il m'aime. Elise n'a pas cette chance. Elise a subi la même trahison, mais elle l'a subie de la part de la personne qui était censée lui montrer ce qu'est l'amour.

— Et laisser partir cette douleur pour essayer à nouveau n'est pas facile, a dit Laura. Je suis désolée d'avoir plaisanté sur ce sujet, Elise. Je ne réalisais pas à quel point c'était difficile pour toi.

J'ai haussé les épaules. — Merci. C'est... j'ai le don du temps. Ça fait des années que j'ai quitté Andy. J'ai toujours peur que quelqu'un d'autre prenne le contrôle de moi, mais je suis plus forte maintenant que je ne l'étais alors, parce que j'ai quelque chose que je n'avais pas quand j'étais à l'université.

— Quoi ? a demandé Finley.

— Vous toutes. Je sais que vous ne laisserez jamais une chose pareille se reproduire.

— Pas question, a affirmé Karissa.

J'ai souri et j'ai tendu la main vers la sienne. Laura a pris mon autre main, et nous nous sommes toutes prises par la main en cercle. J'avais mes amies. Elles n'allaient nulle part, et même si je donnais une chance au mauvais gars, elles seraient là pour moi.

— Alors, comment ça se passe avec Colin ? a demandé Laura.

— Je croyais que tu n'allais plus plaisanter sur ce sujet, ai-je dit.

Laura a souri. — Je ne plaisante pas. Je veux savoir pour vivre par procuration. Moi, je ne profite de rien.

— Dr Allison joue toujours les difficiles ? a demandé Blake.

Laura a secoué la tête. — Je ne pense pas qu'il joue. Je crois simplement qu'il n'est pas intéressé.

— Désolée, Laur, ai-je dit.

— Merci. Mais ça veut dire que tu dois tout me dire sur Colin. À commencer par s'il embrasse bien.

J'ai souri. — Tellement bien.

Elles ont toutes applaudi, puis ont exigé des détails. Ça ne me dérangeait pas de revivre ces moments.

COLIN M'A DEMANDÉ de le retrouver à la ferme samedi après-midi encore une fois. Comme l'activité des visites s'intensifiait, je travaillais, mais j'avais ma soirée de libre. Il a proposé de me préparer le dîner.

— Tu n'es pas obligé, ai-je protesté.

— J'aimerais le faire. J'aime cuisiner pour les autres. Et ma grand-mère a une super cuisine. Je ne l'utilise pas beaucoup parce que cuisiner pour une seule personne, c'est compliqué.

— C'est vraiment le cas, ai-je admis. Tu es sûr de vouloir cuisiner, pourtant ?

— Absolument. Tu as des allergies ou des choses que tu n'aimes pas ?

— Non et non. Je suis prête à goûter à peu près tout.

— Parfait. Tu sais où se trouve la maison, n'est-ce pas ?

J'ai acquiescé. — Oui. Je t'enverrai un message quand je quitterai les quais.

— J'ai hâte.

J'ai souri. Moi aussi.

Ma journée m'a semblé interminable puisque j'attendais ce dîner avec Colin. C'était plus supportable comme je travaillais avec Ava, mais elle a remarqué mon humeur et m'a demandé ce qui se passait.

— J'ai des projets après le travail. Je suis juste anxieuse. Ou excitée. Je ne sais pas. Les deux, je suppose.

— Quel genre de projets ? Parce que je me sens comme ça uniquement quand j'ai un rendez-vous.

Mes joues ont rougi, trahissant ma réponse.

— Tu as un rendez-vous ? s'est écriée Ava.

— Bon sang, ce n'est pas si extraordinaire.

Ava a secoué la tête et m'a attrapé le bras. Elle m'a tournée vers elle et a dit : — Elise, je t'adore. Tu es géniale, et tu devrais avoir plein de rendez-vous parce que tous ceux qui te connaissent t'aiment. Mais tu ne sors pas avec des gens. Tu as des aventures, mais pas de vraies relations. Alors, oui, c'est important.

J'ai souri et haussé les épaules. — J'aime ma liberté.

— Je sais, et c'est totalement cool. Tu ne devrais jamais penser que tu fais quelque chose de mal. Si tu es heureuse en étant célibataire, c'est ce qui compte. C'est ta vie. Je te promets, je ne te juge pas. Je veux te voir heureuse, et même si tu es anxieuse, tu es aussi excitée, ce qui me fait penser que cette personne te rend heureuse.

J'ai acquiescé. — C'est vrai. Il est... je pense que c'est un homme bien. Il est gentil avec moi et avec les autres.

— Comment traite-t-il sa mère ?

— Elle est décédée quand il était jeune.

— Oh, je suis désolée.

J'ai hoché la tête. — Je pense qu'il va bien. Il a perdu sa grand-mère récemment. Il est assez nouveau dans la région. Mais il n'était pas proche de sa grand-mère puisqu'il ne vivait pas ici. Il est proche de son père, par contre.

— Attends, qui est-ce ?

— Il s'appelle Colin Jones.

— De la Ferme d'Érable des Jones ? a demandé Ava.

J'ai acquiescé.

— Il est tellement mignon. Et oui, il semble être un gars vraiment sympa. Je suis allée là-bas quelques fois quand des femmes sont venues le draguer et il les éconduit toujours gentiment. Je ne l'ai jamais entendu prendre un numéro de téléphone ou avoir une aventure avec l'une d'entre elles.

Un malaise m'a envahie et s'est ancré profondément. Je n'aimais pas l'idée qu'il doive repousser des femmes à tout moment. Et je n'aimais pas l'idée que quelqu'un puisse penser qu'il lui appartenait. Je n'étais pas le genre de femme à me battre pour un homme. Je n'en voyais pas l'intérêt. Si un homme n'était pas sûr de vouloir être avec moi, je ne voulais pas être avec lui. Point final. Surtout avec mon passé.

Ava a remarqué que je ne répondais pas et m'a regardée. — N'y pense pas. Il ne couche pas secrètement avec la moitié de la ville ou quoi que ce soit. C'est un homme bien.

— Ouais, peut-être, ai-je dit, me demandant si j'aurais dû m'en tenir à ma décision initiale et rester loin de lui.

— Allez, on doit y aller. On en reparlera plus tard, mais je ne pense vraiment pas que tu aies quoi que ce soit à craindre.

J'ai hoché la tête et j'ai essayé de la croire. Je détestais les rencontres.

Ava et moi nous relayions pour faire les visites. J'étais distraite et pas au mieux de ma forme, alors elle a fini par faire les trois dernières. Je me sentais coupable, mais elle a insisté qu'elle ne s'en souciait pas.

— Ne te prends pas la tête à propos de Colin, m'a dit Ava alors que nous marchions ensemble vers le parking. L'un des avantages de commencer tôt était de finir à une heure raisonnable l'après-midi.

— Je ne sors pas avec des gens à cause de choses comme

ça. Je ne gère pas bien la jalousie. C'est une émotion dangereuse qui ne fait rien d'autre que te rendre folle. Je n'aime pas la ressentir et je n'aime pas en être la cible.

— Mais tu ne peux pas empêcher d'autres femmes de flirter. Ce n'est pas Colin qui les drague. C'est elles qui lui courent après.

— Lui et moi, on s'est rencontrés sur À la Recherche du Héros Littéraire Parfait. On s'est retrouvés au O'Kelley's pour une aventure.

— Et alors ?

— Et comment puis-je savoir qu'il ne l'a pas fait avec d'autres femmes ?

— Comment sais-tu qu'il l'a fait ? Écoute, Elise, je comprends. C'est effrayant parce que si tu ne l'aimais pas, et je veux dire beaucoup, alors tu ne t'inquiéterais pas de ça. Tu ne veux pas que les choses se gâtent avec lui. Et comme ton historique de rencontres a été inexistant, c'est pire. Mais ça ne veut pas dire que Colin est un mauvais gars. Ça veut dire que tu dois arrêter d'attendre que les choses se détériorent.

J'ai soupiré. — C'est ma réaction par défaut. Je m'attends à ce que ça tourne mal. Ça a toujours été comme ça pour moi.

— C'est comme ça pour tout le monde jusqu'à ce qu'ils trouvent celui ou celle avec qui ils sont censés être. Tu n'es pas spéciale, a-t-elle dit avec un sourire.

J'ai ri et secoué la tête. — Merci beaucoup.

Ava a ri. — Tout ce que je veux dire, c'est que tu n'es pas seule. Maintenant, va voir Colin et amuse-toi. Et si tu te sens courageuse, demande-lui combien de femmes il a ramassées via l'application, ou à la grange, ou au bar.

J'ai ricané. Ava me faisait toujours rire.

J'ai pris mon temps pour me rendre chez Colin. Une partie de moi voulait rentrer à la maison et me changer, mais je savais que si je le faisais, je resterais probablement chez moi. Même si c'était tentant, voir Colin était une attraction plus forte, même quand j'avais des doutes sur les choses.

J'ai remonté la longue allée jusqu'à la ferme. La grange est apparue en premier. À part le jour où nous sommes allés à l'étang, je n'avais jamais été ailleurs sur la propriété. La maison était visible depuis la grange, donc je savais où aller, mais je me sentais un peu mal à l'aise, comme si j'étais une intruse.

Je me suis garée à côté du pick-up de Colin et j'ai vérifié mon reflet. Mes cheveux étaient un vrai désordre après avoir passé la journée sur le bateau. Mes joues étaient roses pour avoir oublié la crème solaire. Et j'aurais bien besoin d'une douche, bien que je ne pense pas sentir mauvais.

Wow, j'étais un sacré parti. Pas étonnant qu'il doive draguer des femmes dans la grange.

J'ai levé les yeux au ciel face à mes propres pensées et j'ai fouillé dans mon sac. J'ai trouvé une brosse et j'ai défait ma queue de cheval. Je l'ai brossée, puis je l'ai rattachée. J'ai trouvé un déodorant au fond et j'en ai mis un peu, juste pour me sentir mieux. Il n'y avait rien que je puisse faire pour mes joues roses ou mes vêtements de travail, mais si Colin avait un problème avec ça, nous n'avions pas besoin d'être ensemble.

Je suis finalement sortie de ma voiture et j'ai passé mon sac en bandoulière. J'ai verrouillé ma voiture et accroché mes clés à la lanière pour savoir où elles étaient. J'ai observé la maison en m'approchant. Elle n'était pas grande, mais elle était belle. C'était un ancien ranch en briques et en bois avec un porche qui courait sur toute la longueur de la maison. Des chaises à bascule étaient réparties sur tout le porche. On aurait dit un foyer, un endroit où les gens étaient heureux.

Je suis montée sur le porche et j'ai souri. J'ai sonné et j'ai attendu.

La porte s'est ouverte, et j'ai fait un pas en arrière quand un grand homme a rempli l'encadrement. Il était plus âgé que Colin, mais il n'y avait aucune ressemblance.

J'ai regardé autour de moi, me demandant s'il y avait deux maisons sur la propriété, et si je devais m'enfuir, quand le gars a poussé la porte moustiquaire.

— Entrez, a-t-il dit. Colin est dans la cuisine. J'étais sur le point de partir et j'ai dit que je vous laisserais entrer.

— Oh, euh, merci, ai-je dit, essayant de calmer mon cœur qui battait la chamade et de paraître normale en même temps.

— Je suis Nicky, a dit l'homme, en me tendant son énorme main. J'ai travaillé pour Cleotha et je suis resté pour aider Colin.

— C'est gentil de votre part, ai-je dit en lui serrant la main. C'était un homme qui pourrait me maîtriser sans y réfléchir à deux fois. Rien qu'en lui serrant la main, je me sentais en danger. Il pourrait facilement me tirer à l'intérieur de la maison et personne ne me reverrait jamais.

Nicky a haussé les épaules et a rapidement lâché ma main. — J'aime cet endroit. Et personne ne va embaucher un vieux schnock comme moi de toute façon.

J'ai ri avec lui, espérant ne pas tomber dans son piège.

— Quoi qu'il en soit, passez une bonne soirée. Colin ne m'a pas laissé goûter votre dîner, mais ça sent drôlement bon.

J'ai souri et me suis écartée pour que Nicky puisse sortir.

— C'était un plaisir de vous rencontrer, Elise. Je suis sûr que je vous reverrai bientôt.

— Bonne nuit, ai-je dit, en le regardant s'éloigner. Il a dépassé ma voiture et le pick-up de Colin et a continué sur la route qui menait au-delà de la maison. Je ne me suis retournée qu'en entendant un bruit dans la maison.

J'ai fermé et verrouillé la porte, puis j'ai suivi mon nez et mes oreilles jusqu'à la cuisine. Elle était magnifique, comme Colin l'avait dit. La cuisine était ouverte sur le salon et la salle à manger, et tout l'espace était lumineux et aéré. La cuisine était bordée d'armoires en érable teintées d'une couleur miel claire. De grandes poignées noires lui donnaient une touche moderne. Les appareils noirs atténuaient la luminosité et rendaient l'ensemble encore plus accueillant.

Au-delà de la cuisine, une immense table en bois s'étendait. Un arrangement floral éclatait d'un vase au centre, apportant des touches de rose, de rouge et de violet à cet espace par ailleurs sobre.

Puis il y avait le salon. Un canapé en L faisait face à la fois aux larges portes coulissantes vitrées qui bordaient l'arrière de la pièce et à une cheminée et une télévision sur le mur de droite. Un feu crépitait dans la cheminée, et de la musique jouait depuis la télé.

Je pourrais vivre ici.

Cette pensée a traversé mon esprit sans avertissement. Ça ne me plaisait pas parce que j'aimais ma maison. Elle était plus petite, mais c'était la mienne. Celle-ci était à Colin. Et nous n'en étions pas encore là.

— Salut, a dit Colin, attirant mon attention vers lui. Il m'observait attentivement, jaugeant ma réaction à sa maison.

— Salut, ai-je dit avec un sourire.

— Comment était le travail ?

J'ai haussé les épaules. — À peu près comme tous les jours. Mais j'adore ça. J'ai un super boulot.

Il a souri. — Tant mieux. La vie est trop courte pour être malheureux.

— C'est bien vrai, ai-je approuvé. Ce que tu cuisines sent incroyablement bon.

— Merci. Nicky a essayé de manger ton dîner.

— Il me l'a dit.

— Désolé pour lui.

J'ai haussé les épaules. — Il était bien. Il m'a un peu

surprise quand il a ouvert la porte. J'ai cru que je m'étais trompée de maison.

Colin a ri. — Désolé pour ça aussi. J'aurais dû répondre à la porte. Il a proposé quand je lui ai dit qu'il devait partir parce que tu arrivais. Je pense qu'il voulait juste te rencontrer.

— Il rencontre tous tes rendez-vous ?

Toute trace d'humour a disparu de son visage, et il a posé la cuillère. Il s'est tourné vers moi et n'allait pas me laisser m'en tirer avec ma remarque puérile.

— Oui, parce que tu es la seule personne avec qui je suis sorti depuis que je me suis installé ici.

— Ce n'est pas possible, ai-je dit. Et l'application ? Ou les femmes qui essaient de te draguer dans la grange ?

Colin a inspiré profondément. — L'application... je l'ai téléchargée parce que Hudson m'a dit que tu y étais. Je me sentais coupable d'aller te rencontrer ce soir-là parce que je pensais à toi et que je croyais que j'allais avoir une aventure avec quelqu'un d'autre.

— Mais tu l'aurais fait si ce n'était pas moi, ai-je dit.

Il a secoué la tête. — Je ne sais pas.

J'ai gardé le silence pendant une minute, essayant de digérer cette information. Il a interrompu mes pensées.

— Et les femmes dans la grange ne s'intéressent pas à moi. Elles veulent quelqu'un de nouveau. Je ne m'intéresse pas à elles non plus. Je n'ai pas parlé à une autre femme, touché une autre femme, ou embrassé une autre femme depuis que je t'ai rencontrée. Honnêtement, depuis bien longtemps avant de te rencontrer. Je travaillais comme un fou ces dernières années, et les relations n'étaient pas une priorité.

Il a posé ses mains sur le comptoir devant lui et a soutenu mon regard.

— Je ne fais pas ça, Elise. Je ne joue pas à des jeux et je ne m'amuse pas. Je sors avec une femme à la fois. On ne se connaît que depuis peu, mais je suis un gars loyal et honnête. Tu peux me demander ce que tu veux, et je te dirai la vérité. Mais je n'apprécie pas que tu viennes ici en insinuant que je te trompe.

J'ai pris une respiration et j'ai admis qu'il avait raison. Rien de ce que j'avais dit n'était juste pour nous deux.

— Je suis désolée, ai-je dit, pensant vraiment ces mots. Tu as raison. Mon ex... il y avait beaucoup de choses qui n'allaient pas chez lui, mais il aimait flirter avec d'autres femmes. Il voulait me rendre jalouse, et ça a marché un temps. Je ne pouvais pas lui faire confiance. Il était séduisant, intelligent et puissant, et les femmes le désiraient. Il aimait se sentir désiré. Ce qu'il n'aimait pas, c'était sentir que j'étais désirée, alors il me rabaissait.

— Elise, a dit Colin prudemment.

— Andy m'a fait la même chose que ce que je viens de te faire. Il m'accusait de choses qui ne s'étaient jamais produites parce qu'il voulait que je me sente coupable. Il voulait le pouvoir dans notre relation. Je n'aurais jamais dû te questionner comme je l'ai fait. J'avais peur que tu sois comme lui. Que tu me fasses sentir spéciale alors qu'en réalité je n'étais qu'une parmi tant d'autres. Je suis désolée de ne pas t'avoir fait confiance. Et plus encore, je suis désolée d'avoir remis en question qui tu es. Je vais partir.

Je me suis tournée pour partir, mais Colin m'a rappelée.

— Qu'est-ce qu'il t'a fait ?

J'ai regardé par-dessus mon épaule. — Il m'a détruite.

COLIN

Dès la première fois que j'ai rencontré Elise, j'ai su qu'elle était spéciale. Je pouvais le sentir quand elle était près de moi. Elle avait cette capacité à faire sentir aux gens autour d'elle qu'ils étaient importants. Je le voyais dans les yeux de ses amis. Ils l'aimaient et ils la protégeaient.

Plus je la voyais et plus j'apprenais à la connaître, plus je réalisais qu'elle n'était pas seulement spéciale, elle était une survivante. Une combattante. Quelqu'un qui avait vu l'enfer et en était revenue. Je ne savais pas ce qui lui était arrivé jusqu'à ce qu'elle prononce ces trois mots.

Il m'a détruite.

J'ai vu rouge. Je ne voulais rien d'autre que trouver l'homme dont elle parlait, lui arracher les bras et le frapper avec. Je voulais lui montrer une fraction de la douleur qu'il lui avait infligée. Je voulais le ruiner.

Mais ce n'était pas lui qui importait. La personne qui importait était celle qui se précipitait vers ma porte d'entrée, essayant de me quitter.

— S'il te plaît, ne pars pas, lui ai-je dit quand je l'ai rattrapée dans l'entrée.

Sa main était sur la poignée, prête à la tourner pour sortir. Si elle franchissait cette porte, je savais qu'elle ne reviendrait jamais. C'était dans ses yeux. C'était toujours dans ses yeux.

— Je suis brisée, Colin.

— Nous sommes tous un peu brisés. Ça ne veut pas dire qu'on ne peut pas être recollés.

Elle a ri doucement. — Je ne pense pas qu'il y ait assez de colle dans le monde pour que je sois réassemblée.

— Alors ne commence pas par le réassemblage. Commence par le dîner.

— Quoi ? a-t-elle demandé. Elle a lâché la poignée et s'est tournée vers moi. Qu'est-ce que ça veut dire ?

— De la nourriture. Le dîner. J'ai cuisiné, et ça sent bon. Et c'est délicieux. Et j'ai construit assez de choses dans ma vie pour savoir que mettre quelque chose ensemble ne fonctionne pas si tu essaies de tout faire d'un coup. Tu dois commencer par une chose. Mon père disait toujours que la nourriture répare tout. Elle ne répare peut-être pas tout, mais elle ne fait pas de mal non plus.

Elle a ri et secoué la tête. — Je pense que j'aimerais ton père.

— Je pense qu'il t'aimerait aussi.

Elle a souri et tendu la main vers la mienne. Je l'ai fixée un moment. Je ne pouvais ni bouger, ni respirer, ni même penser. Tout ce que je pouvais faire, c'était ressentir.

Et à ce moment-là, quand elle a mis de côté toutes ses peurs et sa fragilité pour prendre ma main, je suis tombé amoureux d'elle.

Je l'ai attirée dans mes bras et l'ai serrée contre ma poitrine. J'avais besoin de la tenir, de savoir qu'elle était en sécurité. Même si ce n'était que pour une minute, et même si elle me repoussait, j'en avais besoin.

Aucune de mes ex n'avait jamais partagé quelque chose

comme ça. Aucune n'avait été blessée comme Elise l'avait été. Et aucune n'était courageuse et forte comme Elise l'était.

Elle a posé sa tête sur ma poitrine et s'est accrochée à moi. Je ne savais pas quand sa relation s'était terminée ni qui était cet homme, mais à la façon dont elle me tenait, elle ne s'était jamais permis de se sentir en sécurité avec un homme depuis.

Tant de choses prenaient sens avec cette nouvelle information. Cela ne me faisait pas penser différemment d'elle, ou moins d'elle de quelque façon que ce soit, mais cela m'aidait à la comprendre.

Quand ses bras se sont desserrés autour de ma taille, j'ai relâché mon étreinte. Je n'étais pas prêt, mais elle l'était, et je suivais son rythme.

Nous sommes retournés à la cuisine où, heureusement, le dîner n'était pas gâché. J'avais éteint la cuisinière avant de courir après Elise, donc nous pouvions encore manger. Nous avons travaillé ensemble en silence pour préparer notre repas. Tout était déjà sorti, ce qui facilitait la tâche pour Elise.

J'avais envisagé de manger à table, mais j'ai vu la façon dont ses yeux s'attardaient sur la cheminée quand elle est entrée. Je l'ai conduite là-bas et me suis assis par terre pour que nous soyons près du feu.

La maison dans laquelle je vivais n'était pas vraiment encore la mienne. J'avais l'impression d'être chez quelqu'un d'autre. De petits détails me revenaient plus j'explorais, mais ce n'était pas mon foyer. En grandissant, mon père avait créé un foyer confortable pour nous, mais une fois parti, je me contentais d'habiter des endroits. Je ne m'installais pas vraiment, je ne prévoyais pas de rester. Mais assis par terre avec Elise devant la cheminée, je voulais que cette maison devienne notre foyer.

Pour nous deux, si elle le voulait un jour.

— Est-ce que tout va bien entre nous ? lui ai-je demandé.

Elle m'a regardé et a hoché la tête. — Je suis désolée de

t'avoir interrogé. Je n'aurais pas dû le faire. Mon amie Ava parlait de toi aujourd'hui et elle a mentionné avoir entendu des femmes te draguer, et j'ai un peu paniqué.

J'ai inspiré profondément. — La première fois qu'une femme inconnue m'a demandé de sortir, j'étais choqué. Je n'avais jamais eu quelqu'un qui venait vers moi comme ça. Là où je travaillais avant, j'étais juste un employé. J'adorais mon travail et être dehors, mais personne ne savait qui j'étais. C'était une petite communauté, mais pas aussi petite que L'anse MacKellar.

— Nous sommes spéciaux, a dit Elise avec un sourire.

— Tu l'es. Et j'aime vraiment être ici, mais je n'étais pas préparé à ça. Nicky n'arrête pas de me dire que je suis de la viande fraîche puisque je suis nouveau en ville. Je ne fais rien pour l'encourager, cependant. Et l'application... tu es la seule personne avec qui j'ai parlé là-bas. J'ai envisagé de la supprimer, mais je voulais la garder au cas où tu m'enverrais un message. Je ne voulais pas que tu penses que je n'étais plus intéressé.

Elle a ri doucement et m'a souri. — Eh bien, tu es de la viande fraîche, mais ce n'est pas seulement parce que tu es nouveau. C'est parce que tu es canon. Et merci de ne pas avoir supprimé l'application. J'aurais probablement pensé ça.

J'ai souri. — Tu trouves que je suis canon ?

Elle a levé les yeux au ciel. — Tu le sais bien. Quand tu portes ces t-shirts serrés qui s'étirent sur tes muscles et ne laissent rien à l'imagination.

— Un peu comme quand tu portes ces leggings de yoga moulants ?

Ses yeux se sont agrandis. Ses lèvres se sont retroussées. — Colin !

— Tu as le droit de regarder mais pas moi ? Je n'ai rien dit sur ton soutien-gorge et ta culotte transparents à l'étang. Ça a failli me tuer.

Ses joues ont rougi et elle a évité mon regard.

— Tu es magnifique, Elise, ai-je dit. Ma voix était tendue, mon contrôle à peine contenu.

Elle m'a regardé à nouveau, l'innocence et la surprise dans son regard. Elle n'avait aucune idée de l'effet qu'elle me faisait.

— Je... euh, merci. Tu n'es... euh, pas mal non plus.

J'ai souri et me suis penché. Je l'ai embrassée, rapidement, puis je me suis reculé et rassis.

— C'est injuste, a-t-elle fait la moue. J'en veux plus.

J'ai ri. — Mangeons. Parce que quand je commencerai à t'embrasser, je ne voudrai plus m'arrêter.

Ses joues ont rougi à nouveau. Elle a hoché la tête et pris sa fourchette. Elle a pris une bouchée et gémi, et je me suis juré que je n'allais pas tenir jusqu'à la fin du dîner.

— C'est tellement bon, a-t-elle dit. Qu'est-ce que c'est ?

— Du jambalaya. Mon père et moi aimons les plats épicés. Lui et ma mère ont beaucoup voyagé avant ma naissance, et ils ont vraiment aimé La Nouvelle-Orléans. Tu n'as jamais goûté à ça ?

Elle a secoué la tête et pris une autre bouchée. — Non. J'ai toujours pensé que ce serait trop épicé pour moi, mais c'est incroyable.

— Ça peut être plus relevé, mais je n'étais pas sûr que ça te conviendrait, alors j'ai un peu adouci. La saveur est telle-ment bonne qu'elle n'a pas besoin de l'épice.

— C'est vrai, a convenu Elise. J'ai toujours faim après le travail, mais c'est délicieux. Merci d'avoir cuisiné pour moi.

— Merci d'être venue.

Nous avons mangé, parlé et flirté. Quand elle riait, tout mon monde semblait s'améliorer. Elle avait un sourire juste pour moi, un avec une petite ride du nez et un plissement des yeux.

Quand nous avons terminé le dîner, elle a insisté pour

m'aider à nettoyer la cuisine. Nous avons travaillé ensemble, nous cognant et nous frôlant tout le temps. Une fois terminé, je pouvais à peine me contrôler.

— Qu'est-ce que tu veux faire ? a-t-elle demandé, en me regardant.

Je ne m'étais pas rendu compte à quel point elle était petite jusqu'à ce que nous nous tenions dans ma cuisine à nous regarder. Je pouvais la glisser sous mon menton et la tenir contre ma poitrine sans incliner la tête. Elle était bien proportionnée, mais petite par rapport à moi.

Le fait que quelqu'un ait profité de ça et l'ait blessée me mettait encore plus en colère.

— Que dirais-tu d'un film ? Tu as dit que c'est ce que tu fais habituellement après avoir travaillé toute la journée. La tranquillité me convient.

Elle a ri et hoché la tête. — Ça me va.

Je l'ai suivie au salon et me suis assis sur le canapé à côté d'elle. Je me suis assuré qu'elle ait de l'espace et ne se sente pas envahie par moi, mais elle s'est rapprochée.

— C'est bon ?

J'ai acquiescé. — Oh que oui.

— Est-ce que je te rends nerveux ?

— Pourquoi ?

Elle s'est mordu la lèvre et a détourné le regard. — Je n'ai jamais parlé d'Andy à un homme. Mes amies sont au courant, mais c'est tout. J'ai l'impression que tu as peur de moi ou quelque chose comme ça.

J'ai inspiré profondément et lui ai dit la vérité. — Je ne veux pas te faire fuir. Je ne veux pas faire quelque chose qui te ferait partir en courant. Je t'aime bien, Elise, beaucoup, et je suppose que je ne sais pas ce que je peux ou devrais faire maintenant.

— Si j'étais n'importe quelle autre femme et que nous

avions un rendez-vous chez toi et que tu lui avais préparé le dîner, que ferais-tu ?

— Honnêtement ?

Elle a hoché la tête.

— Nous serions probablement dans la chambre.

Elle a ri. — Mes expériences avec les hommes depuis Andy ont toutes été uniquement dans la chambre. On couche ensemble, puis je pars.

— Je ne veux pas que tu partes.

Elle a souri. — Moi non plus. Mais je sais...

— Je ne veux pas précipiter les choses, lui ai-je dit.

Elle a souri et soupiré. — Tu es vraiment une licorne.

J'ai ri. — J'ai la corne pour le prouver en ce moment.

Elle a haletá. — C'est la première chose osée que tu m'as dite. Wow. Je me sens tellement moins tendue maintenant.

— Tu étais tendue ?

Elle a hoché la tête. — J'ai un peu l'esprit mal tourné, et je me retenais parce que tu sembles tout boutonné et convenable.

J'ai pouffé. — Pas du tout. Crois-moi, j'aime l'esprit mal tourné.

— Ah bon ?

Je me suis rapproché. — Oui. Surtout quand ça implique une belle femme avec sa propre bouche coquine.

Elle a souri, un sourire effronté et tentant, et a dit : — J'en ai définitivement une. Et je sais comment l'utiliser.

Mon sexe a pulsé à ses mots, et j'ai gémi. — Ouais, tu vas me tuer.

Elle a ri. — Mettons un film.

J'ai souri et lui ai tendu la télécommande. J'étais à peu près sûr que je n'avais pas assez de sang dans mon cerveau pour comprendre quoi que ce soit, alors il valait mieux qu'elle choisisse.

Elle s'est installée contre le canapé et a parcouru la

section des films. Je l'ai observée pendant qu'elle cherchait. Elle penchait la tête en considérant chaque option, puis la secouait quand la réponse était non. Son nez se plissait quand elle passait un film qui ne l'intéressait pas du tout. Et quand elle a finalement trouvé celui qu'elle voulait regarder, ses yeux se sont illuminés et son sourire m'a fait sourire.

— Tu as déjà vu celui-ci ? a-t-elle demandé quand elle a posé la télécommande à côté d'elle.

J'ai regardé l'écran et secoué la tête. — Non. Il est bon ?

Elle a hoché la tête. — C'est l'un de mes films préférés.

Je me suis adossé et l'ai regardée plus que l'écran. Je me sentais comme un adolescent lors d'un premier rendez-vous avec mon père dans la pièce voisine plutôt qu'un homme de presque quarante ans dans sa propre maison. Elise et moi ne nous touchions pas sauf quelques frôlements accidentels. Nous ne parlions pas. Nous étions juste assis ensemble à regarder le film.

Et tout le temps, je pensais à toutes les choses que je lui ferais si elle était n'importe quelle autre femme. Le goût qu'aurait sa peau quand je passerais ma langue entre ses seins. La façon dont sa respiration changerait quand je glisserais ma main entre ses cuisses. La façon dont ses yeux s'illumineraient quand je la pénètrerais.

C'était une torture. Je voulais toutes ces choses, mais elle se contentait de regarder le film. Nous irions à son rythme parce que je n'étais pas un connard. Et si j'étais celui qui voulait prendre les choses lentement, je savais qu'elle serait d'accord.

Et c'était le cas. Je n'étais pas intéressé à la presser. Je voulais qu'elle sache qu'elle pouvait me faire confiance et que je ne la pousserais jamais à faire quelque chose qu'elle ne voulait pas faire.

Quand le film s'est terminé, elle a soupiré joyeusement

comme si elle était aussi investie que les personnages l'avaient été. Elle m'a regardé et a demandé : — Tu as aimé ?

— Honnêtement, je l'ai à peine regardé.

— Je suis désolée, a-t-elle dit. J'aurais dû choisir quelque chose que tu aurais aimé. Quel genre de films aimes-tu ?

J'ai ri doucement. — Ça n'aurait pas eu d'importance. J'étais trop occupé à te regarder.

Tout son comportement a changé. Un sourire sexy et sensuel a retroussé ses lèvres. Elle s'est penchée plus près. — Vraiment ? a-t-elle demandé d'une voix douce et timide.

J'ai hoché la tête. — Absolument. Tu m'hypnotises.

— Le sentiment est assez réciproque.

J'ai ri. — J'en doute. Je me demandais quels sons tu ferais quand tu jouirais. Je ne pense pas que tu pensais à ça.

Elle a secoué la tête. — Non, je n'y pensais pas. Parce que je sais déjà quels sons je fais quand je jouis.

Un rire m'a échappé. Elle m'a rejoint et a posé sa tête sur ma poitrine.

— Je t'aime bien, Colin. Et ça me fait peur.

— Je te l'ai dit, rien ne se passera sans que tu le veuilles.

— Est-ce que ça veut dire que tu ne feras pas le premier pas ? a-t-elle demandé, en relevant la tête pour me regarder.

J'ai respiré profondément et hoché la tête. — Oui. Parce que même si je te désire, et aussi douloureux que ce soit de rester assis ici, je refuse de te faire sentir comme si tu devais faire quoi que ce soit.

Elle s'est légèrement reculée et a déplacé son poids. Elle a soulevé sa jambe et l'a jetée par-dessus mes genoux, m'enjambant sur le canapé.

J'ai gémi et fermé les yeux pour arrêter l'assaut du désir qui me déchirait. Si je la regardais, je ne pourrais pas m'empêcher de la toucher.

— Touche-moi, Colin, a-t-elle murmuré.

— Elise, ai-je gémi.

— Je veux sentir tes mains sur moi.

J'ai ouvert les yeux et l'ai regardée fixement. Elle me regardait avec tant de désir à peine contenu que je ne pouvais plus me retenir. J'ai pris ses fesses et pétri les deux avec mes doigts.

Elle a gémi et s'est glissée le long de mes cuisses jusqu'à ce que son corps rencontre le mien. Elle a gémi quand mon sexe s'est niché entre ses cuisses et s'est frotté contre elle.

— Je... promets-moi qu'on ne va pas faire l'amour aujourd'hui, a-t-elle murmuré. La douleur et la tension dans sa voix m'ont fait reculer.

— J'ai déjà dit que rien...

— Si tu me touches, je vais te supplier. Je te veux. Je veux te sentir en moi. Je veux crier ton nom et ressentir quelque chose. Je ne pourrai pas m'arrêter, mais si on le fait...

— Nous ne ferons pas l'amour ce soir, Elise, ai-je dit fermement. Je te le promets.

— Merci, a-t-elle soufflé. Maintenant, continue de me toucher.

J'ai souri. — Avec plaisir.

15

Chaque son qu'elle émettait m'entraînait plus profondément sous son charme. Je ne pouvais pas me rassasier d'elle. Je brûlais d'envie de faire tout ce qu'elle me permettrait, mais je lui avais fait une promesse, et je n'allais pas la briser.

— Embrasse-moi, chuchota-t-elle.

Prendre l'initiative était nouveau pour Elise. Je pouvais le sentir dans la façon paniquée dont elle m'avait demandé si j'allais faire le premier pas. Elle n'aimait pas être celle qui initiait les choses, mais c'était la seule façon jusqu'à ce qu'elle se sente à l'aise pour me dire non.

Je glissai une main le long de son dos quand elle me demanda de l'embrasser. Mon autre main resta sur ses fesses, gardant son corps proche du mien. Elle se tortilla sur place, impatiente que j'exécute sa demande. J'allais la laisser décider de ce qui se passerait, mais j'allais le faire à mon propre rythme.

Je glissai ma main jusqu'à ses cheveux. Les mèches soyeuses de sa queue de cheval s'enroulèrent autour de mes doigts. Je dégageai les cheveux de son visage et découvris qu'elle m'observait.

— Salut, dis-je doucement.

— Salut.

Je lui souris et ne pus résister à faire exactement ce qu'elle m'avait demandé. Je me penchai et pressai mes lèvres contre les siennes. Elle soupira, comme si elle n'était pas sûre que je ferais ce qu'elle avait demandé, et s'abandonna contre moi.

La confiance est quelque chose de puissant. Savoir qu'elle me faisait confiance, pas seulement avec ses mots mais avec son corps, me faisait sentir comme le plus grand homme sur terre. Elise Webber, une femme qui laissait rarement les gens entrer dans sa vie, surtout les hommes, m'avait offert un cadeau que peu d'hommes avaient jamais reçu.

Sa langue taquina la commissure de mes lèvres, me faisant comprendre qu'elle voulait plus. Je gémis et serrai sa joue, attirant son corps encore plus près du mien alors que je m'ouvrais et la laissais entrer.

Ce n'était pas notre premier baiser, loin de là, mais c'était un baiser dont je me souviendrais pour toujours. C'était un baiser que je savais différent. Ce n'était plus quelque chose de désinvolte, pas pour moi. Peut-être que ça ne l'avait jamais été, mais avant, j'étais capable de me dire que c'était sans conséquence. Quand sa langue glissa contre la mienne, son corps me taquinant, je sus qu'il n'y avait plus de retour en arrière possible pour moi.

L'envie de prendre le contrôle était presque aussi forte que le désir de la laisser mener. Elise enroula sa langue autour de la mienne et me taquina à chaque contact. Elle suça fort ma langue, et mon sexe palpita comme si elle l'avait fait directement sur lui. Cette femme était un fantasme devenu réalité.

Je gémis et glissai ma main sous son t-shirt. J'avais besoin de sentir sa peau nue. Elle était douce, délicate et chaude. J'étalai ma main sur son flanc, touchant autant d'elle que possible. Je voulais remonter plus haut, arracher son t-shirt et dévorer des yeux son corps entier, mais elle était toujours aux commandes.

Elle se pencha en arrière et tira sur le bas de son t-shirt. Je l'aidai à l'enlever et me figeai quand j'eus une vue rapprochée de son soutien-gorge blanc qui contenait à peine sa poitrine.

Être avec une femme que j'avais déjà vue presque nue était une expérience différente. C'était comme tout faire avec un sentiment de déjà-vu. Sauf que ce n'était pas une impression de répétition, c'était une seconde chance.

Je me penchai et posai ma tête sur sa poitrine. Elle m'entoura de ses bras et me maintint là. Son cœur battait contre mon oreille, le rythme régulier correspondant à mon propre battement rapide. Nous sommes restés ainsi pendant une minute, elle me tenant tandis que je la tenais, sans parler, juste ensemble.

— Colin, dit-elle doucement.

Je relevai la tête et rencontrai son regard. — Oui ?

— Tu ne m'as toujours pas touchée.

Je ris. Puis je gardai son regard alors que je levais mes mains pour envelopper ses seins. Ses yeux se fermèrent quand je caressai ses mamelons alertes avec mes pouces. Je ne pouvais pas décider ce que je voulais regarder le plus... son visage ou son corps. Son visage me montrait ce qu'elle appréciait, mais son corps me fascinait.

Je tins ses côtes immobiles et me penchai pour capturer son sein dans ma bouche. Le tissu soyeux de son soutien-gorge n'était pas aussi doux que sa peau, mais il céda, s'imprégnant presque instantanément et me laissant encercler son mamelon avec ma langue. Elle gémit tandis que je la taquinais, et ses hanches bougèrent sur les miennes.

Je retins mon gémissement, sachant que j'allais me ridiculiser devant cette femme si je ne me maîtrisais pas. Cette nuit était pour elle. Lui préparer à dîner. Lui parler. La faire se sentir bien. Lui faire savoir qu'elle était en sécurité avec moi. Je ne me souciais pas de mes propres besoins, pas quand elle avait des besoins insatisfaits.

Je suçai fort son mamelon, l'attirant avec son soutien-gorge dans ma bouche. Sa respiration s'accéléra tandis qu'elle murmurait mon nom. Ses hanches continuaient de bouger sur moi, et je me demandais si elle réalisait même ce qu'elle faisait.

Je libérai son premier mamelon et faillis jouir quand je vis l'empreinte de ma bouche autour de son mamelon dressé. C'était chaste en comparaison de la plupart des femmes avec qui j'avais été intime, mais c'était érotique et si personnel que ça me faisait presque peur.

La dernière femme avec qui j'avais été impliqué m'avait dit que j'avais la phobie de l'engagement. Je lui avais dit que je ne voulais simplement pas m'engager avec elle. Nous avions tous les deux raison d'une certaine façon parce que je ne voulais pas m'engager avec elle, mais jusqu'à Elise, je n'étais pas sûr de jamais m'engager avec qui que ce soit. Je le voulais, et j'y étais ouvert, mais il y avait une part de moi qui retenait toujours. Avec Elise, je voulais courir à pleine vitesse jusqu'à ce que nous ne puissions pas aller plus loin.

Je passai à son autre mamelon, enfouissant mon visage en elle pour arrêter de rêver à toutes les autres choses que je voulais faire avec elle. Les choses qui signifieraient qu'elle serait mienne pour toujours.

Elle me répondit en cambrant son dos et en pressant son sein contre mon visage. Un petit gémissement s'échappa de ses lèvres. J'entourai son corps de mes bras, sa peau brûlant la mienne. Je ne pouvais pas me rassasier d'elle, mais simplement la toucher était parfait. Elle était comme la meilleure friandise de la planète. Une que je voulais à la fois savourer et dévorer.

— Colin, chuchota-t-elle.

Je levai les yeux vers elle, mais elle ne me regardait pas. Ses yeux étaient fermés et sa tête renversée en arrière. Elle avait une expression de pur bonheur sur le visage.

Je remontai sa poitrine de baisers jusqu'à son cou et la goûtai là. Les cercles humides de ses mamelons me donnaient envie de plus d'elle. Son cou était doux sous le goût salé de sa sueur et de l'eau de la rivière.

— Plus, Colin. S'il te plaît.

— C'est la partie où tu supplies ? demandai-je contre son cou.

Elle hocha la tête. — J'ai besoin de toi.

— Tout ce que tu veux, Elise. Dis-moi ce dont tu as besoin.

— J'ai besoin de toi, Colin.

Je poussai contre elle, me frottant contre sa fente. Son jean était un obstacle, mais c'était le mieux que je pouvais faire dans les circonstances.

— Oh, mon Dieu, gémit-elle.

Je recommençai, remontant jusqu'à ses mamelons pour en prendre un dans ma bouche. Elle me chevaucha, prenant ce dont elle avait besoin de moi et me laissant l'aider.

Ses mouvements étaient frénétiques, son corps prenant le contrôle. Elle gémit, comme si quelque chose n'allait pas.

— Colin, gémit-elle. Plus, s'il te plaît. Aide-moi.

Je la repoussai suffisamment pour glisser ma main entre nous. Je la regardai, attendant qu'elle ouvre les yeux et rencontre mon regard. — Est-ce que je peux te toucher, Elise ?

— S'il te plaît, me supplia-t-elle.

Dieu merci pour les leggings de yoga. Ils s'éloignèrent de

son corps quand je glissai ma main devant. Des boucles effleurèrent d'abord mes doigts, puis une chair glissante qui me fit gémir. Je continuai, plongeant un doigt juste à l'intérieur d'elle.

Elle recommença immédiatement à bouger ses hanches, son corps m'attirant. Je la taquinai jusqu'à ce qu'elle laisse un doigt glisser à l'intérieur et remontai mon pouce jusqu'à son clitoris. Elle gémit et chevaucha ma main.

Ses doigts s'enfoncèrent dans mes épaules. Sa tête retomba en arrière. J'embrassai son ventre et sa poitrine et pressai son clitoris, la taquinant et jouant avec elle jusqu'à ce que son canal tire sur mes doigts et que son corps se raidisse.

Puis tout se libéra.

Je levai les yeux vers elle, voulant me souvenir de l'expression sur son visage alors qu'elle jouissait pour la première fois. Ses yeux étaient fermement clos, comme si elle ne pouvait pas faire face à ce qui se passait. Ses lèvres étaient entrouvertes en un O. Sa peau était rougie et humide, une rougeur qui descendait jusqu'à sa poitrine.

Elle était la plus belle femme que j'avais jamais vue de ma vie.

Elle trembla pendant son orgasme, puis frissonna alors que des secousses la parcouraient. Je fis de mon mieux pour rester immobile, mais chaque fois qu'elle bougeait, mes doigts frottaient contre elle.

— Putain, souffla-t-elle. Je n'ai jamais joui aussi fort.

— Jamais ? demandai-je, retirant lentement ma main.

— Oh, mon Dieu, gémit-elle, son corps tremblant une fois de plus. Oh, oui.

Elle tomba en avant sur moi, me laissant supporter son poids. J'essuyai ma main sur mon jean et la serrai contre moi. Sa respiration ralentit et son corps cessa de trembler, puis elle se raidit.

— Je dois partir, dit-elle rapidement, se précipitant hors de mes genoux. Je, euh, je... désolée.

Elle se leva et s'éloigna de moi sans son t-shirt. Ses mouvements étaient saccadés et erratiques. Elle se précipita vers la porte, regardant autour d'elle comme si elle savait qu'elle oubliait quelque chose mais ne savait pas quoi.

— Elise, dis-je doucement.

Elle me regarda, et je tenais son t-shirt. Elle baissa les yeux sur elle-même et sa poitrine devint rose. — Ah, oui, j'imagine que j'en ai besoin.

J'attendis qu'elle vienne vers moi puis demandai : — Ou tu pourrais me dire ce qui s'est passé et nous pourrions le laisser sur le sol.

— Je... je n'aurais pas dû faire ça.

— Faire quoi ?

Elle fit un geste vers le canapé. — Fait... ça.

— Eu un orgasme ? demandai-je.

Ses joues rougirent. — Oui, ça. Je... tu te sentais bien. Et j'ai profité de toi.

— Comment penses-tu avoir profité de moi ? Crois-moi quand je te dis que j'ai aimé ça.

— Mais je t'ai supplié, et je ne t'ai pas donné le choix. Et je t'ai fait promettre que nous n'aurions pas de relations sexuelles ce soir.

— Et nous n'en avons pas eu.

— Non, mais tu le voulais.

— Oui, et non. Je ne t'ai pas invitée ici dans l'espoir que nous finirions au lit. Je voulais te voir.

— Mais tu m'as touchée. Je te l'ai demandé et tu m'as touchée. Tu m'as donné un orgasme et maintenant tu...

Je haussai un sourcil.

Elle jeta un coup d'œil à mon sexe, pressé contre ma fermeture éclair.

Je ris doucement. — Il survivra.

— Je devrais... t'aider. Ou nous pouvons avoir des relations sexuelles.

Je secouai la tête. — Pas de sexe, Elise. Je te l'ai promis. Et pas de quid pro quo. Ce n'est pas de ça qu'il s'agit. Parfois, je me contenterai de te toucher et de te voir perdue dans ton propre plaisir. Et parfois, tu feras de même pour moi. Mais je ne suis pas prêt à négocier pour du sexe.

— Je pense vraiment que tu es une licorne. Tu... tout ce que tu dis est l'opposé de ce à quoi je m'attends.

— Que veux-tu dire ?

Elle haussa les épaules. — Je pensais que tu demanderais quelque chose.

Je secouai la tête. — Je te l'ai dit, je ne vais pas te pousser à faire quoi que ce soit que tu ne veuilles pas faire. Jamais. Je veux que tu sois ici parce que tu veux être ici. Pas parce que tu penses que tu dois l'être ou que tu penses que je serai en colère si tu pars ou pour toute autre raison que celle que tu veux être ici.

— Merci, chuchota-t-elle. La guerre faisait toujours rage dans ses yeux. Je voulais qu'elle reste mais elle n'allait pas le faire. Elle était prête à partir. Peu importait pourquoi, et je n'allais pas la faire sentir comme si elle ne devrait pas.

Je m'approchai d'elle et lui tendis son t-shirt pour qu'elle l'enfile. Elle glissa ses bras puis m'aida à le passer par-dessus sa tête. Elle le lissa sur le devant puis me regarda avec du regret dans les yeux.

Je frottai l'endroit entre ses sourcils où son front était plissé d'inquiétude.

Elle sourit tristement. Elle inclina la tête en arrière pour garder ses yeux fixés sur les miens. — Es-tu en colère ?

Je secouai la tête et l'attirai contre ma poitrine. — Pas le moins du monde. Je suis déçu que tu ne fasses pas confiance à ce que je dis, mais je ne suis pas du tout en colère. Allons-nous refaire ça ?

— Quoi ? Un rendez-vous ou moi te laissant en plan à la fin de la soirée ?

Je ris. — Eh bien, espérons le premier, mais si le second arrive aussi, ça ne me tuera pas.

— Les hommes veulent généralement du sexe, et s'ils n'obtiennent pas de sexe, ils se mettent en colère. Qu'est-ce qui se passe avec toi ?

Je glissai ma main le long de son dos et respirai son parfum. — Je sais être patient. Je possède une érablière, et il n'y a pas grand-chose de plus lent que la sève d'érable qui coule d'un arbre froid.

Elle rit.

— Il n'y a aucune raison de te presser, Elise.

— Merci. Ça me donne envie de te sauter dessus.

J'embrassai le sommet de son front. — Je ne dis pas ça pour cette raison. Et je pense que tu as besoin de savoir que tu es en sécurité. Tu ne te sens pas encore en sécurité avec moi.

— Nous sommes allés nager dans un étang en sous-vêtements.

Je haussai les épaules. — J'imagine qu'être dans ma maison est plus difficile. Toi seule sais pourquoi.

Elle prit une autre profonde respiration, et je la lâchai. C'était douloureux, mais c'était la seule chose que je pouvais faire. Elle m'embrassa rapidement, puis marcha vers ma porte. Avant de sortir, elle dit : — Merci pour ce soir. La prochaine fois, je ne te taquinerai pas.

— Si, tu le feras, plaisantai-je avec elle. Parce que simplement franchir cette porte est une taquinerie. Respirer ton parfum, voir ton sourire, tout cela me taquine. Mais cela signifie seulement que ce sera d'autant mieux quand la sève commencera à couler.

Elle revint vers moi et m'embrassa rapidement, puis sortit par la porte.

Je restai là une minute, débattant de ce qu'il fallait faire. La cuisine était propre. La télé ne m'attirait pas. Tout ce que je voulais était Elise, mais elle était partie. Son parfum m'emplissait et flottait autour de moi, et mon érection pulsait à chaque respiration. Une douche froide semblait être la seule option que j'avais.

Sauf que quand j'ai allumé l'eau, je l'ai fait tiède. Quand je suis entré, je l'ai rendue plus chaude. Et quand le rire d'Elise a flotté dans mon esprit, j'ai enroulé ma main autour de ma queue et j'ai gémi.

Je laissai mon esprit repasser la soirée. Depuis le moment où elle est entrée, ses yeux pleins d'émerveillement devant la maison, jusqu'à ce qu'elle s'ouvre à moi, juste un peu, et flirte. Puis elle grimpant sur moi et me faisant perdre la tête avec sa sensualité naturelle.

Je laissai l'eau frapper ma poitrine et glisser le long de mon corps, rendant ma queue plus glissante à chaque caresse. Ce qui avait commencé lentement devint rapide et presque douloureux. Des images d'Elise inondaient mon esprit. Elle dans l'étang. Elle riant de moi. Elle flottant. Ses joues rouges d'embarras. Ses yeux grands ouverts et joyeux. Son corps se balançant sur le mien. Sa poitrine rouge de désir. Ses yeux fermés et sa bouche ouverte.

— Elise, grognai-je. Mon poing battait contre mon abdomen, serrant le bout et reculant. Chaque respiration était arrachée de moi par le seul besoin. Rien en moi n'importait sauf Elise.

Mon corps se tendit. Ma queue pulsa. Ma colonne vertébrale picota. J'étais presque sûr d'être malade.

Puis tout se libéra. Je jouis avec une telle puissance que ça éclaboussa le mur devant moi. Je frappai le mur de ma main libre pour ne pas m'effondrer alors que je continuais à me caresser. Chaque battement de mon cœur poussait un autre jet jusqu'à ce que je tremble d'épuisement.

Je me lâchai et pressai mes deux mains contre le mur. L'eau martelait mon dos. Je laissai la douche aider ma respiration à revenir à la normale puis terminai ma douche et sortis. J'enroulai une serviette autour de ma taille et me dirigeai vers ma chambre. Je me laissai tomber sur le lit et m'endormis avant même de finir de sécher à l'air. Rêvant d'Elise.

16

ELISE

— J'ai entendu une rumeur selon laquelle Trent MacKellar s'apprêterait à revenir vivre dans la maison des MacKellar, dit Laura une fois que nous étions toutes en train de manger notre gâteau.

Trinity avait apporté un gâteau au citron avec un glaçage au rhum qui était délicieux, et bien plus intéressant pour moi qu'une énième rumeur sur les MacKellar.

— On dit toujours ça, lui répondit Karissa. Depuis des années, il y a des rumeurs sur quelqu'un qui s'y installerait. J'ai tout entendu, de Trent MacKellar qui rentrait au bercail à Trent qui aurait une femme et plein d'enfants qu'il élèverait ici, ou encore que la femme de Trent serait morte et qu'il ramènerait ses enfants. J'ai même entendu qu'ils l'avaient vendue une fois. Et que Trent avait perdu la maison dans une partie de cartes. Rien de tout cela n'est vrai.

— Vraiment ? demanda Laura, l'air déçue. Elle plissa le nez et rejeta ses boucles blondes en arrière.

Karissa hocha la tête. — Oui. Trent MacKellar était prêt à

se casser d'ici dès qu'il le pouvait. Il détestait vivre ici autant qu'il l'aimait.

— Qu'est-ce que ça veut dire ? demanda Blake en se penchant en avant.

Tout le monde aimait entendre parler des MacKellar. Ceux qui connaissaient Trent étaient presque considérés comme de la quasi-royauté. Le reste d'entre nous dévorait tout ce que nous pouvions apprendre sur la famille qui avait fondé L'anse MacKellar.

Karissa se pencha en arrière et inclina la tête devant tous les visages qui la fixaient. — Vous ne le connaissiez pas ?

Nous secouâmes la tête.

— Toi non plus, Melody ? demanda Karissa, dirigeant ses yeux bruns vers Mel. Melody avait un an de moins que Karissa, mais elle était toujours avec Ramsey et Ian, qui avaient aussi été diplômés avec Trent.

Melody secoua la tête. — Je savais qui il était, mais je n'étais pas amie avec lui. Ramsey et Ian non plus. Je ne savais pas que tu l'étais.

Karissa éclata de rire. Elle croisa ses longues jambes et se pencha en arrière dans son siège. Elle prit une bouchée de son gâteau. Elle faisait partie de cette quasi-royauté. Quelqu'un qui connaissait Trent et ne le considérait pas comme spécial. Le reste d'entre nous ne partageait pas son point de vue et nous étions désespérées de savoir pourquoi. — Je n'étais pas amie avec Trent MacKellar. Une de mes amies est sortie avec lui pendant quelques semaines, mais il ne restait jamais longtemps avec qui que ce soit. Elle m'a raconté qu'il s'était servi de son nom pour échapper à une contravention pour excès de vitesse un soir, mais il se plaignait toujours que tout le monde ne l'aimait que parce qu'il était un MacKellar.

— On dirait que c'était un crétin, dit Trinity en levant les yeux au ciel. Je ne savais même pas qu'il y avait un MacKellar aussi jeune. Ça devait être bizarre de grandir dans une ville portant le nom de ta famille.

— C'est sa mère qui a insisté pour la création de la place. Elle disait que les gens devaient avoir un endroit où se rassembler. Elle s'appelle le parc Catherine, mais tout le monde l'appelle la place du village ou simplement la place, dit Finley, ajoutant le petit bout d'histoire locale que je connaissais. Je ne le connaissais pas, mais j'ai toujours pensé que ce serait cool d'avoir autant d'amis. On allait aux matchs de football avec Ian et il a essayé de nous montrer Trent une fois. Il était au milieu d'une foule. Je ne pouvais pas vraiment le voir.

— Ne te laisse pas berner par la foule, dit Karissa. Elle pinça ses lèvres violettes, de la même couleur que sa combi-short. Il détestait la foule autant qu'il détestait vivre ici. Il ne reviendra pas.

— Tu penses que c'est peut-être quelqu'un d'autre de la famille ? demandai-je à Laura.

Elle secoua la tête. — Non, j'ai entendu que c'était lui. Une de mes patientes me l'a dit.

— C'est vraiment dommage, dis-je. La maison est magnifique, mais laissée vide si longtemps, elle ne peut pas être en bon état.

— Ils ont du personnel qui s'en occupe, dit Karissa. Ils ne laisseraient jamais leurs possessions être moins que parfaites. Trent a rayé sa voiture en première, et son père lui en a acheté une autre ce week-end au lieu de simplement la faire réparer.

— Sérieusement ? demanda Blake.

Karissa éclata de rire et termina son gâteau. Elle s'en coupa une autre part et hocha la tête. — Ouais. C'est comme ça qu'ils étaient. Tout pour les apparences.

— Je ne pourrais pas vivre comme ça, dit Finley. Ça me

rendrait folle de m'inquiéter autant de ce que les autres pensent.

J'ai hoché la tête, bien que je comprenne un peu. Je n'ai jamais parlé d'Andy à ma famille parce que j'avais peur qu'ils me jugent. C'était pareil avec beaucoup de personnes que je connaissais ou que j'avais rencontrées depuis que je l'avais quitté. Être une victime me faisait sentir faible, même si tant de gens disaient que j'étais forte d'être partie. Admettre combien de temps j'étais restée, alors que c'était si mauvais, me faisait me sentir faible. Si partir était fort, alors rester était faible.

Je savais que ce n'était pas vrai, pas entièrement, mais c'était ce que je ressentais. Il m'avait fait croire que personne ne me ferait confiance, et des années plus tard, je laissais encore ses paroles dicter ma vie.

— Merde, soufflai-je, me rendant compte de ce qu'il avait dicté le plus récemment.

— Quoi ? demanda Trinity. Elle était assise à côté de moi et la seule à avoir entendu mon mot à peine prononcé. Elle se pencha plus près. Est-ce que ça va ?

J'ai commencé à hocher la tête, puis j'ai secoué la tête. Je n'allais pas bien. Pas du tout. Je m'étais éloignée de Colin parce que j'avais peur. Je ne lui avais pas donné une chance. Et oui, on se connaissait à peine, et non, je n'étais pas prête pour du sexe avec lui, mais je l'avais fait passer pour le méchant dans ma tête. Encore.

— Je... je suis tellement perturbée.

— À propos de quoi ? demanda Trinity.

— Colin. On a eu un rendez-vous hier soir et je suis devenue bizarre et je suis partie, alors que tout se passait vraiment bien.

— À quel point bien ? demanda Finley. Aide une fille en détresse.

J'ai ricané. — Pas à ce point, mais du genre orgasme fulgurant pour moi. Il n'a rien eu.

— C'est plus que ce que j'ai eu de toute l'année, dit Trinity. Je ne sais clairement pas comment choisir les bons parce que ceux que j'ai rencontrés ne valent pas un second tour entre les draps.

— C'est parce que tu cherches une connexion au lieu de juste du sexe, dit Laura. Les hommes ne veulent pas de relations. Ils veulent des plans culs. Et si le plan cul est assez bon, alors peut-être qu'ils voudront quelque chose de plus.

— On dirait que tu parles d'expérience, dit Karissa. Il s'est passé quelque chose avec Dr. Allison ?

Laura leva les yeux au ciel et secoua la tête. — Non, pas avec moi. Mais une des autres infirmières a dit qu'il avait un plan cul régulier dans une autre ville.

— C'est la même personne qui t'a dit que Trent MacKellar revient ? demanda Karissa avec un regard ironique.

Laura secoua la tête. — Non. C'est une infirmière qui travaille pour lui depuis plus longtemps que moi. Elle devrait savoir. Et elle ne colporte pas habituellement des ragots.

— Alors, comment cette conversation est venue ? demanda Blake.

— Je ne sais pas. Peu importe. On ne parlait pas d'Elise ? dit Laura.

Je secouai la tête. — Non, on peut disséquer ta relation avec ton patron à la place.

— Non, je pense que le fait que tu aies vraiment une relation rend la tienne beaucoup plus intéressante, répliqua Laura avec un sourire.

— Elle a raison, dit Trinity. Désolée, Laura.

Laura haussa les épaules.

— Tu n'es pas désolée pour moi ?

Trinity secoua la tête, faisant voler ses boucles. — Pas le

moins du monde. Parce que tu as besoin d'aide si tu veux garder cet homme dans ta vie.

— Pourquoi aurais-je besoin d'un homme ? demandai-je.

— Tu n'en as pas besoin, dit Karissa. Et ça vient de la femme qui a créé une application de rencontres. Mais si tu veux un homme dans ta vie, c'est différent. Tu es une personne qui prend soin des autres, Elise. Tu crées une famille et tu attires les gens à toi. Tu n'es pas une solitaire.

— De quoi tu parles ? Je vis seule, protestai-je.

— Dans une communauté qui est tellement dans les affaires des uns et des autres que tu peux laisser tes portes déverrouillées et savoir que personne ne mettra jamais les pieds à l'intérieur, argua Karissa.

— J'aime ça, dis-je. Je m'y sens en sécurité.

— Et c'est une bonne chose, dit Finley. Mais ce que Rissa veut dire, c'est que tu n'es pas le genre de personne qui sera seule pour toujours. Tu es le genre de personne qui veut une relation et quelqu'un avec qui partager sa vie.

— Mais je n'ai pas été dans une relation depuis Andy.

— Parce que tu as peur, dit Laura. Et tu as tout à fait le droit d'avoir peur. Mais ça ne veut pas dire que tu veux être seule. Je pense que ta peur d'être seule commence à dépasser ta peur de laisser quelqu'un d'autre entrer.

— Je n'ai pas peur d'être seule. Je fis la moue tandis qu'elles ricanaient et pouffaient de rire.

— Elise, on t'aime, dit Blake. Tu sais qu'on sera toujours là pour toi. Comme Rissa l'a dit, tu as créé un foyer ici même avec nous. Tu veux des gens avec qui partager ta vie. Je ne te blâme pas. La vie est meilleure avec Ian que je ne l'aurais jamais imaginé. J'étais prête à être seule pour toujours, mais maintenant je ne peux pas imaginer la vie sans lui.

— Je ne suis pas amoureuse de Colin, dis-je.

— C'est drôle comme aucune d'entre nous n'a dit ça, mais c'est ton argument, dit Karissa. Je pense que tu as peut-être plus de sentiments pour lui que tu n'es prête à admettre, même à toi-même.

— Je l'aime bien, mais c'est tout. C'est un gars sympa. Il est magnifique et doux et intelligent et drôle. Il a un côté cochon qui te choque quand tu l'entends. Et il est sacrément bon cuisinier.

Je m'arrêtai de parler et levai les yeux vers elles. Elles me regardaient toutes avec des sourires narquois identiques.

— Je ne suis pas amoureuse de lui, protestai-je.

— D'accord, tu n'es pas amoureuse de lui, dit Trinity, mais tu l'aimes bien. Quel est le problème ?

Je soupirai. — Je ne sais pas. C'est juste que...

— Tu ne veux pas avoir envie de lui, dit Laura.

Je hochai la tête. — Ouais.

— Mon Dieu, je connais tellement ce sentiment. Ça craint. Mais au moins dans ton cas, tu sais qu'il te veut aussi, dit Laura avec un triste sourire.

— Je suis désolée, Laura.

Elle haussa les épaules. — C'est une bonne chose, Elise. Ne te sens pas mal pour moi. Sois heureuse qu'il y ait un gars doux, gentil, incroyable qui aime cuisiner et qui est magnifique et doué de ses mains qui te veut. Je prendrais ça.

Je lui souris, détestant le fait qu'elle et Dr. Allison ne soient pas ensemble. Il était intelligent, mais qu'est-ce qu'il était bête de ne pas la voir.

— Tu veux du sexe ou une relation ? demanda Finley.

— Je... Je fermai la bouche quand je me rendis compte que ma réponse normale de sexe n'était pas exacte. Je voulais apprendre à connaître Colin. Je l'aimais bien, et je voulais passer du temps avec lui. Il me faisait rire, et il me faisait me sentir en sécurité.

— Les deux est une réponse acceptable, dit Blake. Elle tournait sa bague de fiançailles autour de son doigt et souriait.

— Je n'ai pas voulu de relation depuis huit ans. C'est long pour moi d'être seule, dis-je.

— Tu n'as pas été seule. Tu nous as et tu as ta famille et tu as ta communauté, dit Karissa. Tu n'as pas eu d'homme pour partager ton lit, mais ça ne veut pas dire que tu as été seule.

— Ce n'est pas effrayant d'être avec vous les filles. Vous me connaissez et vous ne me jugez pas, admis-je.

— Tu penses que Colin le ferait ? demanda Melody.

Je secouai la tête. — Je lui en ai parlé hier soir. D'Andy. Pas les détails, mais il a compris que ma seule autre relation s'est très mal terminée.

— Tu quoi ? s'exclama Karissa.

Je me figeai, regardant autour de la pièce mes amies choquées. — Quoi ?

— Tu lui as dit ? demanda Karissa.

J'acquiesçai, mes joues brûlantes et ma poitrine se serrant. Je ne savais pas pourquoi je n'étais pas censée le faire, mais ça me faisait peur de l'avoir fait alors que je n'aurais pas dû. — Pourquoi je n'aurais pas dû ?

— Ce n'est pas ça, dit Laura. C'est que tu ne nous as rien dit pendant longtemps. Tu connais Colin, quoi, depuis quelques semaines ?

— Je n'aurais pas dû lui dire ? demandai-je. Mon corps s'échauffa tandis que je paniquais.

— Ce n'est pas du tout ça, dit Trinity. Nous sommes surprises parce que tu n'en parles pas. Pas même de façon occasionnelle ou un peu. Je comprends, tu sais que je comprends, mais si tu t'es sentie assez à l'aise avec lui pour partager quoi que ce soit, cela signifie que tu lui fais confiance. Beaucoup.

— C'est vrai, je suppose. Je peux lui parler et passer du temps avec lui, mais j'ai paniqué quand... je lui ai dit qu'il devait nous arrêter si je le suppliais de coucher avec moi, confessai-je.

— Tu as fait quoi ? demanda Karissa.

Je me couvris le visage de mes mains. — C'est idiot, mais je savais que si je commençais à l'embrasser, je finirais par vouloir coucher avec lui. C'est tout ce que j'ai fait. Je n'ai pas couché avec quelqu'un avec qui j'ai roulé des pelles. Tout a été rapide et cru et, honnêtement, pas si génial. Mais tout avec Colin a été si bon. Et je...

— Voulais coucher avec lui, dit Melody. Ce qui l'a fait passer de la zone amicale sûre à la zone sexy risquée. Et personne n'avait franchi cette ligne depuis ton ex.

J'acquiesçai, surprise par sa perspicacité.

— Quand Ramsey m'a demandé le divorce, je suis sortie avec quelques personnes. Je détestais ça, mais c'était un peu pareil. Un autre parent m'a invitée à sortir et on est sortis. C'était bien, mais quand je l'ai revu à l'école, c'était bizarre. C'était comme si on pouvait s'entendre quand on était à l'école, et on avait eu un rendez-vous correct, mais une fois qu'on était sortis ensemble, le voir à l'école était gênant et inconfortable, expliqua Melody.

— Exactement, dis-je. Mais c'est vraiment malsain, non ?

— Ian était un de mes plus proches amis pendant des années, dit Blake. Quand on s'est embrassés pour la première fois, ça m'a complètement déstabilisée. Il était Ian. Il n'était pas censé s'intéresser à moi. Mais il voulait plus et encore plus, et c'était flatteur, c'est le moins qu'on puisse dire, qu'il me veuille. Mais ça m'a quand même perturbée.

— Tu étais complètement déboussolée à cause de lui, dit Finley avec un sourire.

— C'est vrai, dit Blake en riant. Je suis comme toi, Elise. Je ne voulais pas vraiment être seule, mais je m'étais convaincue que c'était le cas. Je n'étais pas heureuse, mais je n'étais pas blessée non plus. Je n'avais pas peur de me perdre comme ma mère l'a fait tant de fois. Laisser Ian entrer n'a pas été facile, mais je suis tellement plus heureuse grâce à ça.

— Je ne sais pas si je peux le faire. Je...

— Ma mère ne l'a jamais fait, dit Trinity. Ça fait plus de quinze ans et elle n'est toujours pas prête à sortir avec quelqu'un. C'est un choix que tu dois faire, mais si tu lui as fait assez confiance pour lui parler d'Andy, et que tu lui as fait confiance pour aller te baigner à poil...

— On n'est pas allés se baigner à poil !

— Tu es allée nager dans un étang en soutien-gorge et culotte. Crois-moi quand je te dis que ça ne cachait rien. Et je serais prête à parier que peu importe le slip ou le boxer qu'il portait, ça ne cachait rien non plus, argumenta Trinity avec un haussement de sourcil.

Mon sourire narquois et mes joues chaudes étaient toute la réponse dont elle avait besoin.

— Comme je disais, si tu peux lui faire confiance avec tout ça... Elle s'arrêta, me laissant interpréter ses paroles.

Je devrais pouvoir lui faire confiance avec tout mon être.

— Je déteste vraiment quand vous avez raison.

Karissa sourit. — Et nous détestons quand tu nous caches des détails sur une bonne séance de pelotage. Maintenant, raconte.

Je souris et leur racontai tout. Et mon seul regret était de ne pas avoir plus à partager avec mes amies sur l'homme qui me donnait envie d'abandonner toutes mes peurs.

17

Quand je suis rentrée de notre soirée entre filles, j'ai envoyé un message à Colin sur « À la Recherche du Héros Littéraire Parfait » pour l'inviter chez moi. Je n'avais jamais invité quelqu'un dans mon foyer, mais je le voulais ici. Je voulais qu'il soit dans mon espace où je me sentais plus à l'aise.

Il m'a dit qu'il était libre mardi, et nous avons fixé un rendez-vous. J'étais confiante et audacieuse jusqu'à ce que je termine le travail mardi après-midi et qu'Ava me souhaite bonne chance.

C'est là que j'ai commencé à paniquer.

Il y avait une raison pour laquelle je n'invitais pas d'hommes chez moi. Mes voisins, pour commencer. Ils l'interrogeraient jusqu'à ce qu'il arrive à ma caravane. Et une fois là, je ne pourrais pas partir si le rendez-vous se passait mal. Et si quelque chose se produisait, mes voisins le sauraient probablement parce qu'ils surveilleraient ma caravane et verraient quand il partirait, et l'embêteraient probablement à la sortie du quartier.

Peut-être que je n'aurais pas dû l'inviter.

En rentrant, j'ai vu un message qui m'attendait sur « À la Recherche du Héros Littéraire Parfait ». Je l'ai ouvert et j'ai ri en voyant qu'il venait de Colin.

TRUCS SUCRÉS

J'ai pris une tarte à la crème d'érable pour le dessert ce soir si ça te va. Je voulais aussi m'assurer que c'était toujours d'actualité.

CAPITAINE

C'est toujours d'actualité. Je vais essayer de ne pas te laisser insatisfait cette fois. La tarte a l'air incroyable.

TRUCS SUCRÉS

La tarte est incroyable. J'en ai déjà goûté une et c'est devenu une autre de mes faiblesses. Et crois-moi, j'ai été plus que satisfait l'autre soir. Te regarder était... il n'y a pas de mots.

CAPITAINE

Je suis sûre que ce n'est pas vrai, mais merci.

TRUCS SUCRÉS

C'est définitivement vrai. Tu m'as donné beaucoup de matière pour fantasmer ces derniers jours.

CAPITAINE

Vieux. Pervers.

TRUCS SUCRÉS

Tu me blesses. Je ne suis pas si vieux.

CAPITAINE

Mais tu es pervers ?

TRUCS SUCRÉS

C'est toi qui me fais cet effet.

CAPITAINE

MDR. Je dois prendre une douche. À tout à l'heure.

TRUCS SUCRÉS

Et ma tarte. Aguicheuse.

CAPITAINE

C'est à elle que je parlais vraiment.

TRUCS SUCRÉS

MDR. Maintenant je connais ma place.

J'ai ri et posé mon téléphone. Tout allait bien se passer.

J'ai couru dans la salle de bain et pris une douche rapide pour me rafraîchir. J'ai enfilé des vêtements doux et confortables parce que même si c'était un rendez-vous, c'était un rendez-vous à la maison. Et Colin m'avait vue dans des tenues pires. J'ai attaché mes cheveux en queue de cheval lâche et commencé à préparer le dîner. La cuisson du riz ne prendrait pas longtemps puisque tout le reste était déjà fait. J'avais trouvé une recette de rôti de bœuf en ligne et l'avais préparée la veille. C'était assez facile, mais je n'avais pas tous les bons ingrédients. Ce n'était pas grave. C'était impossible de rater un rôti de bœuf. C'est ce que disait ma mère.

J'ai réchauffé le rôti, et la cuisine sentait délicieusement bon. J'ai pensé que c'était bon signe et j'ai sorti joyeusement tout ce dont nous avions besoin pour manger.

Environ quinze minutes après l'heure où j'attendais Colin, j'ai vérifié mon téléphone. Je n'avais aucun message de sa part. Je ne savais pas ce qui s'était passé jusqu'à ce que j'entende des voix dehors.

Mes voisins.

Je me suis précipitée dehors et j'ai trouvé Mme Carter en train de parler à Colin devant ma caravane. Elle lui demandait qui il était et pourquoi il était là.

— Je suis un ami d'Elise. Elle m'a invité à dîner. La tarte est pour elle, a dit Colin.

— Elise aime les tartes. Elle est douée pour les faire aussi. Elle est venue en cuisiner une avec moi il n'y a pas long-temps. C'est une bonne fille. Es-tu un bon garçon ?

— Oui, madame, a répondu Colin automatiquement.

— Je vais te surveiller, a dit Mme Carter. Je ne vais pas laisser qui que ce soit faire du mal à Elise.

— Elle a de la chance de vous avoir dans sa vie, a dit Colin avec un sourire.

— Bonjour, Mme Carter, ai-je appelé.

— Bonjour, Elise, a-t-elle répondu avec un large sourire. Est-ce que tu l'as invité ?

J'ai hoché la tête. — Oui. Il va dîner avec moi et regarder un film.

— Tu as cuisiné ? a demandé Mme Carter.

J'ai acquiescé. — Oui.

Son sourire a disparu. — Devrais-je appeler Steve ?

Je lui ai lancé un regard noir. Steve était un ami de son fils et possédait l'une des pizzerias locales. Mme Carter m'avait donné son numéro la première fois que nous avions cuisiné ensemble. J'aimais faire des pâtisseries, mais la cuisine n'était pas toujours un succès. — Non, Mme Carter. Je suis sûre que le dîner est parfait. Passez une bonne soirée.

Elle a fait un signe de la main et est retournée derrière sa caravane. Colin est finalement sorti de son camion, comme si c'était sûr maintenant que les chiens de garde n'étaient plus là.

— Tes voisins sont intenses. Je ne pensais pas que la dame à l'entrée allait me laisser passer, a dit Colin, regardant autour de lui.

— Mme Lockhart est meilleure qu'un policier pour déchiffrer les gens. Elle a vécu ici toute sa vie et nous protège tous comme si nous étions ses propres enfants.

— Elle a failli tomber de son porche quand j'ai dit que j'étais là pour te voir. Elle m'a dit que c'était impossible et que tu n'avais jamais de visiteurs. Surtout pas des hommes, a dit Colin en arrivant à ma porte.

Il était beau. Son jean tombait bas sur ses hanches et son t-shirt vert était juste assez lâche pour laisser deviner les muscles que je savais être en dessous. Il sentait bon aussi. Comme s'il venait de prendre une douche. Frais et propre mais viril d'une manière épicée.

Mais tout cela n'était pas suffisant pour me distraire de ma gêne qu'il sache que je n'invitais jamais personne.

— Euh, oui, eh bien, je...

— Merci de m'avoir invité, a-t-il dit doucement, tendant la main pour caresser ma joue.

Tout à coup, cette chaleur due à ma gêne s'est transformée en un tout autre type de chaleur. Le genre de chaleur qui me donnait envie de le traîner à l'intérieur et de faire tout autre chose que de lui servir à dîner.

Un coup à la fenêtre a attiré mon attention vers celle de Mme Carter, qui nous observait. Je me suis écartée de Colin et j'ai fait signe à Mme Carter. Elle m'a répondu de la même façon.

J'ai reculé pour que Colin et moi puissions entrer. Il a regardé en arrière et a souri à Mme Carter, puis m'a suivie à l'intérieur. J'ai fermé et verrouillé ma porte pendant qu'il regardait mon chez-moi. C'était petit, mais je le gardais propre et net. Nous sommes entrés directement dans mon salon. Un canapé moelleux qui vous enveloppait quand vous vous asseyiez et vous accueillait comme une partie de lui occupait la majeure partie de l'espace. J'avais des tables d'appoint et une télé, mais aucun autre meuble puisque je n'avais jamais plus d'une ou deux autres personnes en visite. Et toujours mes amies. D'un côté se trouvait mon lit et de l'autre ma cuisine. Les deux étaient visibles depuis la porte d'entrée.

— C'est tout toi ici. J'aime beaucoup, a dit Colin.

— C'est petit. J'aime que ce soit petit, mais c'est petit.

— Il n'y a rien de mal à ça. Les gens n'ont pas besoin de grandes maisons ou de beaucoup de choses pour être heureux. Tu as des personnes qui tiennent clairement à toi ici. Ce ne serait pas aussi probable si vous aviez tous de grandes maisons et étiez à des kilomètres les uns des autres.

— C'était l'une des raisons pour lesquelles j'ai déménagé ici. J'aimais savoir qu'il y avait des gens à proximité. Cela n'avait pas été longtemps après Andy que j'ai acheté cet endroit, et je voulais être sûre que personne ne pourrait s'y cacher et que des gens seraient proches si j'avais besoin de quoi que ce soit.

— Je suis sûr que s'ils ne me voyaient pas comme une menace, ce seraient des gens très gentils.

— Tu n'es pas une menace, ai-je dit en riant.

Il a secoué la tête. — Ils ne le savent pas. Tout ce qu'ils savent, c'est que je suis venu te voir, et ce n'est pas normal.

— C'est bon. Ce n'est pas grave.

Colin n'a rien dit, mais je pouvais voir dans ses yeux qu'il voulait dire quelque chose. Nous avons tous deux laissé tomber. En parler ne ferait que me mettre mal à l'aise. D'une manière ou d'une autre, il détectait toujours ce genre de choses.

— On devrait dîner ? Ce dessert sent divinement bon, mais ce que tu as cuisiné sent encore meilleur, a dit Colin.

J'ai acquiescé. — Oui, on devrait. Euh, je n'ai pas de table à manger. Je mange toujours sur le canapé.

Il a souri. — Je fais généralement la même chose.

Il m'a suivie dans la cuisine et a mis la tarte qu'il avait apportée dans le réfrigérateur. Colin est resté en retrait pour que je puisse servir nos repas puisque la cuisine était si petite. C'était drôle parce qu'elle ne semblait jamais petite quand Laura, Blake ou Karissa étaient là. Ce n'est que quand Colin est arrivé que ma maison a semblé ne pas pouvoir contenir tout ce qu'il était.

Je lui ai tendu un bol de nourriture et j'en ai préparé un pour moi. Nous nous sommes tous les deux servi un verre d'eau et sommes allés au canapé. Colin s'est assis et a grogné. — Ce pourrait être le canapé le plus confortable sur lequel je me sois jamais assis.

J'ai ri. — Je sais, pas vrai ? Quand je l'ai trouvé au magasin, j'ai dû l'acheter.

— Je ne te blâme pas. Je pense que je dormirais dessus si je le possédais. Wow.

J'ai pouffé de rire et pris la télécommande. — Tu veux regarder quelque chose ?

Il a hoché la tête. — Bien sûr, ça me va.

J'ai observé du coin de l'œil comment il remuait son rôti de bœuf et mélangeait le riz dans le ragoût. Il a pris une bouchée et mâché, puis s'est figé.

Oh non. Ça sentait incroyablement bon. Ce n'était pas possible que ce soit mauvais. Je l'avais goûté. Je le savais. N'est-ce pas ? J'avais dû le faire.

Colin a fini de mâcher et a avalé. Il a remué à nouveau sa nourriture mais n'a pas pris une autre bouchée. Je devais savoir à quel point c'était mauvais.

J'ai mélangé la mienne et pris une bouchée. J'ai failli tout recracher. C'était à la fois salé et sucré. Trop salé et trop sucré. La viande était insuffisamment cuite et dure. Ou peut-être trop cuite. Ce n'était pas bon. Pas du tout. Et j'avais préparé et mangé des trucs assez terribles dans ma vie.

— Mon Dieu. Pourquoi c'est si mauvais ? ai-je lâché.

— Ce n'est pas si mauvais, a dit Colin.

Je lui ai lancé un regard noir. — Je croyais que tu étais du genre honnête.

Il a éclaté de rire et secoué la tête. — Tu as raison, c'est horrible. Tu as suivi une recette ?

J'ai acquiescé. — Oui. En grande partie. Je ne sais pas ce qui s'est passé.

— Je pense que tu as peut-être confondu le sel et le sucre.

— Comment pourrais-je les confondre ? Ils sont dans des contenants différents et je les ai utilisés à des moments différents. Et ça a un goût à la fois salé et sucré. Et la viande est dure. Qu'est-ce qui se passe ?

— Euh, as-tu le numéro de Steve ?

J'ai essayé de lui lancer un regard noir mais j'ai fini par éclater de rire. — Steve est en numérotation abrégée.

Colin a pris mon bol et les a portés à la cuisine pendant que j'appelais Steve. J'ai commandé une grande pizza, des ailes de poulet et du pain à l'ail. Steve a dit qu'il m'apporterait la commande bientôt.

— Je suis désolée, ai-je dit à Colin quand il s'est assis à nouveau.

Il a haussé les épaules. — Il n'y a rien dont tu doives t'excuser. Parfois les recettes ne fonctionnent pas vraiment.

— Les miennes ne semblent jamais fonctionner. Ça avait l'air si facile, pourtant. Je pensais vraiment que celle-ci serait correcte. Et je voulais m'excuser.

— Pour quoi ? Pour avoir cuisiné ?

J'ai essayé de ne pas rire. — Non. Pour être folle.

— Tu n'es pas folle. Et rien de ce qui s'est passé ne m'a fait penser que tu l'étais. Tu es prudente et précautionneuse. Ce n'est pas être folle.

— Mais je suis montée sur toi et t'ai chevauché jusqu'à jouir, puis je me suis enfuie avant que tu aies la chance d'en faire autant. C'est un peu fou.

Colin a secoué la tête. — Le sexe est différent de l'intimité. Je comprends. Parfois, tu peux séparer les deux et avoir des rapports sexuels sans aucun sentiment. Tu peux laisser ce soit physique, pas émotionnel. C'est normal. Mais quand c'est émotionnel dès le début, le sexe ne peut pas être uniquement physique. Tu t'attaches, même si tu n'en as pas l'intention.

J'ai acquiescé. — Je suis une aguicheuse.

— Est-ce que tu le fais pour aguicher ?

J'ai secoué la tête.

— Alors tu n'en es pas une. Écoute, Elise, j'ai presque quarante ans. Je ne suis pas un jeune homme qui pense que le sexe est la seule chose qui compte dans la vie. Crois-moi, j'ai eu ces années-là, mais j'ai passé suffisamment de temps à me demander si je trouverais un jour quelqu'un avec qui partager ma vie pour savoir que tout dans une relation ne va pas être facile. Tu ne m'aguiches pas, tu es juste en train de travailler sur tes propres pensées et peurs.

— Merci d'être si compréhensif.

Il a souri. — De rien. Il a soutenu mon regard pendant une longue minute. — J'ai vraiment envie de t'embrasser maintenant, mais je ne veux pas faire quelque chose que tu ne veux pas que je fasse.

— Tu peux m'embrasser, ai-je dit doucement.

Colin s'est penché vers moi, son corps se rapprochant de plus en plus. Il s'est déplacé sur le canapé. Sa jambe a d'abord effleuré la mienne, puis sa main s'est levée et a pris mon visage en coupe. Il s'est penché, comme si tout était au ralenti, et a pressé ses lèvres contre les miennes.

Il m'a embrassée doucement, à peine un baiser avant de se retirer et de m'embrasser à nouveau. Il a incliné la tête et embrassé une autre partie de mes lèvres. Il a entrouvert ses lèvres et léché les miennes. J'ai sorti ma langue pour rencontrer la sienne, et il m'a attirée vers lui.

Un baiser et j'étais perdue. Je me fichais du dîner ou de demain ou d'Andy ou de quoi que ce soit d'autre au monde. Tout ce qui comptait était Colin et en avoir plus.

Il s'est pressé contre moi, son corps recouvrant partiellement le mien. La peur a menacé de monter en moi, mais avant qu'elle ne puisse le faire, il s'est penché en arrière et m'a entraînée avec lui. Il a tiré mon corps sur le sien pour que ce soit moi qui le presse contre le canapé.

Sa main a glissé plus bas et a serré ma taille. J'étais à nouveau aux commandes. Il me laissait diriger. Il voulait que je me sente en sécurité. Toujours.

Avant que je puisse faire quoi que ce soit d'autre, le son strident de ma sonnette m'a fait sursauter loin de Colin. Me sentant comme une adolescente surprise par ses parents, j'ai sauté du canapé et lissé mes cheveux et mes vêtements. J'ai couru pour répondre à la porte avant que Colin ne se lève.

— Salut, Steve, ai-je dit quand j'ai ouvert la porte.

Steve était un peu plus âgé que moi, avec des cheveux et des yeux foncés. Il semblait être un type sympa, mais il ne me faisait aucun effet. Et en le regardant après avoir été pratiquement sur Colin quelques secondes auparavant, il n'y avait pas de comparaison. Pas pour moi.

— Salut, Elise. Comment vas-tu ?

— Bien. J'ai fait l'erreur d'essayer de cuisiner à nouveau. Mme Carter a menacé de t'appeler quand elle a appris que j'avais cuisiné.

Steve a ri. — Tu as une nouvelle voiture ? Je ne reconnais pas celle-là.

— Oh, non. J'ai un ami chez moi.

— Oh, désolé. Je ne savais pas, a dit Steve. Ses yeux se sont posés derrière moi et se sont écarquillés.

— Hé, comment ça va ? a dit Colin.

— Ah, bien. Je suis le livreur de pizza.

Colin a hoché la tête. — Ravi de te rencontrer, Steve. Tu veux que je prenne ça ?

Steve a trébuché avec les boîtes quand Colin a tendu la main pour les prendre. Colin lui a tendu un billet de cinquante euros et lui a dit de garder la monnaie une fois les boîtes dans ses mains.

— J'allais payer la pizza, lui ai-je dit. C'est moi qui ai raté le dîner.

Colin a secoué la tête. — Tu n'es pas obligée. Ou tu peux payer le dîner la prochaine fois.

— La prochaine fois ? a demandé Steve.

J'avais oublié pendant un instant qu'il était là. Quand je l'ai regardé, je me suis sentie coupable. Steve avait l'air d'un homme au cœur brisé. — Steve.

Il a souri. — Profitez de la pizza, Elise. Passez une bonne soirée.

— Steve, ai-je dit à nouveau, mais il était déjà parti.

J'ai fermé la porte et me suis retournée vers Colin. Il était dans ma cuisine, ouvrant les placards et cherchant des assiettes. Il en a sorti deux et a mis des tranches de pizza sur chacune avec des ailes de poulet et du pain à l'ail. Il était à mi-chemin du canapé avant de croiser mon regard.

— Tout va bien ?

— Je ne savais pas qu'il m'aimait bien.

Colin a souri. — Il y a beaucoup à aimer chez toi, Elise.

— Pourquoi as-tu payé ?

— J'avais de l'argent liquide sous la main, et ce n'était pas grand-chose. Mon père m'a appris à payer le dîner à chaque occasion. Il disait qu'un homme devait prendre soin de la personne qu'il aime.

— Même si elle peut prendre soin d'elle-même.

Colin a acquiescé. — Oui, parce que certaines personnes prennent soin des autres avec de l'argent, certaines avec leur sympathie, certaines nettoient, certaines cuisinent. Tout le monde a un talent, une façon de montrer qu'il se soucie des autres. Ma mère était le genre de femme qui cuisinait. Chaque fois que quelqu'un dans notre quartier avait un bébé ou allait à l'hôpital, ma mère cuisinait. Elle leur apportait de la nourriture qui durait des jours pour qu'ils n'aient pas à s'en soucier. Ma grand-mère était le genre de personne qui nettoyait. Elle a engagé un service de nettoyage pour mon père quand nous avons eu notre première maison. Mon père me donnait toujours de l'argent quand j'étais à l'université et chaque fois qu'il me voyait. Tout cela par amour.

— Je n'y avais jamais pensé comme ça. Andy payait tout parce qu'il voulait que je me sente redevable envers lui.

Colin s'est figé. — Je te promets, je n'avais pas l'intention que ce soit comme ça. Je suis désolé, Elise. Je n'ai jamais envisagé les choses sous cet angle.

— C'est bon, ai-je dit. Ce que tu as fait est le genre de chose qu'il aurait faite. Il aurait montré clairement à l'autre homme que j'étais avec toi et lui aurait donné un gros pourboire et payé pour que je sache qu'il était aux commandes.

Colin a fermé les yeux et secoué la tête. — Je ne voulais rien dire de tout cela, Elise. Je lui ai donné le seul argent liquide que j'avais dans mon portefeuille et lui ai dit de garder la monnaie parce que ce n'est pas facile de livrer des pizzas. J'ai fait ce travail et je sais que tout le monde ne donne pas de pourboire, alors j'aime bien en donner aux gens. Et je ne voulais rien insinuer à propos de nous. Ce n'est pas à moi de le faire, jamais. À qui tu parles de nous est ton affaire, pas la mienne. Et être aux commandes... Je t'ai déjà dit que c'est toi qui donnes le ton, et je le pensais. Je suis là, Elise. Je suis ici parce que je t'aime beaucoup. Mais tout ce qui se passe est ton choix.

Je ne pense pas que sa réponse aurait pu être plus parfaite.

18

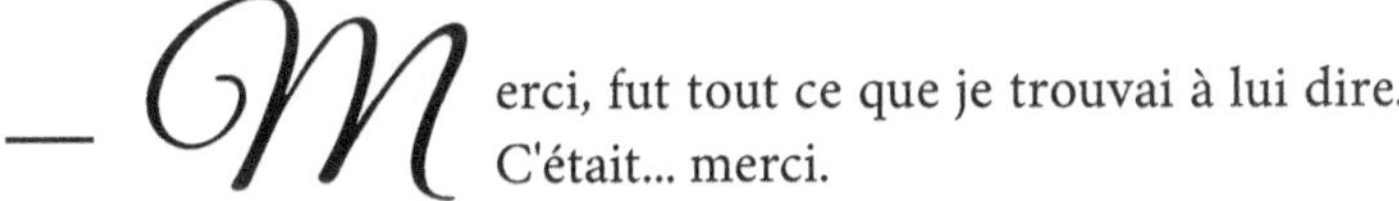

— **M**erci, fut tout ce que je trouvai à lui dire. C'était... merci.

— Je suis désolé de te rappeler ton ex.

— Andy était violent. Pas au début, mais après un moment. Il était plus âgé que moi, comme toi. C'était le genre d'homme que tout le monde appréciait, encore comme toi. Il était charmant, amical et agréable. Mais il n'était comme ça que pour obtenir ce qu'il voulait.

— Elise, tu n'es pas obligée de me raconter quoi que ce soit si tu ne le souhaites pas.

— Quand nous avons commencé à sortir ensemble, continuai-je, nous l'avons gardé secret parce qu'il était en master et moi en licence. Au bout d'un moment, nous avons emménagé ensemble parce qu'il disait que nous ne nous voyions pas assez. Je ne suivais pas ses cours, donc ce n'était pas un problème, mais c'était juste une des manœuvres qu'il utilisait pour me contrôler.

Je pris une inspiration et me dirigeai vers le canapé. J'attrapai un coussin que je serrai fort contre moi. Colin posa la nourriture sur la table d'appoint et s'assit, face à moi mais sans me toucher.

— Petit à petit, il m'a isolée de mes amis et de ma famille. Il ne voulait pas venir ici pour rencontrer mes parents. Ma cousine est venue me rendre visite, et il l'a mise tellement mal à l'aise que nous nous sommes disputées, elle et moi. J'ai pris son parti à lui. C'est peu après qu'il m'a frappée pour la première fois.

Colin inspira brusquement et ferma les yeux. Je continuai à parler. Je sentais que je devais tout lui dire. Si je ne disais pas tout maintenant, je savais que je ne le ferais jamais.

— Ça a commencé par une claque, sur mes fesses ou mon dos. Une punition. Il essayait de me faire croire que d'autres filles aimaient être punies comme ça, mais ça ne faisait que me terrifier. Une fois, il m'a attrapée par le bras quand j'essayais de partir. Nous nous disputions, et j'étais en colère. Il m'a attrapée par le bras pour me retenir. J'ai eu un bleu qui a duré des semaines. Il disait toujours qu'il était désolé et que c'était juste parce que je le mettais tellement en colère. J'ai commencé à me faire toute petite pour pouvoir être la femme qu'il voulait que je sois.

Colin tendit la main et prit la mienne. Il ne m'interrompit pas, mais il me tint la main et me donna la force de finir mon récit.

— Il pouvait passer des semaines sans me frapper, mais quand il le faisait, c'était de pire en pire. Un jour, il m'a vue en cours travailler sur un projet avec un partenaire. Le partenaire était un garçon, et quand je suis rentrée ce soir-là, Andy a complètement pété les plombs. Il m'a dit que je lui appartenais et que j'avais de la chance qu'il soit encore avec moi puisque j'avais pris du poids. Il m'a dit que personne ne m'aimerait jamais comme lui. Et puis il m'a frappée. Je me suis enfermée dans la chambre et j'ai refusé de sortir. Il a fini par abandonner, et je me suis endormie. Je me suis réveillée avec ses mains autour de ma gorge. Je me suis débattue, mais il était plus fort que moi. Je ne me suis échappée que parce que notre courrier avait été livré à une voisine qui nous a entendus et a frappé à la porte pour nous le rendre. Pendant qu'Andy lui parlait, je me suis faufilée par la fenêtre et je suis allée à l'hôpital. J'avais une côte cassée et des contusions aux voies respiratoires. Le médecin des urgences a appelé la police, et j'ai porté plainte.

— Est-il allé en prison ? demanda Colin, la voix tendue.

Je secouai la tête.

— Pas tout de suite. Il a tout retourné et a dit que je mentais. Il a même fait dire à la voisine qui avait livré le courrier que je n'étais pas à la maison quand elle était là. Des rumeurs à mon sujet ont commencé à circuler. Je n'avais nulle part où vivre, alors je suis restée dans un motel pendant quelques semaines. Une autre étudiante s'est manifestée et a dénoncé Andy. Elle a dit qu'il lui avait fait la même chose quand elle avait refusé de coucher avec lui en échange d'une note le semestre précédent. Quand ce n'était plus ma parole contre la sienne, la police l'a arrêté.

— Combien de temps restera-t-il en prison ?

Je haussai les épaules.

— Je ne sais pas, et je m'en fiche. J'ai une ordonnance restrictive contre lui, et s'il sort un jour, je serai prévenue et quelqu'un le surveillera. Je ne le laisserai rien me prendre d'autre. Il m'a déjà assez pris.

Colin serra ma main et m'offrit un sourire hésitant.

— Je peux te prendre dans mes bras ?

J'acquiesçai et l'enlaçai. Il me serra contre sa poitrine, et je l'étreignis comme j'avais étreint mon coussin.

Après quelques minutes, il recula.

— Merci de me l'avoir dit. Je suis désolé que tu aies vécu ça.

J'acquiesçai.

— Moi aussi. Et je suis désolée que ça me trouble encore l'esprit et que ça perturbe notre relation.

Il repoussa mes cheveux.

— Ça ne perturbe pas notre relation. Il n'a aucun pouvoir sur nous. Merci de me faire confiance.

Je souris.

— Je sens que je peux te faire confiance. Je ne sais pas pourquoi, mais j'ai l'impression que tu es quelqu'un à qui je dois faire confiance. Quelqu'un que je devrais laisser entrer dans ma vie.

— Bien.

Il me tendit une assiette que je pris. Nous nous installâmes côte à côte sur le canapé et choisîmes un film à regarder. Je l'observais tout en regardant le film, me demandant comment au monde j'avais pu trouver un homme comme lui.

Après Andy, je n'avais jamais envisagé de commencer une autre relation. Ça ne me semblait pas possible. Une relation signifiait être vulnérable, et j'avais été suffisamment vulnérable pour toute une vie.

Quand j'ai rencontré Colin, il me rappelait Andy. Son charme naturel et sa façon de parler aux gens étaient exactement comme Andy. Tout le monde l'aimait. C'était pour ça que les femmes flirtaient avec lui. Mais ce n'était pas qui il était vraiment. Le charme n'était pas un acte comme ç'avait été le cas avec mon ex. Ce n'était pas quelque chose que Colin faisait pour que les gens l'aiment. C'était juste une personne gentille. Le genre de gars avec qui on voulait être. Le genre de gars avec qui tout le monde voulait être.

Et il était dans mon salon, regardant un film sur mon canapé, mangeant une pizza qu'il avait achetée parce que ma tentative de cuisiner pour lui avait été désastreuse.

C'était définitivement une licorne.

Et j'en avais fini d'attendre pour voir s'il allait se transformer en dragon.

J'emportai nos assiettes dans la cuisine et me fis un discours d'encouragement. Je n'avais jamais séduit un homme auparavant. Depuis Andy, tous les hommes avec qui j'avais été étaient des valeurs sûres. Il n'y avait jamais eu de doute sur le fait que nous finirions nus. Mais avec Colin, nous n'avions pas franchi cette étape. Il faisait attention à me laisser mener. J'étais prête à mener.

Je détachai mes cheveux de ma queue de cheval et les secouai. Je vérifiai mon reflet dans le grille-pain et me dis que ça devrait suffire.

Quand je me retournai, Colin m'observait avec un sourire.

— Qu'est-ce que tu fais ?

— Euh, rien ?

— Vraiment ?

J'acquiesçai et m'approchai de lui. Il me regardait, sa tête penchée en arrière, reposant sur le canapé tandis que je me tenais devant lui. J'enlevai mon t-shirt, et il aspira brusquement. Ses mains se posèrent sur mes hanches pour m'aider à m'asseoir sur ses genoux.

Il continuait à me regarder, me laissant décider de ce qui allait se passer. Je voulais qu'il me touche, mais il ne le ferait pas sans que je le lui dise.

— Mets tes mains sur mes seins, dis-je doucement.

Il n'hésita pas à suivre mes ordres. Il les prit en coupe et fit rouler mes mamelons entre ses doigts. Je gémis et laissai mes yeux se fermer. Il pinça un mamelon fermement, et mes yeux s'ouvrirent d'un coup.

— Regarde-nous, Elise. Je veux que tu saches qui je suis.

Je compris ce qu'il demandait. J'acquiesçai et baissai les yeux. Les mains brunes de Colin me tenaient. Elles ne ressemblaient en rien aux mains d'Andy, et cela m'aida à me rappeler avec qui j'étais. Colin me serra et me caressa jusqu'à ce que ce ne soit plus suffisant. J'avais besoin de plus.

Je tendis les bras derrière moi et dégraffai mon soutien-gorge. Colin croisa mon regard tandis que je faisais glisser les bretelles le long de mes bras et retirais le tissu de mon corps. Il gémit et se lécha les lèvres.

— S'il te plaît, murmurai-je.

Il enfouit son visage entre mes seins et déposa des baisers sur les côtés de chacun d'eux. Il embrassa son chemin jusqu'à un mamelon et traça un cercle autour, puis passa à l'autre et fit de même. Je tenais sa tête, gémissant à la sensation de sa langue sur ma peau nue.

— Tu as si bon goût, murmura-t-il contre moi. Parfaite.

— Tu me fais du bien. Oh, mon Dieu.

Il lécha mon mamelon et l'aspira dans sa bouche, le faisant rouler doucement contre son palais. Il mordilla légèrement puis lécha à nouveau pour apaiser la piqûre. C'était parfait et insuffisant en même temps.

— Enlève ta chemise, lui dis-je.

Il se précipita pour faire ce que je demandais et jeta sa chemise par terre. Je me penchai en arrière pour bien le regarder. Je l'avais déjà vu torse nu, mais une fois n'était définitivement pas suffisante. Une légère cicatrice courait sous sa clavicule. Une autre était sur son abdomen.

— Que s'est-il passé ? demandai-je, passant mes doigts sur chacune d'elles.

— Vélo quand j'avais sept ans, dit-il, montrant la première. J'ai heurté un rocher et j'ai été projeté par-dessus le guidon. J'ai eu de la chance de ne m'en tirer qu'avec ça. Et celle-ci était un accident du travail. Je travaillais dans une ferme de sapins de Noël et un arbre s'est coincé dans une machine qui a projeté des éclats. Encore une fois, j'ai eu de la chance.

— Wow. Tu es sujet aux accidents ?

Il secoua la tête.

— Pas habituellement. Des trucs bizarres plutôt qu'autre chose.

— Tu as d'autres cicatrices ?

Il haussa un sourcil.

— J'en ai une sur la cuisse.

— Oh, euh, cool.

— Elise, on n'est pas obligés de faire quoi que ce soit, dit-il doucement, s'éloignant de moi.

— Qu'est-ce que tu veux dire ?

Il soupira.

— Tu n'es pas prête, et c'est normal. On peut juste regarder le reste du film.

Je secouai la tête.

— Je te veux, Colin. Mais je ne sais pas comment séduire un homme. Je ne sais pas comment te dire que tout ce que je veux, c'est que tu m'arraches tous mes vêtements et que tu fasses ce que tu veux de moi. Je veux te sentir en moi et savoir que je ne suis pas complètement brisée parce que je peux avoir des relations sexuelles avec un homme que j'apprécie. Je-

Colin se leva avec moi sur ses genoux. Je poussai un petit cri et enroulai mes jambes autour de lui.

— Je suis trop lourde. Repose-moi.

— Tu es parfaite. Et si tu veux que je t'arrache tous tes vêtements, j'ai besoin que tu viennes avec moi.

— Tu... Je...

— Oui ou non, Elise ? demanda-t-il, s'arrêtant au milieu de mon salon.

— Oui. Mon Dieu, s'il te plaît, oui.

Il me porta jusqu'à mon lit et me déposa sur le bord. Il me fixa un long moment. Il glissa mes cheveux derrière mon oreille et dit :

— Si tu veux que je m'arrête à n'importe quel moment, je le ferai. Je te le promets.

J'acquiesçai.

— Je te fais confiance, Colin. Juste, euh, ne touche pas mon cou. Ne mets pas tes mains autour de mon cou ou quoi que ce soit de ce genre.

Il acquiesça.

— Compris. Autre chose ?

— Non. Je ne crois pas.

Il sourit et se pencha sur moi.

— Es-tu prête pour que je t'arrache tes vêtements ?

Je lui souris en retour.

— Bon sang, oui.

Il attrapa les bords de mon pantalon de yoga et glissa ses doigts dans ma culotte, tirant les deux d'un seul coup. Il me poussa en arrière pour que je m'allonge sur le lit et se contenta de me regarder.

Je voulais me couvrir avec mes mains, mais le regard dans ses yeux disait qu'il n'était pas dérangé par mon apparence.

— Tu es encore plus magnifique que ce jour-là dans l'étang. Je te désirais tellement ce jour-là, Elise. C'est devenu encore plus difficile de te résister au fur et à mesure que j'apprenais à te connaître.

— Je ressens la même chose, admis-je. Je ne sais pas si je serais capable de te dire non pour quoi que ce soit.

— Tu peux toujours dire non, Elise. Toujours.

J'acquiesçai.

— Merci.

Il se pencha sur moi et posa doucement son poids sur mon corps. Sa poitrine pressée contre la mienne, ses poils rugueux frottant contre mes mamelons sensibles. Son sexe niché entre mes cuisses. Ses lèvres couvrirent les miennes, s'entrouvrant pour goûter mes lèvres. J'enroulai mes bras autour de lui et le tirai plus près, ayant besoin de sentir plus de lui sur moi. J'ouvris la bouche et suçai sa langue à l'intérieur, le goûtant.

Il soutenait son poids sur ses coudes pendant qu'il m'embrassait. Il prit son temps, me goûtant et me taquinant jusqu'à ce que je m'agite impatiemment sous lui.

Il recula et fit courir sa langue le long de mon cou. Il embrassa son chemin jusqu'à mes mamelons et me tortura davantage avec sa langue et ses dents. Quand il abandonna mes seins et continua à descendre, je réalisai ce qu'il faisait.

— Tu n'es pas obligé.

— Tu n'aimes pas ça ?

— Je... euh, je ne sais pas. Je n'ai jamais...

— Es-tu prête à essayer ? Tu peux dire non.

— Je, euh, je ne veux pas que tu te sentes obligé.

— J'en ai envie, mais si tu ne veux pas que je le fasse, c'est d'accord.

— On peut essayer. Si tu es sûr.

Il acquiesça et se leva. Il me dominait de toute sa hauteur avant de me couvrir à nouveau et de m'embrasser fort. Il ne ralentit pas ni ne fit de pause avant de plonger sa langue entre mes lèvres et d'écarter largement mes cuisses avec ses hanches. Ses mains enveloppèrent mes seins. C'était une attaque totale, une que je ne voulais jamais voir s'arrêter.

Je gémis et essayai d'enrouler mes jambes autour de ses hanches. Dès que je le fis, il recula et me sourit.

— Je devais m'assurer que tu étais d'accord.

Je souris tandis qu'il s'agenouillait à côté de mon lit. Il me regarda et se lécha les lèvres. Ses mains écartèrent largement mes cuisses, mais mon corps résistait. Tout ce qui concernait Colin était nouveau, différent et terrifiant.

— Elise, dit-il doucement. Il embrassa une cuisse, puis l'autre. Tu sens si bon. J'ai hâte de te goûter. De te faire du bien. De savoir que je suis le seul homme qui a fait ça.

Tandis qu'il parlait, mes cuisses se détendirent et s'ouvrirent pour le laisser entrer. Il traça ma fente avec un doigt, et je faillis bondir du lit.

Il embrassa à nouveau mes cuisses, se rapprochant de plus en plus de mon centre. Je réalisai, alors qu'il était sur le point de m'embrasser, que je ne m'étais jamais rasée là-bas. Jamais.

J'allais presque l'arrêter, mais sa langue glissa sur mon clitoris et toutes mes pensées s'évanouirent.

Colin commença lentement, sa langue glissant sur ma chair sensible. Il lécha partout, me taquinant quand il plongeait sa langue en moi.

— Putain de merde, soufflai-je.

Colin grogna en accord, puis glissa sa langue vers mon clitoris et traça un cercle autour. Je me cambrai contre son visage, me demandant pourquoi je n'avais pas exigé ça de chaque homme que j'avais jamais rencontré.

Il fit glisser un doigt autour de mon entrée et fit monter mon désir à environ sept mille. Entre sa langue et son doigt, je n'arrivais pas à me concentrer. Les deux ensemble me rendaient rapidement folle, et j'appréciais le voyage.

Il frappa mon clitoris avec sa langue, et je haletai. J'étais proche. Si j'avais été seule, j'aurais frénétiquement glissé mes doigts sur mon clitoris pour finir, mais Colin n'était pas pressé de terminer. Il faisait durer, et je n'étais pas entièrement fâchée pour ça.

Mon pouls rugissait dans mes oreilles, et chaque cellule de mon corps luttait contre l'envie de prendre le contrôle. Je haletais, soupirais et gémissais. Puis j'eus recours aux supplications.

— S'il te plaît, Colin. S'il te plaît.

Il suça fort mon clitoris et enfonça son doigt en moi, et le monde explosa. Feux d'artifice, étoiles filantes et tout ce qui était bon dans le monde se réunirent et éclatèrent en moi, m'envoyant dans un autre monde où n'existaient que la paix, la joie et le plaisir. Tellement de plaisir.

Colin embrassa mes cuisses et me regarda pendant que je tentais de comprendre où était le haut. Je lui souris et lui fis signe du doigt de s'approcher. Il m'embrassa, me laissant me goûter sur lui. C'était une sensation étrange, mais je n'allais pas laisser quoi que ce soit m'empêcher de l'embrasser.

J'enroulai mes bras autour de son cou et mes jambes autour de sa taille et réalisai qu'il était encore habillé de la taille aux pieds.

— Pourquoi n'as-tu pas enlevé ton pantalon ? demandai-je en m'écartant.

— Parce que c'est pour toi, Elise.

— Je pensais que tu allais m'arracher mes vêtements et faire ce que tu voulais de moi.

— C'est ce que je viens de faire.

— Mais...

Il m'embrassa à nouveau, mais je n'en avais pas fini. Je voulais plus.

— J'espérais que faire ce que tu voulais de moi impliquait du sexe.

— Tu m'as dit la dernière fois de ne pas coucher avec toi même si tu me suppliais. J'ai pensé qu'il n'y avait aucune chance que ça ait changé en seulement quelques jours.

— Si, ça a changé.

— Je n'ai pas apporté de préservatifs, dit-il avec un sourire penaud comme si c'était la fin de tout.

Pauvre homme naïf.

19

— J'ai des préservatifs, lui dis-je, à la fois gênée et pleine d'espoir. Je n'ai jamais amené personne ici, mais au cas où, j'en ai acheté. Je veux dire, je sais que c'est bizarre, mais...

— Elise, tu me tues. Je me sens comme un connard si je dis oui et comme un idiot si je dis non.

— Alors dis oui parce que je ne pense pas que tu sois un connard. Je pense que tu me rendras un très grand service. Je te veux, Colin. S'il te plaît.

J'observai le conflit dans ses yeux et décidai de jouer déloyalement. Je soulevai l'un de mes seins dans ma main et passai mon pouce sur mon mamelon. J'ouvris ma bouche en un gémissement silencieux, puis l'attrapai et taquinai son mamelon. Il se tendit et gémit.

— Ce n'est pas du jeu.

— Je n'ai jamais promis d'être fair-play.

— Je ne peux pas te résister, Elise.

Je glissai une main entre nous. — Alors ne résiste pas.

Je glissai ma main dans son jean et l'enroulai autour de sa queue. Il tressaillit contre ma paume et gémit. — Elise.

— Ne dis pas non, Colin. S'il te plaît.

— Tu es sûre de ça ? demanda-t-il.

Je hochai la tête. — Oui, s'il te plaît. Je te promets. Je te veux, Colin.

Il s'éloigna de moi et défit son jean. Il le laissa tomber au sol et je perdis le fil de mes pensées. Il était magnifique sans vêtements. Sa queue était épaisse, longue et dressée. Un nid de poils sombres entourait la base. Je voulais le goûter. Je voulais sentir son poids dans ma main. Je le voulais en moi.

Je me tournai et ouvris le tiroir où j'avais caché les préservatifs. J'ouvris la boîte et en sortis un. Au lieu de le lui tendre, je déchirai l'emballage en aluminium et me retournai vers lui.

Il restait là, me regardant tout ce temps. Il hocha la tête quand je fis un geste pour lui mettre le préservatif. Je tins le bout et le déroulai sur son érection. Il tressaillit contre ma main et gémit quand je le serrai.

— Putain, Elise.

J'embrassai son ventre et me mis à genoux pour pouvoir l'embrasser tout le long jusqu'à ses lèvres. Il me rendit mon baiser avec empressement, ses bras se resserrant autour de moi et me tenant près de lui tandis que sa langue explorait ma bouche et que sa queue pulsait entre nous.

Colin nous retourna et se laissa tomber sur le lit, m'entraînant sur lui. — Aah ! criai-je, ne m'attendant pas à ce mouvement. Colin nous redressa avec mes genoux de chaque côté de ses cuisses et mon corps sur le sien.

— C'est toi qui mènes, Elise, dit-il doucement, écartant mes cheveux de mon visage. Ses doigts s'emmêlèrent dans mes cheveux et tirèrent légèrement.

— Je n'ai pas l'habitude de ça. Je n'ai jamais été au-dessus.

— Essaie, m'encouragea-t-il. Assieds-toi et guide-moi quand tu seras prête.

J'hésitai, mais je voulais le sentir en moi. Je me redressai et le laissai m'aider à positionner nos corps correctement. Sa queue effleura mon entrée, et je devins plus audacieuse. Je glissai un peu vers le bas, le prenant en moi, puis me soulevai et redescendis jusqu'à ce qu'il soit complètement en moi.

— Bon sang, tu es si bonne, gémit Colin. Putain, Elise.

— Tellement bon, approuvai-je avec un gémissement.

Mon corps prit quelques secondes pour s'adapter à sa taille. Une fois habituée, je me soulevai et redescendis sur lui lentement. Nous gémîmes tous les deux à chaque mouvement de va-et-vient. Je ne voulais pas me précipiter, mais j'avais aussi besoin de me familiariser avec ce que je faisais.

C'était bon. Trop bon. Le sexe n'avait jamais été aussi bon pour moi. Il caressait ma peau et me murmurait des mots sexy. Il embrassait mes paumes et parcourait tout mon corps de ses mains. Et il me laissait prendre les commandes.

— Si belle, dit-il. Tellement bon. Tu me corresponds parfaitement. Je ne peux pas me lasser de toi.

— Moi non plus, murmurai-je en réponse.

Mes cuisses me faisaient mal, mais je ne voulais pas m'arrêter. J'adorais cette sensation de contrôle. Il y avait quelque chose à dire sur un homme qui prenait les choses en main, mais être la femme aux commandes n'était pas mal non plus.

Il poussa vers le haut pour rencontrer mon prochain mouvement et je gémis bruyamment. Mon corps se contracta, chaque centimètre de moi concentré sur l'arrivée à la ligne d'arrivée. J'étais proche, si proche.

La main de Colin se glissa entre nous tandis que nos yeux se verrouillaient. Il caressa mon clitoris avec son pouce, et mon corps tressaillit. Il commença doucement, mais plus je bougeais vite, plus il frottait rapidement mon clitoris. Il appuya plus fort et tout se resserra en moi. La sensation de sa queue dure en moi, la pression de son pouce sur mon clitoris, et le pincement de mon mamelon me poussèrent de plus en plus haut jusqu'à ce que tout explose en moi.

— Oh, mon Dieu, oui. Colin. Oui !

— Oh, Elise. Putain. Si magnifique, gémit-il. Ses mains se verrouillèrent sur mes hanches alors qu'il m'aidait à continuer de monter et descendre sur lui. Ses doigts s'enfonçaient dans ma chair, mais je savais qu'il n'essayait pas de me faire mal.

Je luttai pour trouver de la force et utilisai le dernier souffle que j'avais pour rebondir sur lui jusqu'à ce qu'il jouisse. — Elise, gémit-il, suçant fort mon mamelon dans sa bouche pendant qu'il pulsait profondément en moi.

Je m'effondrai sur lui, nous enfonçant tous les deux dans mon lit. Je fis un geste pour rouler de lui, mais il me retint. — Je ne suis pas prêt à ce que tu partes encore. Si ça te va.

Je hochai la tête et me calai contre lui. Mes muscles tremblaient mais c'était agréable. Tout était agréable.

Après une minute, Colin gloussa. — On a oublié la tarte.

— C'est une friandise pour plus tard, je suppose, dis-je.

Il secoua la tête. — Tu es la seule friandise dont j'ai besoin.

Je ricanai. — C'était ringard.

— Oui, mais c'était vrai. On prendra de la tarte bientôt. Pour l'instant, je veux juste rester allongé ici avec toi encore une minute.

Je hochai la tête. — Ça me convient parfaitement.

QUAND NOUS AVONS FINALEMENT EU ASSEZ d'énergie pour sortir du lit, Colin est allé à la salle de bain et je me suis dirigée vers la cuisine. J'ai attrapé sa chemise au passage et l'ai enfilée. Elle serrait ma poitrine et mon ventre, mais couvrait mes fesses.

J'ai pris un couteau et sorti la tarte du frigo. Elle sentait bon, sucrée avec une touche d'érable qui me faisait saliver.

J'ai coupé deux grosses parts et les ai mises sur des assiettes. Quand je me suis retournée, Colin m'observait.

Il avait remis son jean qui pendait bas sur ses hanches. Il l'avait remonté mais laissé le bouton défait. Le V sur son abdomen était visible et me faisait saliver encore plus que la tarte.

— Salut, dit-il, son regard glissant lentement sur mon corps avant de remonter.

— Salut. J'ai pensé qu'on pourrait manger la tarte.

Il hocha la tête et s'approcha. Quand il m'atteignit, il prit les deux assiettes de mes mains et les posa sur le comptoir derrière moi. Son corps se pressa contre le mien, me faisant sentir son érection. — Toi dans ma chemise, c'est mieux que n'importe quel fantasme.

— Elle est un peu serrée.

— Elle est sexy en diable, Elise. Il se pencha et suça doucement mon oreille puis pressa son nez contre mon épaule. — Je ne vais plus jamais laver cette chemise. Elle sent comme toi. Comme nous.

J'enroulai mes bras autour de son cou et souris quand il releva la tête et m'embrassa.

— Je crois que tu m'as transformé en animal. Je ne vais plus pouvoir penser à autre chose qu'à toi maintenant que je t'ai goûtée. Rien d'autre n'aura aussi bon goût.

Je gémis et pressai mes courbes contre son corps. Il glissa ses mains sous ma chemise et gémit.

— Et tu ne portes rien en dessous ? Je ne vais pas survivre.

— Mais tu as apporté de la tarte. On a besoin de tarte.

Il rit. — Tu as raison. On a besoin de tarte. Parce que rien ne va mieux avec du sexe incroyable que de la tarte.

Je ris avec lui et souris quand il prit les assiettes et les porta au canapé. Il s'assit à une extrémité et attendit que je le rejoigne avant de me donner ma part. Et oui, j'ai remarqué qu'il m'a donné celle qui était légèrement plus grande.

— Un autre film ? demanda-t-il.

Je hochai la tête. — Ça me va. Je crois que j'ai besoin de respirer un peu.

Il sourit. — Je vois ce que tu veux dire.

Nous nous sommes installés et avons mangé notre tarte. C'était bon. Vraiment bon. C'était comme un croisement entre une tarte à la crème de banane et une tarte aux noix de pécan. J'étais presque sûre que le glaçage à l'érable venait de sa ferme, et le croquant à l'intérieur était définitivement fait de noix, de chocolat et de quelque chose d'autre. La croûte était bonne, et la crème sur le dessus était à tomber.

— C'est incroyable, lui dis-je.

Il hocha la tête. — N'est-ce pas ? Une vieille amie de ma grand-mère les fait. On les vend dans la boutique, mais elles partent toujours quelques minutes après qu'elle les ait apportées. Je lui ai demandé d'en faire une pour nous.

Je haussai les sourcils. — Vraiment ?

Il hocha la tête. — Le seul paiement qu'elle acceptait était un récit de la soirée. Je pense que je vais devoir modifier les détails.

Je ris devant son expression horrifiée.

— Je ne m'attendais pas à avoir quelque chose comme ça à partager quand j'ai conclu l'accord.

Je me penchai et l'embrassai. — Merci. De ne pas t'y être attendu et d'avoir cédé quand je t'ai supplié.

— Comme je te le répète, c'est toi qui mènes, Elise. Je ne peux pas te dire non.

Je souris, me sentant plus que satisfaite de sa réponse.

Nous avons fini nos parts de tarte et nous sommes blottis sur le canapé. Il n'a pas fallu longtemps avant que les mains commencent à se balader. Quand il a glissé sa main sous ma chemise et taquiné l'intérieur de ma cuisse, j'ai admis que je n'étais pas du tout intéressée par le film.

— Combien de préservatifs te reste-t-il ? demanda Colin

tandis que j'écartais mes cuisses pour qu'il glisse un doigt en moi.

— Oh, putain. Beaucoup plus. Beaucoup, beaucoup plus.

— Bien, murmura-t-il.

Il taquina ma peau sensible tout en me sondant doucement de l'intérieur. Je n'avais plus peur cette fois, ni timide, et j'écartai largement mes cuisses pour qu'il puisse explorer. Il garda son regard fixé sur le mien tout le temps qu'il me touchait, m'embrassant et me disant à quel point j'étais belle alors qu'il m'envoyait au septième ciel.

— Je veux te goûter, lui dis-je quand il fit un geste pour se lever du canapé.

— Elise, gémit-il.

— Juste une minute, dis-je. Prends aussi un préservatif.

Il enleva son jean et traversa la pièce en courant, nu. Il prit un préservatif et revint en courant vers moi. Il me mit debout et m'embrassa comme un fou.

— Où me veux-tu ? demanda-t-il quand il me libéra enfin.

— Sur le canapé, dis-je en pointant du doigt.

Il s'assit et se pencha en arrière, caressant sa queue quelques fois et essuyant le bout.

Je m'agenouillai devant lui. Andy adorait les fellations, mais je détestais ça avec lui. Je n'avais pas essayé avec un autre homme depuis, mais avec Colin, j'en avais envie.

— Ça fait un moment, lui dis-je.

Il prit mon visage et croisa mon regard. — Tu n'es pas obligée.

Je hochai la tête. — Je sais, mais j'en ai envie. Tu devras peut-être me dire ce que tu aimes.

— Tes lèvres sur ma queue seront comme le paradis, Elise. Crois-moi, je vais me retenir dès le moment où tu me toucheras.

Je souris et me penchai en avant. Il bougea pour approcher sa queue de mes lèvres. J'ouvris la bouche et léchai son bout. Il gémit longuement et se tendit.

— Oh, putain de merde, Elise.

Ses mains touchèrent ma tête pendant un bref instant, puis disparurent immédiatement. Elles se posèrent toutes les deux sur mes bras et serrèrent.

Je le pris plus profondément dans ma bouche et reculai quand il atteignit ma gorge. Je suçai un peu le bout, et il gémit à nouveau.

— Puuutain.

Je souris autour de sa queue, adorant que je puisse lui plaire. Ça faisait longtemps que je n'avais pas pu apprécier de faire plaisir à un homme. Il ne s'agissait pas de s'assurer qu'il soit heureux, mais de s'assurer qu'il se sente bien. Il s'agissait d'apprécier le fait qu'il se sente bien. Et les picotements entre mes cuisses et l'humidité qui couvrait ma chair disaient que j'aimais définitivement lui faire du bien.

Ses mains glissaient de haut en bas sur mes bras, serrant et se relâchant alors qu'il se tenait immobile. Je pouvais sentir son besoin de bouger, mais je n'étais pas sûre de pouvoir le supporter. Même au milieu de son plaisir, il pensait à moi.

— Elise, gémit-il.

Je levai les yeux vers lui et le trouvai en train de me regarder.

— Tu es incroyable. Si putain de sexy. Tes jolies lèvres roses enroulées autour de moi. Je dois t'arrêter bientôt. Je ne vais pas pouvoir me retenir. Oh, mon Dieu.

Je le suçai plus fort et le pris juste un peu plus profondément. Il gémit et me repoussa.

— Je suis désolé, Elise. Merde. Je suis tellement désolé, chuchota-t-il. Ça va ?

Je hochai la tête. — Je vais très bien. Merci.

— Je suis désolé d'avoir été brusque avec toi.

Je secouai la tête et souris. — Tu n'as pas touché mon cou.

Je vais bien. Je te le promets. Mieux que bien, en fait. C'était incroyable.

— Vraiment ?

Je hochai la tête. — Oh, oui.

— Viens ici, Elise, dit-il en me tendant la main. Laisse-moi sentir ce que ça t'a fait.

Je m'approchai et le laissai remonter sa main le long de ma cuisse. Quand il glissa un doigt profondément en moi, nous gémîmes tous les deux.

— Tout ça pour m'avoir sucé ?

Je hochai la tête et gémis quand il retira son doigt et poussa à nouveau avec deux.

— Jouis pour moi, Elise.

Je chevauchai sa main là, à genoux devant le canapé. Il joua et me taquina jusqu'à ce que mes cuisses me fassent mal et que mon corps palpite.

— Ne te retiens pas, Elise. Jouis pour moi. Laisse-moi t'entendre encore.

— Oh, oui, gémis-je. Colin. Oui ! Je lâchai prise, lui donnant tout. Il me tint tout le temps, jusqu'à ce que je m'effondre sur le sol devant lui.

Il me sourit. — Tu es si belle quand tu jouis. On dirait que je dois te mettre au lit, cependant.

— Seulement si tu viens avec moi, dis-je.

Il hocha la tête.

— Apporte le préservatif.

Il fit ce que je lui demandais et me suivit au lit. Je m'allongeai et écartai mes cuisses. — Tu es sûre ?

Je hochai la tête. — Je n'ai pas la force d'être encore au-dessus, mais je te veux toujours.

Il déroula le préservatif et se positionna entre mes jambes. Il me taquina, se glissant de haut en bas sur ma chair humide. Je sursautais à chaque frôlement contre mon clitoris jusqu'à ce que mes cuisses se serrent autour de lui.

Il glissa en moi d'un mouvement fluide. Il se pencha sur moi une fois qu'il fut installé à l'intérieur. — Merci.

Je souris. — Merci à toi.

Nos yeux se verrouillèrent tandis qu'il glissait en moi et en sortait. Chaque poussée était une autre pulsation dans mon cœur me disant qu'il était différent. Il n'était pas comme Andy. Il n'était pas comme quelqu'un que j'avais jamais connu. Il était spécial, et cela signifiait que je pouvais lâcher prise.

Je ne jouis pas, mais quand il le fit, je le sentis en moi. Ses bras cédèrent et il s'effondra sur moi, tous deux haletant pour reprendre notre souffle. Il nous fit rouler sur le côté, restant connectés tandis que nous nous accrochions l'un à l'autre.

Colin se leva quelques minutes plus tard pour se débarrasser du préservatif, puis revint et se glissa dans le lit avec moi. — Je partirai bientôt, mais je voulais juste rester allongé avec toi encore une minute. Ça te va ?

Je hochai la tête. Je n'étais pas prête non plus à ce qu'il parte. Le matin viendrait bien assez tôt, mais pour l'instant, tout ce qui comptait c'était Colin et moi.

— Juste pour une minute, murmurai-je alors que mes yeux se fermaient. Tu es si bien. On pourrait avoir besoin de plus de tarte, aussi. Puis je m'endormis.

COLIN

Je m'étirai et souris dans mon sommeil. Elise était toujours là. Ma jambe frôla la sienne. Ma main glissa et se posa sur son sein.

Je croyais que c'était un rêve, le genre de rêve parfait, mais quand j'ouvris les yeux, elle était bien là dans le lit.

Mon sourire s'élargit jusqu'à ce que je regarde autour de moi et réalise que je n'étais pas chez moi. J'étais toujours chez elle.

Elle avait été catégorique sur le fait qu'elle ne faisait pas de nuits complètes ensemble, mais il y avait d'autres choses qu'elle avait dit ne pas faire avant la nuit dernière, alors j'espérais que ça ne la dérangeait pas que je me sois endormi dans son lit après la troisième fois, ou était-ce la quatrième ?

Je me blottis contre son cou et réalisai immédiatement que c'était une erreur. Elle passa d'un état souple de sommeil à complètement éveillée et tendue.

—C'est juste moi, Elise. Je me suis endormi.

Elle bondit hors du lit et me fit face. Son corps me déconcentra, ses courbes entièrement exposées à ma vue, jusqu'à ce qu'elle arrache le drap et s'enveloppe dedans.

—Je croyais que tu partais, dit-elle. Son ton était accusateur et son visage exprimait de la colère.

Je me levai doucement de l'autre côté du lit et m'approchai lentement d'elle. —Je comptais le faire, mais je me suis endormi. Je viens juste de me réveiller.

—Tu dois partir. Maintenant. Tu ne peux pas être ici.

—Pourquoi pas ?

—Parce que c'est impossible !

Une partie de moi voulait insister pour avoir une meilleure raison que cela, mais je savais aussi qu'essayer de faire parler quelqu'un qui n'était pas prêt à dire ce qui devait être dit était inutile.

Je rassemblai mes vêtements et m'habillai pendant qu'elle surveillait chacun de mes mouvements. Quand j'eus tout remis, je me tournai vers elle. —Je peux t'embrasser ?

Elle hésita une seconde, puis secoua la tête.

Tout son corps tremblait. Elle avait peur de moi. Ou peut-être qu'elle avait simplement peur, mais elle ne voulait pas me laisser m'approcher davantage.

J'acquiesçai d'un signe de tête et dis : —Je te parlerai plus tard, Elise. J'ai passé une bonne soirée hier. Je suis désolé d'être resté.

Elle hocha la tête mais ne répondit pas.

Je sortis de sa caravane par mes propres moyens et entendis le verrou se refermer dès que je fermai la porte.

—Pourquoi êtes-vous encore là ? Vous lui avez fait mal ? dit Mme Carter. Elle se tenait au bord de sa caravane, me fixant d'un regard noir. —Mon mari était policier, et j'ai encore des amis. Je peux découvrir tout ce que je veux sur vous, Monsieur Jones.

Je m'approchai d'elle. —Puis-je vous demander une faveur, Madame Carter ?

Elle fut manifestement prise au dépourvu par ma demande. Elle acquiesça.

—Pourriez-vous vérifier si Elise va bien ? Elle m'avait demandé de ne pas rester, mais je me suis endormi. Elle était vraiment bouleversée à l'instant.

—Qu'est-ce que vous lui avez fait ?

—Je n'ai rien fait qui n'était pas consenti, Madame Carter. Je vous jure sur ma vie que c'est la vérité. Et si ce n'était pas le cas, je pense que vous savez, en tant qu'épouse d'un policier, que je ne vous demanderais pas de vérifier si elle va bien. Je fuirais aussi vite que possible en prétendant n'avoir rien fait de mal.

—Vous venez de dire que vous n'avez rien fait de mal, argua Mme Carter. Elle plissa les yeux et me foudroya du regard. Peu importait qu'elle soit en robe de chambre et en pantoufles, c'était elle qui commandait.

—J'ai dit que tout était consenti. Il y a une différence. Ce n'était pas mal, mais si Elise a des regrets maintenant qu'il fait jour, veuillez lui dire que je suis désolé.

Mme Carter me fixa longuement. —Vous tenez à elle, n'est-ce pas ?

Je la regardai attentivement et acquiesçai. —Oui. Beaucoup. Je ne ferais jamais rien pour lui faire délibérément du mal. Je sais qu'elle ne voulait pas que je reste, et je serais parti, mais je me suis endormi avec elle dans mes bras. Je n'avais pas l'intention de rester.

Le visage de Mme Carter changea. Elle me sourit. —Elle a connu beaucoup de souffrance dans sa vie. Elle a besoin d'un homme qui l'aimera comme elle mérite d'être aimée.

J'acquiesçai. —Je suis d'accord. Et je veux être cet homme.

Mme Carter sourit largement. —Bien. Je vais voir comment va notre fille. J'apporterai mon thé avec quelque chose de bon pour le petit-déjeuner. Maintenant, filez à votre ferme. Nous avons besoin d'une conversation entre filles.

Je souris, pas du tout surpris que Mme Carter en sache

plus sur moi qu'elle ne l'avait laissé paraître. Je la remerciai et montai dans mon pick-up pour rentrer chez moi, reconnaissant que les autres voisins d'Elise ne m'aient pas arrêté.

Arrivé chez moi, je me garai devant ma maison et courus à l'intérieur pour une douche rapide. Je savais que Nicky était à la sucrerie, mais j'avais besoin d'un moment pour me réveiller avant de l'affronter. Je préparai une cafetière pendant ma douche et remplis une grande tasse avant de me diriger vers la sucrerie pour voir comment la journée avait commencé.

—Tiens, regardez qui a finalement décidé de venir travailler, me taquina Nicky. Il portait son uniforme habituel : un jean usé et un sweat à capuche Jones Farm. La sucrerie devenait chaude la plupart du temps, mais Nicky portait toujours un sweat. —Je dirais que je suis content que tu aies pris ta matinée, mais j'ai roulé devant chez toi et j'ai vu que ton pick-up n'y était pas de bonne heure. Où étais-tu ce matin ?

—J'étais chez Elise, avouai-je, incapable d'inventer un mensonge avant que la vérité ne m'échappe. Ce n'était pas que je ne voulais pas le dire à Nicky, mais plutôt que je ne voulais pas admettre comment notre rendez-vous s'était terminé.

Nicky siffla. —Eh bien, bon sang, gamin. Bien joué. C'est une belle fille. Tu aurais pu prendre ta journée et la passer avec elle. Ça ne m'aurait pas dérangé.

Je secouai la tête. —Non, je devais revenir ici.

—Non, pas du tout, contesta Nicky. —Tu aurais dû rester au lit avec ta copine. Les filles aiment ce genre de choses. Tu aurais pu l'emmener déjeuner ou, mieux encore, lui préparer le petit-déjeuner au lit. Tu dois apprendre à être plus romantique, gamin.

—Elle m'a mis dehors, admis-je.

Le sourire de Nicky disparut. —Pourquoi ?

Je haussai les épaules. —Je ne sais pas. Je me suis réveillé dans son lit, et quand elle a réalisé que j'étais là, elle était bouleversée. Elle n'aime pas qu'on passe la nuit ensemble, mais je me suis endormi. Je n'avais pas l'intention de rester.

—Qu'est-ce qui ne va pas chez elle pour qu'elle n'aime pas ça ? Ce sont les meilleures nuits, quand vous vous épuisez tellement que ni l'un ni l'autre ne peut bouger. Je me souviens d'une nuit-

—Mon Dieu, je t'en prie, ne me parle pas de sexe avec ma grand-mère, gémis-je.

Nicky s'arrêta de parler et se passa la main sur la tête. —Désolé, gamin. J'ai un peu oublié à qui je parlais pendant une minute.

J'acquiesçai. —C'est bon. Mettons-nous au travail.

—Tu as fait du mal à cette fille ? demanda Nicky, sa voix sombre et menaçante.

Je le regardai fixement et secouai la tête. —Non. Je ne suis pas ce genre d'homme. Je ne ferais jamais de mal à personne, mais surtout pas à elle. Je l'ai- je m'interrompis.

—Tu l'aimes ?

J'hésitai et acquiesçai. —Je ne le lui ai pas encore dit, mais oui. Elle... elle n'a pas les meilleurs antécédents en matière de relations. Elle est prudente. J'espère que son énervement était dû à cela et non parce qu'elle regrettait notre nuit. Je ne pourrais pas vivre avec moi-même si je savais que j'avais fait quelque chose qui l'avait blessée ou effrayée.

Nicky hocha la tête. —Je suis sûr que tout ira bien.

J'acquiesçai, mais je n'avais pas sa confiance. J'espérais que tout allait bien pour Elise, et j'espérais que Mme Carter avait pris de ses nouvelles comme elle l'avait dit. Je voulais juste qu'Elise aille bien.

Nicky et moi avons travaillé côte à côte le reste de la matinée. Le temps passa vite pour moi, ce qui était une bonne chose. J'ai réussi à chasser Elise de mon esprit pendant que je travaillais et à accomplir beaucoup de choses. Mais dès que nous avons pris une pause et que je me suis retrouvé seul dans mon bureau, elle est revenue en force dans mes pensées.

Son odeur, son goût, son rire, sa façon de jouir. Tout chez elle me faisait tomber encore plus amoureux d'elle. Je pensais que la nuit avait été bonne. Presque parfaite. J'avais l'intention de partir, mais je me suis endormi.

Je sortis mon téléphone et vérifiai si j'avais des messages. Je n'en avais aucun d'elle, alors j'ouvris l'application, notre principal moyen de communication. Notre dernier échange était là, mais il n'y avait rien de nouveau.

TRUCS SUCRÉS

> Je suis désolé pour ce matin. J'avais l'intention de partir.

Je fixai mon téléphone, espérant qu'elle répondrait bientôt. Heureusement, elle le fit.

CAPITAINE

> D'accord.

TRUCS SUCRÉS

> Je ne voulais pas m'endormir. Je te promets que ça n'arrivera plus jamais.

CAPITAINE

> C'est bien.

TRUCS SUCRÉS

> Est-ce que ça va ?

CAPITAINE

> J'essaie encore de le déterminer.

TRUCS SUCRÉS

> Je suis désolé. Pour ce que ça vaut, j'ai passé un super moment hier soir. Ça sonne cliché, mais c'est vrai. J'apprécie de passer du temps avec toi.

CAPITAINE

> Moi aussi. Merci. Désolée, mais je dois aller travailler.

TRUCS SUCRÉS

> Je peux t'appeler plus tard ?

CAPITAINE

> Je ne sais pas. Je crois que j'ai besoin d'un peu de temps.

TRUCS SUCRÉS

> D'accord. Je comprends. Je serai là quand tu seras prête à parler.

Des réponses courtes et une façon de m'écarter ne me rassuraient pas. Mais elle avait répondu, ce qui était bon signe. Je ne savais toujours pas où cela nous menait. Si elle devait paniquer quand je passais la nuit... je n'allais pas m'en inquiéter pour l'instant.

J'ai vérifié quelques trucs au bureau et j'étais presque prêt à faire ma tournée quotidienne de la ferme quand mon téléphone a sonné. J'ai souri en voyant le visage de mon père. J'avais pris la photo lors d'une de mes visites à la maison il y a plus d'un an. Je l'avais surpris avec ma visite, et ça se voyait sur son visage. Même si nous vivions près l'un de l'autre à l'époque, nous ne nous voyions pas autant que nous l'aurions souhaité.

—Salut, papa.

—Salut, Colin. Comment vas-tu ?

—Je vais bien. Qu'est-ce qui se passe ? Tout va bien ?

—Quoi, je ne peux pas appeler mon fils ?

Je secouai la tête. —Ce n'est pas ça. D'habitude, tu appelles le soir.

—Eh bien, je voulais savoir si l'invitation à visiter la ferme tient toujours. Je pensais venir le week-end après celui qui arrive. Si ton vieux père ne va pas gêner ton style.

—Bien sûr, papa. Tu es le bienvenu quand tu veux venir.

—Bien, sauf que tu n'as pas l'air si heureux que ça.

Je secouai la tête. —Non, papa, ce serait génial que tu viennes. J'aimerais savoir ce que tu penses de l'endroit.

—Et ta copine ? Tu veux aussi savoir ce que j'en pense ?

Je soupirai et secouai la tête. C'était bien mon père d'entendre autre chose dans ma voix.

—Ça ne va pas bien avec elle ? demanda-t-il.

—Je ne sais pas, pour être honnête. Nous... j'ai passé la nuit avec elle hier soir. Elle m'avait demandé de partir avant que je ne m'endorme. Je le savais, et ça me convenait parce que je comprenais pourquoi elle ne voulait pas que je reste. Je me suis endormi et réveillé ce matin encore dans son lit.

Mon père rit. —Tu as toujours eu le sommeil lourd. Je me souviens avoir essayé de te réveiller pour l'école un matin. Tu dormais si profondément que je n'ai pas pu te réveiller. Pas du tout. J'ai dû te laisser dormir parce que tu refusais simplement de te réveiller. Je suis entré toutes les trente minutes pour m'assurer que tu respirais encore, mais tu étais juste complètement endormi.

—Tu pourras peut-être raconter cette histoire à Elise si jamais tu la rencontres. Ça la rassurera peut-être sur le fait que je n'ai pas quitté son appartement.

—Je suis sûr qu'elle n'était pas contrariée que tu ne partes pas. C'était probablement autre chose qui l'a dérangée. Je connais l'homme que tu es, Colin. Tu ne ferais jamais rien pour blesser une femme. Il y a des chances qu'elle le sache aussi. Même si elle en doute parfois.

—Son ex...

—Je m'en doutais. Tu dois être prudent avec elle. C'est difficile pour les gens de faire confiance quand ils ont été blessés comme ça. Donne-lui du temps, et assure-toi qu'elle sache que tu es toujours là quand elle sera prête à te donner une autre chance.

J'acquiesçai. —J'essaie.

—Bien. C'est tout ce que tu peux faire.

Nous avons parlé quelques minutes de plus avant que mon père ne dise qu'il devait retourner au travail. Je devais faire de même et le remerciai pour ses conseils. Avec un peu de chance, tout s'arrangerait avec Elise.

RAMSEY M'AVAIT DIT que lui et les autres avaient un rendez-vous habituel le jeudi soir chez O'Kelley's. C'était décontracté et quiconque pouvait venir y passerait à un moment ou un autre. J'avais une invitation permanente à les rejoindre si je le souhaitais, et j'avais besoin de cette pause pour ne plus penser à Elise.

Cela faisait plus d'une journée qu'elle m'avait mis à la porte de chez elle, et nous n'avions pas parlé depuis que nous avions échangé des messages sur l'application. J'avais pensé la contacter, mais elle avait dit qu'elle avait besoin de temps et d'espace loin de moi, alors je ne l'avais pas fait.

Je me garai à un pâté de maisons d'O'Kelley's et pris mon temps pour marcher jusqu'au bar. C'était une belle soirée, avec une brise agréable venant de l'eau. Des gens marchaient main dans la main sur le front de mer, certains s'arrêtant pour s'asseoir et d'autres poursuivant une promenade tran-quille. L'été approchait, et dans deux semaines, mon quaran-tième anniversaire. J'attendais certainement plus l'un que l'autre.

O'Kelley's était bondé, ce qui était exactement ce dont

j'avais besoin. Ramsey, Ian et James étaient déjà au bar avec des bières devant eux quand je les ai repérés. Ils avaient un tabouret supplémentaire pour moi, je n'avais donc pas à me battre contre la foule.

—Merci, dis-je à James. Sa veste réservait le tabouret.

Il acquiesça. —Les gens ne touchent généralement pas à mes affaires. Ils ont peur que je les arrête.

Hudson ricana. —Personne n'a peur de toi.

James le fusilla du regard. —Ils le sont quand je sors les menottes.

—Surtout les femmes, dit Ramsey avec un petit rire.

Ian et Hudson se joignirent à lui, et je ne pus résister.

James nous fit un doigt d'honneur à tous. —Quels amis vous faites.

—Allez, dit Ramsey, c'était trop facile. Tu aurais été déçu si on n'avait pas profité de celle-là.

James réfléchit un instant puis acquiesça. —C'est vrai.

—C'est juste dommage qu'aucune femme ne se soit approchée suffisamment de lui pour utiliser ses menottes dernièrement, dit Hudson.

James lui fit un doigt d'honneur. —Et qu'est-ce que tu sais de ma vie sexuelle ?

—Juste que tu n'en as pas. Hudson leva un sourcil, défiant James de le contredire.

—Va te faire foutre.

—C'est à peu près toute l'action que tu obtiens. Une menace envers moi. Hudson ricana et s'éloigna.

Ian se pencha en avant et dit : —Je peux partager quelques histoires pour que tu vives par procuration. Blake et moi avons une super vie sexuelle. Ce matin, elle-

—S'il te plaît, non, dit James. Je ne veux pas penser à toi nu avec qui que ce soit.

—Eh bien, Melody- commença Ramsey.

—Toi non plus, dit fermement James.

Ramsey et Ian rirent de lui, puis Ramsey me fit un signe de tête. —Peut-être que Colin peut te raconter une histoire. La rumeur dit qu'il sortait en douce de chez Elise hier matin.

—Comment diable sais-tu ça ? lâchai-je avant de penser à ce que je disais.

—Eh bien, ce n'était qu'une rumeur avant. Maintenant, nous savons que c'est vrai. Bien joué, mon gars. Et bien joué pour elle. Tant qu'elle te voulait là, dit Ian.

—Je n'en suis pas si sûr.

Tous les trois se tournèrent pour me fixer d'un regard noir. Si j'avais été un homme plus faible, j'aurais peut-être pissé dans mon froc devant leurs regards meurtriers.

—Pas comme ça. Notre rendez-vous s'est bien passé, mais elle ne fait pas de nuits complètes. Je me suis endormi et elle a paniqué le matin. Je n'ai rien fait.

James se pencha près de moi. —Je peux te jeter dans une cellule si profonde et sombre que tu regretteras d'être né. Si tu penses même à-

—Je l'aime, dis-je. Je ne lui ferais jamais de mal. Et je ne serais pas venu ici si c'était le cas. Vous m'avez déjà dit que vous me botteriez tous le cul si je lui faisais du mal. Je sais que vous le ferez, et si les choses ne marchent pas entre nous, j'espère que vous le ferez avec le prochain type. Mais ce qui se passe entre Elise et moi reste entre nous. Vous deux, vous êtes peut-être à l'aise pour raconter des histoires sur vos femmes, mais je ne partage rien avec vous à propos d'Elise. Ce ne sont pas vos putains d'affaires.

James soutint mon regard pendant un long moment puis acquiesça. —Bien. Nous n'avons pas besoin de te botter le cul. Nous devions juste nous assurer qu'elle était d'accord avec toi.

—De quoi diable parlez-vous ?

—Nos femmes parlent, dit Ian. Elise était bouleversée

hier. Si tu te montrais ce soir, nous avions pour ordre soit de te botter le cul, soit de découvrir ce qui s'était passé.

—Et ? demandai-je.

—Et maintenant, nous pouvons leur dire que tu n'es pas le connard qu'elles craignaient que tu sois. Nous savons tous qu'Elise a eu un ex pourri. Nous ne connaissons pas les détails, mais nous veillons sur elle, sur elles toutes. Nous devions nous assurer que tu n'étais pas comme lui.

—Je ne suis rien comme lui, grognai-je.

—Tu es au courant ? demanda James.

J'acquiesçai. —Elle m'a tout raconté.

James, Ian et Ramsey échangèrent un regard.

—Alors elle reviendra, dit James. Si elle t'a laissé entrer, il y a une bonne raison. Tu dois juste lui donner du temps et lui faire savoir que tu es là pour elle.

—Mon père a dit la même chose, admis-je.

—Ton père est intelligent. Elise est comme un témoin effrayé. Dis-lui d'appeler et de temps en temps, rappelle-lui que tu es toujours intéressé par ce qu'elle a à dire. Finalement, elle te dira ce que tu veux entendre, dit James.

—Eh bien, mince, dit Ian. Je n'aurais jamais pensé que ce serait toi qui donnerais des conseils de relation.

James leva les yeux au ciel. —Je connais les gens. Ce n'est pas parce que toutes les femmes que je fréquente finissent par se désintéresser une fois que l'excitation de sortir avec un flic s'estompe que je ne sais pas comment traiter une femme.

—Si tu le savais, l'excitation ne serait pas la seule raison pour laquelle elles seraient là, dit Hudson en apportant de la nourriture.

—Personne n'a demandé ton avis, grogna James.

Hudson haussa les épaules. —C'est mon bar. Si tu ne veux pas de mon avis, tu peux partir. Hudson croisa les bras et sourit narquoisement à James.

James leva à nouveau les yeux au ciel et secoua la tête. —

C'est une sacrée chance que tu fasses les meilleurs quesadillas de la ville.

—Hum hum. Et tu as de la chance d'être flic sinon tu n'aurais jamais de rendez-vous en premier lieu, dit Hudson.

Les deux continuèrent à se chamailler pendant qu'Ian, Ramsey et moi mangions notre nourriture en riant. Ils étaient comme des frères se disputant pour la même fille. C'était divertissant, et ça me changea définitivement les idées d'Elise pour la soirée.

21

ELISE

Je ne savais pas quoi dire à Colin, alors je ne lui ai tout simplement pas parlé. C'était lâche, mais c'était la seule chose que je pouvais faire jusqu'à ce que je trouve comment lui parler.

Quand je me suis réveillée avec lui dans mon lit, j'ai paniqué. Je n'avais pas partagé un lit avec un homme depuis Andy, et mon esprit m'a convaincue que c'était Andy dans le lit avec moi. J'avais déjà rêvé qu'il était là. Qu'il venait après moi. Il était toujours en prison, et je ne pensais pas qu'il essaierait jamais de me contacter, mais de temps en temps, la peur prenait le dessus et je paniquais.

Mme Carter s'inquiétait pour moi et m'a apporté le petit déjeuner. Avant de partir, elle a admis que Colin lui avait demandé de venir me voir. C'était gentil de sa part, et même à travers ma peur irrationnelle, j'appréciais son geste.

Mme Carter m'a réconfortée, et au moment où elle est partie, je savais que je devais m'excuser auprès de Colin. Je ne savais juste pas comment.

Alors, j'ai reporté. Quand il a tendu la main, j'ai encore reporté. Je ne savais pas comment mettre en mots ce que je ressentais, alors j'ai retardé le moment de dire tout ce que je devais dire.

Le week-end arrivé, je savais que j'étais lâche, mais la peur l'emportait à nouveau sur le désir d'être avec lui. Je me disais que j'étais occupée avec le travail et l'événement pour les employés que nous avions ce soir-là. Ce n'était qu'à moitié vrai.

J'ai travaillé samedi avec Ava et Cami. Nous trois commencions à former une bonne équipe. Elles s'entendaient bien, et nous semblions toutes avoir un sixième sens pour ce dont les autres avaient besoin. J'étais impressionnée par le dévouement de Cami et sa facilité avec les clients, et elle appréciait qu'Ava et moi l'aidions et lui donnions des conseils.

Quand nous avons terminé notre dernière visite de la journée, nous nous sommes dirigées vers le hangar à bateaux pour aider Walter à organiser la fête. Comme c'était notre première de l'année, c'était réservé aux employés. Habituellement, la fête impliquait un peu de boisson, beaucoup de rencontres, et des jeux brise-glace que personne ne voulait vraiment jouer.

— Comment va mon équipe de rêve ? a demandé Walter quand nous sommes entrées toutes les trois.

— Bien, a répondu Ava pour nous. Très bien même.

— C'est super à entendre. Des progrès dans ta recherche d'emploi, Ava ?

Ava a secoué la tête. — Je parle avec différents districts et j'envoie mon CV, mais jusqu'à présent je n'ai eu de réponse que de quelques-uns.

— Ma mère se renseigne, lui ai-je dit. Elle a dit que son offre tient toujours si tu veux enseigner avec elle, mais je lui ai dit que tu espérais vraiment entrer au collège.

Ava a hoché la tête. — C'est vrai. J'aurai ma certification

pour tout le secondaire, donc je peux enseigner de la cinquième à la terminale, mais j'adore le collège.

Cami a frissonné. — J'ai détesté le collège. Je ne pense pas que je supporterais d'y être pour toujours.

— Oui, mais en tant que prof plutôt qu'élève, c'est différent. Pense à tout ce que tu as appris quand tu étais au collège. C'est amusant et excitant. À l'école primaire, tout est vraiment basique. Au lycée, les attitudes prennent le dessus et les enfants arrêtent d'essayer. Le collège, c'est quand ils sont encore un peu petits mais prêts à apprendre des choses plus avancées. C'est amusant, a dit Ava avec un énorme sourire.

J'ai secoué la tête. — Et c'est pourquoi tu es prof et pas moi. Je suis contente qu'il y ait des gens comme toi qui veulent enseigner parce que je préférerais faire à peu près n'importe quoi d'autre plutôt que d'enseigner.

— N'importe quoi ? a demandé Walter avec un sourire.

J'ai hoché la tête. — À peu près. Je, euh, je voulais justement te parler de ça. Tu as une minute ?

Son sourire s'est effacé, et il a acquiescé. — Pourquoi ne viens-tu pas m'aider par ici ?

J'ai hoché la tête et l'ai suivi, reconnaissante qu'il comprenne que je voulais de l'intimité.

Il s'est retourné vers moi et a souri. — Alors, combien de temps ?

— Combien de temps quoi ?

— Combien de temps avant que tu me quittes ? Je connais cette transition. Je l'ai déjà entendue avant. On parlait de changer de carrière et tu as dit que tu voulais parler. Alors, combien de temps ? Tu pars avant la fin de l'été ?

J'ai ri et secoué la tête. — Non, ce n'est pas ça. En fait, je ne pars pas du tout, sauf si tu veux que je parte.

— Tu ne pars pas ? a demandé Walter.

J'ai secoué la tête. — Je voulais te demander ton avis sur

l'obtention de ma licence de capitaine. Je pense peut-être à conduire au lieu de simplement faire des visites guidées.

— Eh bien, ça alors. Vraiment ? a-t-il demandé.

J'ai acquiescé. — Si tu penses que je ne serais pas à la hauteur, ce n'est pas grave. Tu peux me le dire. C'est juste que j'ai l'impression de vouloir faire autre chose. Quelque chose de plus. Mais j'adore être là-bas. J'essaie juste de savoir si je veux faire des visites guidées pour toujours.

— Elise, tu serais formidable. Tu peux faire n'importe quoi, et si c'est ce que tu veux, j'adorerais t'avoir comme l'une de nos capitaines.

— Tu es sûr ?

Walter a hoché la tête. — Absolument. Certains des gars parlent de ralentir un peu. Ce n'est pas un travail difficile, mais tu sais que les horaires ne sont pas géniaux. Je cherchais quelqu'un, mais je n'avais personne d'intéressé. Si tu l'es, je ferai tout ce que je peux pour que tu sois prête. Je paierai ton cours et te donnerai du temps libre. Formation. Tout ce dont tu as besoin.

— Tu n'as pas à faire tout ça, lui ai-je dit.

— Elise, tu sais que cette entreprise est tout ce que j'ai. Vous êtes comme mes enfants. La plupart sont là pour un an ou deux puis s'envolent. Tu es avec moi depuis six ans. Tu es comme une fille pour moi, pour nous tous. Si c'est ce que tu veux, je vais t'aider.

— Merci, Walter. Ça compte beaucoup. Je n'étais vraiment pas sûre que tu serais d'accord.

— C'est tout naturel, Elise. Fais-moi savoir ce dont tu as besoin et quand tu en as besoin. Et je parlerai aux capitaines pour leur dire de te donner autant de pratique qu'ils le peuvent. Et des conseils.

— Merci. Beaucoup, Walter. Je prévois de rester guide aussi. On pourra parler de conduire l'année prochaine, en supposant que je réussisse l'examen.

— Je n'ai aucun doute que tu réussiras. Je t'aiderai à étudier aussi. Il fut un temps où j'étais un assez bon capitaine.

J'ai souri. — Je n'en doute pas. Le meilleur capitaine de tous les temps, je suppose.

Il a ri. — Je ne sais pas pour ça. Ces gars connaissent des astuces que je n'ai jamais connues. Les bateaux ont beaucoup changé depuis que j'en conduisais un tous les jours. Je pourrais le faire, mais je ne sors pas autant que je le voudrais.

— Peut-être qu'il est temps que ça change aussi, ai-je suggéré.

Walter a hoché la tête et s'est frotté le menton. — Tu sais, tu pourrais avoir raison. Mais d'abord, c'est l'heure de faire la fête.

J'ai ri et suis retournée auprès d'Ava et Cami pendant que Walter accueillait les autres employés qui entraient. Il était dans son élément avec nous tous autour. Il pouvait divertir une foule sans même essayer.

— De quoi parliez-vous ? m'a demandé Ava quand je les ai rejointes.

— J'ai dit à Walter que je pensais à obtenir ma licence de capitaine. Je voulais savoir ce qu'il pensait de l'idée.

— Vraiment ? a demandé Ava. Tu ne m'en as jamais parlé.

J'ai haussé les épaules. — Je n'en étais pas sûre. J'ai l'impression que je deviens trop vieille pour continuer à faire les mêmes blagues sur la recherche d'un homme alors que j'aurai trente ans dans moins d'un an. Ça ne sera pas long avant que j'aie l'air désespérée au lieu d'être drôle.

— C'est toujours hilarant parce qu'ils ne s'y attendent pas. Mais je vois ce que tu veux dire. C'est comme s'il y avait un âge où plaisanter sur le fait d'être célibataire est acceptable, puis tu as l'air un peu folle, et puis quand tu es plus âgée à nouveau, c'est OK. Bien sûr, je pense aussi que les gens craignent et que ce qu'ils pensent de toi n'a pas d'importance la moitié du temps, donc je ne suis probablement pas la meilleure juge, a dit Ava.

— Tu ne te soucies pas de ce que les gens pensent de toi ? l'ai-je taquinée.

Elle a secoué la tête. — Non. J'ai eu une révélation après l'orientation quand je suis retournée à l'école. Il y avait ce gars sur qui j'avais un béguin, mais il ne s'intéressait à moi qu'à cause de mes notes. Il m'utilisait pour avoir une bonne note dans le cours que nous avions ensemble. Il flirtait avec moi, mais il avait une copine.

— Je suis désolée, Ava, a dit Cami en posant une main sur son bras.

— Merci, a dit Ava. Mais ça m'a appris que les gens vont voir ce qu'ils veulent voir et faire ce qu'ils veulent faire. Peu importait que j'aide ce gars ou qu'il soit reconnaissant, il m'utilisait quand même. Et si un gars comme lui, qui est vraiment un type plutôt sympa, va faire ça, n'importe qui le fera. Alors, qu'ils aillent se faire voir. Prends soin de toi et fais ce qui te fait du bien. Si quelqu'un d'autre n'aime pas ça, c'est son problème.

— Elle a raison, a approuvé Cami. Bien sûr, j'étais une étudiante en théâtre, donc je ne suis clairement pas ce que les gens veulent que je fasse. Ma mère me suppliait d'obtenir un diplôme dans quelque chose d'utile. Mon père m'a dit de commencer à travailler et de ne pas m'embêter à accumuler des dettes que je ne pourrais pas rembourser avec un salaire de théâtre. Je les ai ignorés tous les deux, mais maintenant je comprends pourquoi ils ont dit ce qu'ils ont dit. Pourtant, je sais que c'était le bon choix pour moi.

— Vous avez raison toutes les deux, mais je veux quand même essayer quelque chose de nouveau. Je pense à devenir capitaine depuis un an ou deux. Je pense qu'il est enfin temps d'essayer.

— Alors bravo, a dit Ava. Félicitations. J'ai hâte d'être la guide sur l'une de tes croisières. Ce sera génial.

— L'équipe de rêve peut continuer à vivre, a dit Cami.

Nous avons ri et nous nous sommes enlacées toutes les trois.

À mesure que plus de gens entraient dans la salle, nous nous sommes mêlées à eux et avons parlé aux autres. J'ai gardé ma nouvelle pour Ava, Cami et Walter, mais j'étais sûre que tout le monde le saurait avant la fin de l'été. Pour l'instant, je voulais juste me détendre et faire connaissance avec certains de mes collègues.

J'AI ENVISAGÉ d'inviter Ava et Cami à notre soirée entre filles, mais je ne l'avais pas encore fait. C'était étrange d'avoir deux groupes différents de personnes avec qui je passais mon temps. Encore plus étrange serait de les mélanger. Je savais qu'Ava s'intégrerait au groupe, même si elle était plus jeune que nous toutes. Cami demandait un peu plus d'habitude. Elle était gentille, et je l'aimais vraiment bien, mais je ne lui avais jamais parlé que de travail. Quand j'étais avec mes amies, on devenait vraiment personnelles. Je n'étais pas sûre de comment Cami se sentirait à ce sujet.

Rien de tout cela n'avait d'importance quand je suis entrée à Petits ami du Livre Illimité dimanche soir. J'étais avec mes meilleures amies, ce qui signifiait que je n'avais pas à expliquer quoi que ce soit à qui que ce soit ou faire quoi que ce soit que je ne voulais pas faire. C'est pourquoi j'étais en short de yoga et un t-shirt ample qui était comme ne rien porter du tout. J'étais à l'aise et je me sentais bien.

Melody a apporté une tarte qui me semblait effrayamment familière. Je ne voulais rien dire, mais elle a annoncé : — Colin a dit que cette tarte à la crème d'érable est à tomber par terre. Nous en avons acheté deux parce qu'il a dit qu'elles partent aussi vite qu'il les reçoit. J'ai pensé que ce serait bien pour ce soir.

Mon cœur s'est serré. Je ne voulais pas penser à Colin, ni à comment j'avais laissé les choses avec lui. Mais je n'avais pas le choix.

Melody a coupé la tarte et des gémissements ont fait le tour de la pièce alors que tout le monde essayait la tarte sucrée et savoureuse. Je pouvais goûter la douceur avant même d'en avoir une part. Le croustillant me mettait l'eau à la bouche. Je savais qu'elle allait être bonne, mais elle ramenait aussi des souvenirs.

Des souvenirs de Colin étalant de la crème sur mon mamelon et la léchant pour la nettoyer.

Des souvenirs de moi l'étalant sur son érection et la suçant.

Des souvenirs de tout ce que nous avons fait après nous être dévorés l'un l'autre, centimètre par centimètre.

Mes joues brûlaient avec ces pensées salaces et mes cuisses me faisaient mal. Il me manquait.

— Tu vas bien ? m'a demandé Melody.

J'ai levé les yeux et souri. — Ça va.

— Tu es sûre ? Parce que tu as l'air de ne pas te sentir bien.

J'ai secoué la tête. — Je suis juste... Colin a passé la nuit chez moi la semaine dernière.

— Quoi ? a demandé Laura.

— Sérieusement ? a dit Karissa.

J'ai hoché la tête.

— Pourquoi est-ce si important ? a demandé Trinity.

— Je n'ai pas passé la nuit avec un homme depuis Andy.

— Je ne passe jamais la nuit, a dit Trinity. Trop de pression le lendemain matin.

— Andy a essayé de me tuer pendant que je dormais. Je

me suis réveillée avec ses mains autour de ma gorge, ai-je admis doucement.

— Est-ce que Colin... ? a demandé Melody.

J'ai secoué la tête. — Il était juste là. Et ça m'a fait peur. Mais avant ça, il a apporté cette même tarte.

Trinity a souri. — Et à en juger par le regard sur ton visage, c'était une très bonne nuit. C'est juste le matin d'après qui n'était pas si génial.

J'ai hoché la tête. — Je déteste qu'Andy ait encore un impact sur ma vie. Je voulais que Colin reste. Je ne lui ai pas dit ça, mais je ne voulais pas qu'il parte. Quand je me suis endormie, je me sentais en sécurité. C'est seulement quand je me suis réveillée et qu'il était là, blotti contre mon cou, que j'ai réalisé à quel point c'était terrifiant d'avoir quelqu'un d'autre là quand je dormais et n'étais pas consciente de tout.

— Était-ce le fait qu'il soit là ou qu'il touche ton cou ? a demandé Melody.

— Je... J'étais sûre de connaître la réponse à cette question jusqu'à ce que Melody me la pose. C'est seulement alors que j'ai réalisé que ce n'était pas le fait qu'il soit resté qui me dérangeait. C'était qu'il touche mon cou que je ne pouvais pas supporter.

— Je te donne beaucoup de crédit, Elise, a dit Trinity. Vraiment. Tu nous parles de ces choses tout le temps. Je ne pense pas que je serais aussi courageuse que toi. Je ne sais pas si je pourrais partager autant avec les gens. Tu es prête à essayer, et tu es prête à parler. Tu es incroyable.

Je lui ai souri. — Merci. Ça compte beaucoup.

— Elle a raison, a dit Laura. Tu as changé ces derniers mois, mais surtout depuis que tu as rencontré Colin. Il t'a rendue plus ouverte. Et je n'ai aucune idée de ce que c'est que de traverser ce que tu as traversé avec Andy, mais je me souviens à quel point tu avais peur quand je suis venue te chercher ce jour-là. J'annonce à des gens qu'ils ont un cancer tous les jours, mais je n'avais jamais vu quelqu'un d'aussi terrifié que toi. Le fait que tu aies transformé ta vie et laissé quelqu'un d'autre entrer, et que tu sois assise ici à nous en parler, me dit que tu n'es pas prête à t'éloigner de Colin.

J'ai secoué la tête. — Je ne le suis pas. Je l'aime bien. Beaucoup. Et je ne suis pas prête à ce que ce soit terminé.

— Alors ne laisse pas ça se terminer. Parle-lui, a dit Blake. Dis-lui ce que tu penses. Ne te cache pas de lui parce que tu as peur. Laisse-le entrer parce qu'il n'est pas Andy. Il est meilleur que ça. Et je pense qu'il est bon pour toi. Vous deux, ça fonctionne bien ensemble.

— C'est vrai, a approuvé Melody.

Les autres ont hoché la tête en accord.

— Merci à toutes. C'est vrai. J'espère que Colin comprendra.

— Appelle-le, a dit Finley.

J'ai secoué la tête. — Pas maintenant. Mais je vais lui envoyer un message.

J'ai ouvert l'application et demandé à Colin s'il était libre pour se retrouver bientôt.

TRUCS SUCRÉS

N'importe quand.

CAPITAINE

Je sais que tu as du travail et une vie. Je suis libre demain et mercredi.

TRUCS SUCRÉS

Je trouverai du temps pour toi, Elise. Tu me dis ce qui te convient, et je serai là. Où que tu veuilles que je sois.

CAPITAINE

Demain. Déjeuner ?

TRUCS SUCRÉS

À demain. Et Elise ?

CAPITAINE

Oui ?

TRUCS SUCRÉS

Merci d'avoir pris contact.

CAPITAINE

Merci d'avoir répondu.

TRUCS SUCRÉS

Je serai toujours là.

J'ai souri parce que je le croyais. Il était ce genre d'homme.

22

COLIN

J'ai essayé de ne pas être anxieux pour mon déjeuner avec Elise, mais j'étais inquiet. Soit elle allait s'expliquer et les choses reviendraient à la normale, quoi que cela signifie, soit elle allait me dire qu'elle ne pouvait pas continuer et ce serait fini entre nous.

J'étais presque certain que ce serait la deuxième option.

Je suis arrivé un peu en avance et je ne l'ai pas vue. J'ai trouvé une table vers le fond du petit restaurant et j'ai dit à la serveuse que j'attendais quelqu'un. Elle a apporté deux verres d'eau et a dit qu'elle reviendrait dès qu'elle verrait une autre personne arriver.

J'ai surveillé la porte, voulant faire signe à Elise dès qu'elle entrerait. J'ai bu une gorgée d'eau et jeté un coup d'œil au menu, mais tant que je ne savais pas ce qu'elle allait me dire, mon estomac était noué.

Je n'avais jamais été comme ça pour une femme auparavant. Quand mes amis me parlaient de ce sentiment, je pensais qu'ils étaient fous, mais maintenant, je regrettais de m'être moqué d'eux. C'était une pure torture.

Elise est entrée une minute ou deux avant l'heure prévue.

Elle a souri à l'hôtesse et a regardé autour d'elle pendant qu'elles parlaient. Quand elle m'a vu, elle a pointé du doigt et fait signe à l'hôtesse. Je me suis demandé si elles se connaissaient, puis je me suis souvenu que tout le monde connaissait tout le monde à L'anse MacKellar.

— Salut, a dit Elise en se glissant dans la banquette en face de moi. Merci de me retrouver ici.

J'ai hoché la tête. — Bien sûr. C'est l'un des nombreux endroits en ville où je ne suis jamais allé.

Elise a souri et regardé autour d'elle. — J'ai travaillé ici quand j'étais au lycée. C'est l'un de mes endroits préférés pour manger.

— Ça vaut le détour alors. Je devrai revenir.

— Tu devrais. Il y a trop de bonnes choses au menu pour ne venir ici qu'une seule fois.

J'ai hoché la tête et fait semblant de regarder le menu. Il y avait un restaurant méditerranéen près de chez moi avant, donc je savais que j'aimais cette cuisine, mais je ne pouvais pas me concentrer sur la nourriture avec la tension entre nous. Je voulais qu'elle dise ce qu'elle était venue dire pour qu'on puisse avancer, ensemble ou séparément, mais elle agissait comme si les choses n'étaient pas complètement gênantes entre nous.

Nous avons commandé notre déjeuner et siroté nos boissons, et à chaque seconde, l'atmosphère devenait de plus en plus tendue.

— C'est inconfortable, a finalement dit Elise.

J'ai hoché la tête.

— Je suis désolée.

— Pour quoi ?

Elle a souri, un sourire crispé et tendu. — Je t'aime bien, Colin. Beaucoup. Vraiment. Et je sais que je te dois une explication pour l'autre matin.

J'ai secoué la tête et me suis adossé. — Tu ne me dois rien.

J'ai toujours dit que tu n'avais pas à me dire ce que tu ne voulais pas. Je n'aurais pas dû rester. Ce n'était pas mon intention. Et c'est évident que ça ne se reproduira plus.

— Pourquoi dis-tu ça ?

J'ai haussé un sourcil et rencontré son regard. — Tu es ici pour mettre fin à notre relation. Je peux le voir dans tes yeux. J'apprécie que tu ne me l'aies pas dit par texto, mais ce déjeuner n'est pas nécessaire.

Elle secouait la tête, mais elle ne réfutait pas mes propos. Elle continuait juste à secouer la tête. Puis elle a ri. — J'ai du mal à m'exprimer ces derniers temps. C'est la deuxième fois en quelques jours que j'essaie de dire quelque chose et que je commence complètement mal. Je ne suis pas ici pour mettre fin à quoi que ce soit.

— Vraiment ?

Elle a secoué la tête à nouveau. — Non. Je voulais m'excuser de t'avoir fait peur et te dire que ça n'avait rien à voir avec toi.

J'ai haussé les épaules. — Je m'en doutais, mais quoi qu'il en soit, je t'ai effrayée.

Elle a hoché la tête. — Oui, parce que tu as effleuré mon cou. Quand Andy...

Elle s'est interrompue et s'est frottée la gorge. C'était une habitude nerveuse chez elle, et une habitude dont je n'avais jamais compris l'origine jusqu'à ce moment. Elle se frottait le cou à cause de lui. Quand elle était anxieuse. Parce qu'il avait mis ses mains là et avait essayé de la tuer.

Elle a pris une profonde respiration et m'a regardé à nouveau. — Quand Andy m'a étranglée, j'étais endormie. Je m'étais enfermée dans notre chambre parce qu'il m'avait frappée. Il a crocheté la serrure pendant que je dormais, et je me suis réveillée avec ses mains autour de mon cou. Quand je me suis réveillée avec toi touchant mon cou, même si ce n'étaient pas tes mains, ça m'a ramenée directement à ce moment. C'était un flashback, et j'ai cru que tu étais lui.

J'ai soupiré profondément. — Elise, je suis tellement désolé. Je n'ai même pas pensé que t'embrasser là pourrait...

Elle a secoué la tête. Ses yeux se sont remplis de larmes qu'elle a rapidement essuyées. — Ce n'est pas ta faute. Je ne savais pas que j'aurais ce genre de réaction.

La serveuse est arrivée avec notre déjeuner, nous forçant à interrompre notre conversation. Elise a forcé un sourire et avait presque l'air de dire que tout allait bien. Apparemment pas assez convaincant car la serveuse m'a lancé un regard noir pour avoir fait pleurer ma copine.

— Je suis content qu'elle ait déjà apporté la nourriture parce que sinon, elle aurait définitivement craché dans la mienne pour t'avoir mise dans cet état, ai-je dit.

Elise a ri doucement. — Désolée. Je ne voulais pas te faire passer pour le méchant.

J'ai secoué la tête. — C'est ton opinion qui compte le plus pour moi en ce moment. Ça va ?

Elle a hoché la tête. — Ça va mieux maintenant. Je pensais avoir dépassé tout ce qui s'est passé avec lui, du moins je croyais savoir ce qui me ferait réagir, mais je n'avais pas passé la nuit...

— Je sais, et je suis désolé, ai-je dit rapidement. Je ne voulais pas rester.

Elle a souri et posé sa main sur la mienne. J'ai retourné ma paume et tenu sa main, mes doigts caressant son poignet. — Je ne voulais pas que tu partes, mais je ne voulais pas non plus paniquer devant toi. Rien de tout cela n'avait à voir avec toi, et je suis désolée d'avoir mis tant de temps à te parler. Je me suis dit que tu avais probablement eu assez de folies de ma part et que tu avais besoin d'espace.

J'ai secoué la tête. — Pas du tout. J'accepterai toute la folie que tu as à offrir.

Elle a souri et ri. — Tu es sûr ? Parce que je parierais que j'en ai plus que tu ne le penses.

J'ai hoché la tête. — Je peux le supporter, tant que tu es prête à me parler. Aide-moi à éviter de te faire peur autant que possible.

— Je le ferai.

— Bien. J'ai une faveur à te demander.

Elle a incliné la tête sur le côté.

— Accepterais-tu de rencontrer mon père ce week-end ?

Elle a souri largement. — J'adorerais.

JE NE ME souvenais pas avoir autant ri de toute ma vie. Je ricanais intérieurement près du gril, écoutant Nicky, Papa et Elise faire connaissance. C'était comme s'ils étaient tous en compétition pour voir qui pourrait raconter l'histoire la plus extravagante.

— Qu'est-ce que tu lui as dit ? a demandé Papa à Elise.

Elle leur racontait l'une de ses excursions où un client s'était enivré et avait demandé s'il pouvait uriner pendant qu'ils traversaient la frontière américano-canadienne.

— Je lui ai dit que c'était illégal, a dit Elise, avec tout le sérieux du monde.

— C'est vrai ? a demandé Nicky.

Elise a secoué la tête. — Techniquement, non, mais il est illégal pour lui de sortir son engin en public. Je me suis dit que peu importait quelle loi j'invoquais pour expliquer pourquoi le type ivre qui pouvait à peine tenir debout ne devait pas grimper sur le bord d'un bateau pour pisser dans la rivière.

Papa et Nicky ont ri avec Elise. J'ai jeté un coup d'œil par-dessus mon épaule aux trois et j'ai secoué la tête. C'était bon de voir des sourires aussi grands.

— Comment viennent ces steaks ? a demandé mon père.

— Presque prêts, lui ai-je dit.

Il s'est levé et s'est approché, laissant Elise et Nicky discuter. Papa m'a donné un coup d'épaule et a souri. — Je l'aime vraiment bien, a-t-il dit doucement.

J'ai hoché la tête. — Moi aussi.

— Tu lui as déjà dit ?

— Dit quoi ? ai-je demandé, même si je savais de quoi il parlait.

— Que tu l'aimes ?

J'ai secoué la tête. — Elle est farouche. Je t'ai dit qu'elle n'avait pas une bonne expérience des relations.

Papa a haussé les épaules. — Personne n'en a. C'est pourquoi on continue d'essayer jusqu'à ce qu'on trouve la bonne personne. C'est un peu comme chercher mes clés. Je ne continue pas à chercher après les avoir trouvées, au cas où je trouverais des clés pour un meilleur camion. J'arrête de chercher parce que j'aime celui que j'ai.

J'ai regardé Elise à nouveau. Elle riait à quelque chose que Nicky avait dit. Elle semblait détendue là sur la terrasse. Rien ne la dérangeait. Toute la tension que j'avais vue en elle tant de fois avait disparu, et elle était juste une femme ordinaire passant une bonne journée. C'était agréable à voir.

— Vous deux devriez aller au trou de baignade après le déjeuner. Nicky allait me faire visiter un peu.

— Je pensais qu'on allait passer du temps ensemble, ai-je dit. J'ai éteint le gril et mis les steaks sur une assiette et les légumes sur une autre.

Papa a hoché la tête. — Oui, mais ce n'est pas parce que je suis là que tu ne devrais pas passer du temps avec Elise aussi. En plus, j'aurai besoin d'un peu de temps pour moi. Je suis heureux d'être venu ici, mais c'est encore difficile.

— Je suis désolé, Papa. Tu n'es pas obligé de rester tout le week-end si tu ne veux pas.

Il a ri. — Je veux rester. Être de retour ici... ça me donne presque envie de revenir m'installer, mais tu as ta vie ici. Tu n'as pas besoin de moi pour la gêner.

— Tu ne me gênerais pas. La maison est énorme, et on peut l'agrandir si nécessaire.

Il a secoué la tête. — Cette maison est faite pour une famille. Pas pour une famille et ton vieux père.

— Je n'ai pas encore de famille, et j'aimerais que tu viennes ici.

Papa a hoché la tête. — J'y réfléchirai. Peut-être que je pourrais prendre une place en ville.

J'ai secoué la tête. — Papa, reste.

Il a souri. — Tu vas devoir en parler avec ton Elise, pas avec moi.

Je l'ai regardée à nouveau. Elle nous observait et souriait doucement. Elle m'a fait un clin d'œil.

— C'est une perle, fils. Je ne veux pas mettre ça en péril.

— Tu ne le feras pas, Papa. Je pense qu'elle m'aime encore plus maintenant qu'elle te connaît, ai-je dit en portant la nourriture à table.

Elise l'avait dressée plus tôt avec des assiettes vives et joyeuses qu'elle avait trouvées dans le placard. Elle disait qu'une maison devait avoir des choses qui font sourire les gens, et que la nourriture devait être présentée d'une façon qui donne envie de la manger. Je n'avais jamais prêté beaucoup d'attention aux assiettes dans lesquelles je mangeais, mais les jaunes vifs, les violets et les bleus contre la table en bois foncé avaient belle allure. Tout ce que touchait Elise était tellement mieux.

— Tu as juste de la chance qu'il n'ait pas vingt ans de moins. Il t'aurait peut-être donné du fil à retordre, a dit Elise avec un sourire espiègle.

— Ah bon ? ai-je demandé.

Elle a ri.

— Pas de steak pour toi.

— Ah, hé ! Ce n'est pas juste, a-t-elle dit.

— Tiens, Elise. Tu peux avoir le mien, a dit Papa, échangeant son assiette avec la sienne.

— Au moins je sais que quelqu'un ici m'aime bien, a-t-elle dit. Elle m'a tiré la langue.

Je me suis penché et lui ai volé un baiser. J'ai chuchoté : — Je pense que nous t'aimons tous beaucoup.

Elle a posé sa main sur ma poitrine et souri quand je me suis reculé. — Le sentiment est réciproque.

Nous avons parlé pendant que nous mangions et ri tellement que mes joues me faisaient mal. Elise et Papa ont nettoyé quand nous avons terminé, et Nicky a fait écho aux paroles de mon père.

— Je l'aime beaucoup.

— Moi aussi.

Il a ri. — Oui, je sais. Ton père veut vous donner un peu de temps ensemble et m'a demandé de se promener avec lui. Nous éviterons le trou de baignade, cependant. Il a dit que vous vous dirigiez là-bas.

J'ai souri. — Probablement une bonne idée.

Elise a essayé de discuter avec Papa et Nicky au sujet de leur visite de la ferme sans nous, mais Papa lui a dit qu'il voulait aussi un peu de temps pour lui-même, et elle a cédé. Quand ils se sont éloignés, elle s'est tournée vers moi et m'a dit : — Eh bien, j'ai le reste de la journée de libre. Tu veux qu'on fasse quelque chose jusqu'au dîner ?

J'ai hoché la tête et me suis rapproché d'elle. Elle m'a laissé l'attirer dans mes bras et la tenir. Je ne l'avais pas tenue depuis la nuit avant qu'elle ne me chasse de chez elle. Même si nous avions clarifié les choses et que tout allait bien, nos horaires de travail avaient fait que nous étions tous les deux occupés et nous n'avions pas passé beaucoup de temps ensemble à part le déjeuner. Elle avait échangé un jour de congé plus tôt dans la semaine pour pouvoir être là et rencontrer mon père.

— Je suis désolée, a-t-elle murmuré.

— Pour quoi ? ai-je demandé.

— Pour avoir rendu les choses bizarres entre nous.

Je l'ai embrassée rapidement et me suis reculé. — Et si on allait nager et qu'on oubliait tout ça ?

— Vraiment ?

J'ai hoché la tête.

Elle a souri malicieusement. — Mais je n'ai pas apporté de maillot de bain.

J'ai haussé les épaules. — C'est une bonne chose que tu n'en aies pas besoin.

Nous avons marché à travers les bois, à moitié tranquillement comme si nous n'étions pas pressés et à moitié précipitamment comme si nous ne pouvions pas attendre d'y arriver. Je ne savais pas ce que ressentait Elise, mais j'étais nerveux, tout comme la première fois où nous y étions allés.

Quand l'étang est apparu, Elise a eu le souffle coupé. La lumière du soleil filtrait à travers les arbres, illuminant l'eau comme si c'était un étang envoyé directement du paradis. L'endroit semblait encore plus isolé que la première fois où nous y étions allés, les arbres étant plus touffus maintenant. L'eau coulait un peu plus vite sur les rochers, rendant la cascade plus bruyante qu'elle ne l'avait été. Tout était différent, mais la magie de l'endroit était définitivement la même.

Nous nous sommes arrêtés au bord et avons regardé les profondeurs de l'eau. Je savais qu'elle était encore froide, mais la lumière du soleil aiderait. La température de l'air était presque vingt degrés plus élevée que la première fois, donc se sécher serait plus facile puisque, encore une fois, je n'avais pas pensé à apporter des serviettes.

— Eh bien, je suppose que tu n'as pas besoin de te retourner cette fois, a-t-elle dit en serrant ma main.

— Je peux le faire si tu te sens plus à l'aise.

Elle a secoué la tête et relâché ma main. Son t-shirt est parti en premier, suivi de ses sandales. Ses bras avaient une couleur dorée due à ses sorties sur les bateaux, mais sa poitrine était pâle par manque de soleil en dehors de son uniforme. Elle a retiré son pantacourt, puis m'a regardé.

Elle se tenait devant moi en soutien-gorge et culotte. Ils étaient vert foncé et assortis. La courbe de son ventre et la douceur de son corps m'appelaient, mais je n'ai pas bougé. Je ne pouvais pas bouger. Elle était parfaite.

— Tu ne vas pas dans l'eau ?

J'ai éclairci ma gorge et secoué la tête. — Si, j'y vais. J'étais juste...

— En train de regarder ma poitrine ?

J'ai laissé échapper un rire et hoché la tête. — Elle est assez fantastique.

— Tu veux voir de plus près ? a-t-elle demandé. Elle a tendu le bras derrière son dos et détaché son soutien-gorge.

J'ai aspiré brusquement l'air quand elle l'a laissé tomber au sol à ses pieds. Puis elle a glissé ses doigts sur les côtés de sa culotte et l'a fait tomber aussi.

Elle avait toujours été belle. La première fois que je l'avais vue, elle était belle. Mais debout dans les bois complètement nue, juste pour moi, elle était la femme la plus époustouflante que j'aie jamais vue de ma vie.

— Elise, ai-je gémi.

Elle a souri. — Je vais nager. Si tu veux voir de plus près, tu devrais me rejoindre.

Elle a souri malicieusement, s'est retournée et a sauté

dans l'eau. Avant qu'elle ne remonte à la surface, j'étais à moitié nu et impatient de la suivre.

L'eau était froide, mais cela n'a rien fait pour refroidir mon corps avec Elise juste là. Elle a nagé loin de moi, mais elle n'est pas allée bien loin avant que je ne la rattrape.

— Fais attention. La dernière fois qu'on était ici, tu nous as presque laissés nous noyer, a-t-elle dit avec un sourire.

J'ai gémi. — Je ne vais jamais en entendre la fin, n'est-ce pas ?

Elle a secoué la tête. — Probablement pas.

Elle a nagé vers moi et m'a embrassé sur les lèvres. Nos corps se sont frôlés, mais aucun de nous n'a fait un geste pour approfondir le baiser. Nous étions contents de partager des baisers lents et de sentir que nous avions toute la journée ensemble. Peut-être pour toujours.

Je ne me souvenais pas de la dernière fois où je m'étais senti aussi en paix. Être heureux était une émotion facile, mais la paix ne l'était jamais. J'avais toujours voulu être en mouvement. Faire quelque chose.

Du travail pour s'occuper, comme disait mon père. Il disait que je ne pouvais pas rester tranquille cinq minutes.

Mais la regarder glisser dans l'eau, son corps voluptueux flottant paresseusement avant qu'elle ne se tourne et plonge. Les gouttelettes d'eau ruisselant sur ses joues. Ses cheveux noirs plaqués en arrière.

La joie dans ses yeux ambrés. Une joie pure, réelle, sans entrave. C'était cela qui me touchait. C'était cela qui me donnait envie de la rapprocher et de l'entourer de mes bras. C'était cela qui m'apportait la paix.

— Quoi ? a-t-elle demandé, ses lèvres relevées sur le côté.

J'ai secoué la tête. — Rien.

Elle a haussé un sourcil. — Ça n'a pas l'air d'être rien. À quoi penses-tu ?

— Je pense que tu m'apportes la paix.

— La paix ? a-t-elle demandé, ce sourcil se relevant à nouveau.

J'ai hoché la tête. — La paix.

Elle a ri doucement. — Je ne pense pas que quiconque m'ait jamais dit que je lui apportais la paix. Habituellement, je suis plus un mal de tête qu'autre chose.

J'ai secoué la tête. — Pas pour moi. Définitivement la paix.

Elle a baissé le menton et fixé les profondeurs de l'eau. Quand elle m'a regardé à nouveau, j'ai eu le souffle coupé. Peut-être que la paix était le mauvais mot. Peut-être qu'elle ne m'apportait pas la paix du tout. Peut-être qu'elle m'apportait simplement la clarté. Une connaissance profonde de l'âme de ce que j'avais cherché toute ma vie.

Elle.

23

ELISE

Le regard dans les yeux de Colin a dissipé tout le froid que l'étang avait imprégné en moi. Il m'avait à peine touchée, alors que j'étais complètement nue. Je savais qu'il me désirait. Son sexe long et épais me le confirmait. Mais il gardait ses distances.

J'ai nagé vers lui à nouveau et j'ai fait du sur-place devant l'endroit où il se trouvait. Ses yeux étaient fixés sur les miens, n'osant pas dériver sous la surface de l'eau où mon corps nu brillait dans le soleil de l'après-midi. Mes bras et mes jambes étaient bronzés, mais le reste de mon corps était pâle, un parfait bronzage de fermière.

— C'était une bonne idée, lui ai-je dit. De revenir ici.

Il a hoché la tête.

— C'est très paisible ici.

Nouveau hochement de tête.

— Tu vas dire quelque chose ou juste hocher la tête ?

Il a haussé les épaules, et nous avons ri tous les deux.

— J'aime beaucoup ton père.

Il a gémi. — Je ne pense pas que mon père soit un bon sujet de conversation maintenant.

J'ai ri doucement. — C'est probablement vrai. Je ne sais pas vraiment quoi te dire.

— Pourquoi ça ?

J'ai haussé les épaules. — Je n'arrête pas de tout gâcher.

Il a secoué la tête et s'est rapproché de moi. — Tu n'as rien gâché. C'est moi. Je n'ai jamais voulu te faire peur ou te blesser.

— Tu ne l'as pas fait, l'ai-je assuré.

Il a souri, mais son sourire n'a pas atteint ses yeux.

— Alors, euh, tu as déjà fait l'amour ici ?

Son sourire a changé, et cette fois-ci, il a illuminé ses yeux. — Non.

— Pourquoi pas ?

— Je n'ai pas grandi ici. J'étais jeune quand nous avons déménagé, et nous ne venions pas souvent, pas du tout depuis un moment. Tu es la seule femme que j'ai jamais amenée ici.

— Vraiment ?

Il a acquiescé.

J'ai regardé autour de moi les arbres entourant l'étang, lui donnant une atmosphère privée et intime. La cascade était romantique. L'eau était sensuelle. Mais rien de tout cela n'avait d'importance sans l'homme avec qui j'étais là.

— Cet endroit est comme le fantasme de toutes les femmes, ai-je dit doucement.

Il est venu derrière moi, ses jambes frôlant les miennes. — Je me fiche des autres. Je veux seulement connaître tes fantasmes.

— J'en ai un, ai-je admis. Je ne l'ai jamais dit à personne, mais j'adore être dehors et j'ai toujours voulu faire l'amour en plein air. Un endroit comme celui-ci où je ne me sens pas exposée. Privé, intime.

— Dans l'eau ou hors de l'eau ?

— Les deux ? L'un ou l'autre, je suppose. Non, dans l'eau.

Je ne suis pas une petite femme, et j'ai toujours voulu pouvoir enrouler mes jambes autour de la taille d'un homme et qu'il me soutienne pendant l'acte. Je pense que dans l'eau parce qu'alors nous pourrions faire ça.

— Je pourrais te porter, Elise.

Je me suis tournée et j'ai glissé mes mains le long de ses bras. — Tu es plutôt fort.

Il a souri, ses yeux se plissant aux coins.

— Salut, ai-je murmuré quand j'ai réalisé à quel point il était proche.

— Salut, a-t-il murmuré en retour.

Nous avons nagé ensemble vers le bord de l'étang, ne nous arrêtant que lorsque mon dos a heurté le côté. Un rebord de pierre était juste au-dessus de ma hanche, à la hauteur parfaite. Je me suis hissée dessus.

Colin a posé ses mains de chaque côté de mes hanches et s'est penché plus près. Il a tenu mon regard avec le sien jusqu'à ce que ses lèvres touchent les miennes. Mes yeux se sont fermés, et mon corps s'est détendu. Colin. Tout irait bien parce que Colin était là.

Il m'a embrassée doucement d'abord, puis il a léché l'intérieur de ma bouche. Sa langue a glissé lentement le long de la mienne, me laissant le goûter. Son érection reposait sur ma cuisse, tandis que ses jambes flottaient derrière lui.

Il a incliné sa tête sur le côté et a approfondi le baiser. Je me suis accrochée à lui, désespérée d'en avoir plus tandis qu'il pressait sa poitrine contre la mienne. L'eau rendait nos corps glissants. J'ai fait flotter ma main sur ses muscles, touchant chacun d'eux et apprenant son corps. Dans mon lit, nous nous touchions, mais tout était précipité parce que c'était nouveau. Sous le soleil de l'après-midi, en plein air, j'ai pris mon temps pour découvrir chaque centimètre de lui. Chaque creux de ses muscles, chaque plan de son corps, chaque endroit qui le faisait gémir.

Quand je me suis penchée en arrière et j'ai écarté les cuisses, il s'est éloigné de moi. Il a gémi et a pressé le côté de sa tête contre la mienne.

— Je n'ai pas de préservatifs avec moi, a-t-il admis. Je ne suis pas venu ici pour te séduire. Bon sang, j'ai encore oublié les serviettes. Je ne suis clairement pas très bon pour planifier quand tu es là pour me faire tout oublier.

J'ai pris son visage dans mes mains et l'ai tiré vers moi pour le regarder. Je l'ai étudié attentivement et j'ai pris une décision. — Je n'ai pas fait l'amour sans préservatif depuis plus de huit ans. Je l'ai exigé de tous ceux avec qui j'ai été depuis lui. Je prends la pilule et je me fais tester régulièrement. Je sais que je ne t'ai pas donné beaucoup de raisons de me faire confiance —

— Je te confierais ma vie, Elise. Mais c'est une chose importante. Plus pour toi que pour moi.

Je me suis reculée juste assez pour qu'il sache que je ne comprenais pas.

— Je n'ai été avec personne avant toi depuis longtemps. Des années. Je suis clean, mais si lui —

— Il ne me prendra rien d'autre. Il t'a presque pris plus d'une fois, et il m'a volé des années. J'ai vécu dans la peur. J'en ai fini, Colin. Mais cela ne signifie pas que nous devons faire l'amour sans préservatif. Je sais que c'est vraiment important, et si tu n'es pas sûr...

— Je suis sûr de tout avec toi, Elise. Tout. Je ne doute pas de toi. Mais je ne veux pas te blesser à nouveau.

J'ai souri. — Tu ne le feras pas. Je... je veux ça. Je te veux.

Il a couvert ma bouche et m'a embrassée fort. Il n'a pas retenu, il a juste forcé sa langue dans ma bouche avide et m'a embrassée. L'assaut était exactement ce dont j'avais besoin pour arrêter de penser et laisser mon corps prendre le dessus. Les pensées d'Andy ont été anéanties à chaque pulsion de la langue de Colin dans ma bouche.

Puis il a glissé une main le long de ma cuisse, et je n'ai plus pensé à rien du tout.

— Oh, Elise, a-t-il gémi quand son doigt est entré en moi. Tu es si mouillée.

— Je te regarde depuis longtemps. Tu me tentes avec ton corps parfait.

Il a secoué la tête. — C'est toi qui tentes, Elise. Quand tu t'es allongée et que tes seins ont émergé de l'eau, j'ai failli mourir. Et je ne parle même pas de ce que j'ai ressenti quand tu t'es déshabillée sur ces rochers là-bas. J'ai failli jouir dans mon short à ce moment-là.

— C'est pour ça que tu ne m'as pas touchée quand nous sommes entrés ?

Il a ri doucement et a acquiescé. — Je savais que si je le faisais, je me ridiculiserais.

— Pas besoin d'être gêné maintenant, ai-je dit, suivi rapidement d'un gémissement.

— Jouis pour moi d'abord, Elise. J'aimerais pouvoir te goûter maintenant. Laisse-moi t'entendre et te sentir.

Ses doigts se sont enfoncés plus profondément, et tout mon corps a tremblé. Quelle que soit la partie de moi qu'il touchait, elle envoyait des étincelles de feu à travers tout mon être. J'avais essayé avec de nombreux vibromasseurs d'avoir les mêmes effets, mais rien ne se comparait à la main de Colin.

Il a appuyé son pouce sur mon clitoris, et j'ai bondi du rocher sur lequel je reposais. — Oh, mon Dieu, ai-je gémi fort, oubliant que nous étions dehors. S'il te plaît, dis-moi que ton père et Nicky ne sont pas près d'ici.

Colin a secoué la tête. — Ils restent loin d'ici.

— Dieu merciiii, ai-je gémi. Oh, putain, Colin. Si bon. Oui.

Il s'est penché et a capturé l'un de mes mamelons. Il était à peine au-dessus de l'eau, lui donnant une pleine vue à chaque fois que je bougeais, mais il n'a pas arrêté.

Je me suis soutenue sur mes mains et j'ai bougé mes hanches au rythme des mouvements de Colin. Il a poussé plus fort en moi jusqu'à ce que tout autour de moi s'assombrisse et que des lumières vives éclatent derrière mes yeux.

Ses doigts se sont retirés instantanément, et j'ai gémi à cette perte, planant au milieu de mon orgasme. Au bord, sur le point de tomber, mais me retenant à peine.

Puis il a poussé fort en moi d'un long mouvement, et je me suis brisée autour de lui. Il a tenu le rebord de pierre d'une main et a enroulé mes jambes autour de ses hanches de l'autre. Il m'a amenée juste au bord, où je pouvais tomber au moindre mouvement, et a pilonné en moi.

Mon corps était sensible après mon premier orgasme et s'est rapidement lancé dans un autre. Je me suis accrochée aux épaules de Colin, embarquée dans la course de ma vie alors qu'il nous portait tous les deux vers la ligne d'arrivée.

— Oh, Elise, a-t-il grogné. Si parfaite. Magnifique. Elise. Oui, Elise.

Ses mouvements étaient erratiques, mais cela n'avait pas d'importance pour moi. J'étais aussi perdue que lui, proche mais à peine hors de portée de là où je devais être. J'ai resserré mes jambes autour de lui, et il a légèrement changé de position, et nous avons tous deux gémi bruyamment.

— Oui, avons-nous dit ensemble.

Ses poussées se sont approfondies, et mon souffle s'est évanoui. Je ne pouvais pas respirer. Tout ce que je pouvais faire était sentir. Colin. Colin. Colin.

Sa tête reposait sur mon épaule. La sueur coulait de son front. Mais il n'a pas arrêté. Il a continué, plus fort, plus vite et plus profondément jusqu'à ce que je commence à trembler.

— Oh, mon Dieu. Oh, oui, ai-je gémi. Colin. Oh, putain.

— Touche-toi, Elise, a-t-il grogné. Je... j'essaie. Mets ta main entre nous et aide-toi.

J'ai fait ce qu'il a dit, mais j'avais à peine touché mon clitoris quand tout mon corps s'est resserré autour de lui et j'ai joui. J'ai traîné mes doigts le long de son dos, ayant besoin de quelque chose à quoi m'accrocher. Mon autre main était prise entre nous, mes doigts effleurant mon clitoris à chaque secousse de nos corps ensemble.

Puis il a gonflé en moi et s'est répandu en moi.

J'ai enroulé mes jambes et mes bras autour de lui et je l'ai serré contre moi quand il s'est effondré. Nous sommes restés là, sur ce rocher plat, nos corps entrelacés et connectés pendant longtemps.

Colin s'est retiré le premier, glissant hors de moi avec une dernière traction. Mon corps ne voulait pas non plus qu'il parte. Il a repoussé mes cheveux sauvages et mouillés de mon visage et m'a souri.

— C'était incroyable.

J'ai hoché la tête. — Oui, ça l'était.

— Je t'ai fait mal ?

J'ai secoué la tête. — Pas du tout. Tu étais incroyable.

— Elise, a-t-il dit doucement.

Je l'ai regardé et j'ai souri.

— Je t'aime, Elise.

Mon sourire s'est instantanément évanoui. — On se connaît à peine.

Je l'ai repoussé et je suis sortie de l'étang.

— On se connaît assez, Elise. Et cela n'a rien à voir avec le fait de t'aimer.

— Ne dis pas ça. Non. Tu ne peux pas. Tu ne m'aimes pas.

J'ai ramassé mes vêtements, j'ai enfilé mes sandales et j'ai commencé à courir. Il m'a appelée, mais je ne me suis pas arrêtée.

J'ai tiré mon t-shirt par-dessus ma tête, même si

courir sans soutien-gorge était douloureux. J'ai sauté dans mon pantacourt, souhaitant avoir porté un short après avoir trébuché et presque m'être écrasée face contre terre. J'ai fourré ma culotte dans ma poche, j'ai tenu mes seins, mon soutien-gorge flottant derrière moi, et j'ai couru.

Quand j'ai atteint ma voiture, j'ai sauté dedans et j'ai démarré, reconnaissante de ne jamais porter de sac à main ou de laisser quoi que ce soit dans la maison de quelqu'un. Mes clés étaient dans ma poche, et mon sac était dans la voiture.

J'ai essayé d'attacher mes cheveux en arrière pendant le trajet pour que Mme Lockhart ne pose pas trop de questions quand je suis entrée dans le quartier. Heureusement, elle m'a juste fait un signe de la main et a continué à balayer son porche.

Je me suis garée dans mon emplacement au lieu de reculer comme d'habitude au cas où Colin me suivrait. J'ai verrouillé ma voiture et j'ai couru dans ma caravane.

J'ai jeté un coup d'œil par les fenêtres et j'ai haletée pour reprendre mon souffle. Je suis restée là pendant cinq minutes avant de me convaincre qu'il ne venait pas me chercher et d'aller m'asseoir.

Mon pantacourt était inconfortable sans culotte, alors je l'ai sortie et je l'ai mise. J'ai envisagé de prendre une douche, mais quelqu'un a frappé à ma porte.

J'ai consulté la vidéo de la sonnette sur mon téléphone et j'ai soupiré de soulagement quand j'ai vu Chelsea sur le pas de ma porte au lieu de Colin.

— Hé, ai-je dit d'une voix que j'espérais joyeuse et normale. Qu'est-ce que tu fais ici ?

Elle a ouvert la porte et est entrée. — Je voulais rendre visite à ma cousine. C'est bon ? Tu sors de la douche ?

J'ai touché mes cheveux mouillés et j'ai secoué la

tête. — Ah, non. Et oui, bien sûr que c'est bon. C'est toujours bon.

Elle m'a lancé un regard mais n'a rien dit.

— Tu veux boire quelque chose ?

— Ça me va. On dirait que tu pourrais avoir besoin d'un verre de vin.

Elle a haussé un sourcil.

J'ai souri. — Tu arrives toujours à voir à travers moi, hein ?

Elle a hoché la tête. — Comme j'ai pu dire qu'il se passait plus de choses avec Colin Jones que simplement parler. On dirait que les choses vont bien entre vous deux.

— Eh bien, oui, euh, elles l'étaient. Je suppose. Peut-être.

— Est-ce encore une de ces histoires à la Andy où tu tombes amoureuse d'un mec et tu oublies toutes les autres personnes dans ta vie, ou y a-t-il quelque chose qui ne va pas ?

J'étais dos à elle quand elle a posé la question. C'était ironique pour moi qu'elle l'ait formulée ainsi. Comme si avec Andy les choses allaient bien, mais avec Colin elles n'allaient pas.

J'ai versé deux verres de vin et lui en ai tendu un.

— Les deux et ni l'un ni l'autre, en même temps.

Elle a haussé un sourcil. — Euh, comment ça marche ?

— Asseyons-nous, et je vais t'expliquer, ai-je dit.

J'ai conduit Chelsea au canapé et je lui ai tout raconté. De la violence d'Andy à la façon dont les choses ont fini. Je lui ai parlé de ma vie après Andy et de ma tentative de retrouver un certain sens du contrôle. Et puis je lui ai parlé de Colin et d'apprendre à faire confiance à un homme à nouveau grâce à lui.

— Je suis tellement désolée que tu aies traversé tout ça, a dit Chelsea, essuyant les larmes de ses yeux. Et que je n'aie pas été là pour toi durant tout ça. Je pensais que tu étais juste une de ces filles qui choisissent le petit ami et coupent les liens avec tout le monde. Je n'avais aucune idée.

— Je ne voulais pas que tu le saches. J'avais honte de tout ça.

— Tu sais que tu n'as rien fait de mal, n'est-ce pas ?

J'ai hoché la tête. — Je le sais, mais c'est parfois difficile à ressentir. J'ai l'impression que j'aurais dû partir dès la première fois. Ou n'importe laquelle des autres fois avant la fin.

— On dirait qu'il était un manipulateur hors pair. Il savait exactement jusqu'où te pousser pour obtenir ce qu'il voulait.

J'ai acquiescé. — Il le savait certainement. Et je l'ai laissé faire. J'ai continué à lui faire confiance. Ça a été la chose la plus difficile avec Colin. Lui faire confiance.

— Je ne pense pas que ce soit lui faire confiance. Je pense que c'est te faire confiance à toi-même. Tu dois savoir que tu fais le choix intelligent. Il ne s'agit pas vraiment de lui. Qui est le gars n'a pas d'importance. Ce qui compte, c'est si tu fais le bon choix en faisant confiance à un gars qui est bien ou en ne faisant pas confiance à un gars qui ne l'est pas.

— Colin est un homme bien. Tout ce qui s'est passé entre nous me dit qu'il est un homme bien.

— Eh bien, alors je suis heureuse pour toi. Tu es tombée amoureuse d'un bon cette fois, a dit Chelsea.

— Tombée amoureuse de lui ? Non. Non, non, non.

Chelsea a ri. — Bien sûr que si. Pourquoi dis-tu que non ?

— Parce que ce n'est pas le cas. Je ne l'aime pas. Je le connais à peine.

Chelsea a secoué la tête. — Ça ne veut pas dire que tu ne l'aimes pas. Cela signifie seulement que tu as l'occasion de découvrir davantage sur lui.

— Mais —

— Écoute, Elise, c'est terrifiant. Laisser entrer quelqu'un est la chose la plus effrayante au monde. C'est suffisant pour te rendre folle, mais combien de fois nos mères nous ont-elles parlé de l'amour ?

J'ai ricané. — Des milliers.

— Et combien de fois ont-elles dit qu'elles avaient besoin d'un certain temps pour savoir qu'elles étaient amoureuses ?

J'ai souri. — Jamais.

— Exactement. Mon cœur a été brisé, cousine. J'ai été blessée, j'ai pleuré et j'ai juré de renoncer à l'amour, mais chaque fois, je reviens pour plus parce qu'un amour comme celui de nos parents en vaut la peine. Je dois le croire.

— Mais comment sait-on si c'est réel ? Comment sais-tu que c'est le bon et non le mauvais ?

Chelsea a souri. — Tu ne le sais pas. C'est la partie effrayante. Mais quand c'est juste, tu devrais le dire.

J'ai pris une profonde inspiration. — Il l'a dit tout à l'heure.

Chelsea a haussé un sourcil. — Le magnifique homme avec qui tu sors t'a dit qu'il t'aimait, et au lieu de le lui crier en retour entre ses draps, tu fais une fête d'apitoiement ici avec moi ? Qu'est-ce qui ne va pas chez toi ?

— Beaucoup de choses, ai-je dit.

Chelsea a ricané. — C'est vrai. C'est pour ça que tes cheveux étaient mouillés ? Tu étais avec lui ?

J'ai acquiescé. — On a fait une baignade à poil dans un étang à la ferme. Il m'a dit qu'il m'aimait juste après le meilleur sexe de ma vie.

— Elise, si tu ne dis pas à cet homme que tu l'aimes, je vais lui dire que moi je l'aime et je vais te le voler parce qu'il est un homme à garder.

J'ai ri.

— Pourquoi as-tu fui ? Sérieusement.

J'ai souri. — Parce que je ne sais pas comment aimer quelqu'un.

Chelsea a tendu la main et a pris la mienne. Elle l'a serrée et a dit : — Bien sûr que si. Tu as aimé notre famille toute ta vie. Et tes amis. Et j'espère toi-même, Elise. Le véritable amour n'est pas ce qui s'est passé avec Andy.

J'ai secoué la tête. — Je pensais que c'était le cas. Quand j'étais avec lui, je pensais que je l'aimais.

— Peut-être que c'était le cas, mais il n'était pas digne de ton amour. Colin l'est. Aime-le. Laisse-le entrer. Vous le méritez tous les deux.

Chelsea a vidé son vin et a porté son verre à la cuisine.

— Je devrais aller le voir.

Chelsea a hoché la tête. — Tu devrais. Mais tu voudrais peut-être prendre une douche d'abord. Et je pourrais m'occuper de tes cheveux.

Il y a eu un coup à la porte qui nous a fait nous regarder l'une l'autre.

— Ce n'est pas ma maison. Qui que ce soit, il n'est clairement pas là pour moi, a dit Chelsea.

J'ai regardé mon téléphone et j'ai vu Colin dehors. Les larmes me sont montées aux yeux. — C'est Colin, ai-je dit, tournant le téléphone pour montrer à Chelsea.

— Ah, et il a apporté des fleurs. S'il te plaît, dis-moi que tu ne le veux pas pour que je puisse l'avoir.

J'ai secoué la tête.

— Zut. Est-ce qu'il a un frère ?

— Juste un cousin, mais il est marié.

— Heureux en mariage ? a demandé Chelsea.

— Chelsea !

Elle a roulé des yeux. — Je plaisante. En grande partie.

— Chelsea !

— Ouais, ouais, je m'en vais. Mais je sors par la porte d'entrée pour pouvoir rencontrer cet homme. Nos mères ne me pardonneront jamais de l'avoir rencontré avant elles. Tu ferais mieux de l'inviter au prochain dîner, a-t-elle chuchoté.

J'ai hoché la tête et j'ai ri.

Chelsea a ouvert la porte alors que Colin avait la main levée pour frapper à nouveau.

— Eh bien, Colin Jones. C'est tellement agréable de enfin te rencontrer.

Il nous a regardées tour à tour et a affiché un sourire. — Toi aussi, Chelsea. Tu ressembles exactement à ta photo quand vous étiez plus jeunes.

— Oh, tu es un charmeur. Es-tu sûr — ?

— Chelsea !

— D'accord, d'accord, je m'en vais. À bientôt tous les deux ! a dit Chelsea avec un signe de la main, nous laissant Colin et moi seuls.

24

COLIN

— Je peux entrer ? demandai-je, debout sur son palier. J'espérais être mieux préparé, plus éloquent ou quelque chose comme ça, mais dès que je l'ai vue, tout ce que je voulais, c'était la serrer dans mes bras et ne plus jamais la laisser partir.

Elle hocha la tête et recula. Elle se mordilla la lèvre, son regard passant de moi aux fleurs puis revenant vers moi.

— Euh, je t'ai apporté celles-ci. Je les ai vues sur le chemin du retour et j'ai voulu te les offrir.

— Merci, dit-elle. Elle tendit la main vers les fleurs et les porta à son nez. Elles sentent comme la ferme.

Je souris et essayai de respirer pendant qu'elle emportait les fleurs à la cuisine pour les mettre dans un pichet.

Quand elle revint, j'ouvris la bouche, mais Elise me devança.

— Je suis désolée, dit-elle.

Je pinçai les lèvres. Elle s'excusait constamment.

— Je n'aurais pas dû te dire ce que tu ressentais. Je n'en avais pas le droit.

Je pris une inspiration et hochai la tête. Ce n'était pas ce que j'espérais qu'elle dise. — Euh, d'accord.

— En dehors de ma famille et de mes amis, je n'ai jamais su ce qu'était l'amour. Je regarde des films où les gens tombent amoureux en cinq minutes, mais ça me semble toujours si ridicule. Il faut connaître quelqu'un, vraiment le connaître, pour savoir si on l'aime.

J'ouvris la bouche pour dire quelque chose à nouveau, mais elle s'éloigna de moi en continuant à parler.

— Il y a toujours un grand secret que les gens gardent ou un squelette dans le placard ou quelque chose, et tu tombes amoureuse de quelqu'un, puis tu le découvres et tu te dis que ce n'était pas vraiment de l'amour. Tu pensais que c'était de l'amour. Mais si tu pensais que c'était de l'amour, pourquoi ne l'était-ce pas ? Tu vois ? Je veux dire, soit ça l'était, soit ça ne l'était pas, non ?

J'ouvris la bouche, mais elle me coupa la parole.

— Mais peut-être qu'il y a différents degrés d'amour. Comme les brûlures. Le premier degré, c'est comme quand tu penses connaître une personne, mais il y a beaucoup de choses enfouies profondément. Plus de couches à découvrir avant de vraiment la connaître. Le deuxième degré, c'est quand tu te rapproches, tu en sais plus. C'est plus difficile à guérir quand ça se termine, et tu pourrais avoir des cicatrices, mais elles ne sont pas visibles pour tout le monde. Mais le troisième degré... c'est celui qui manque de te tuer. Celui qui, s'il se termine, te donne l'impression que toi aussi, tu vas mourir. C'est celui qui va profondément, jusqu'au fond de toi. C'est celui dont tu ne te remets jamais. Tes cicatrices sont permanentes et elles sont laides. Mais s'il ne se termine pas, s'il dure, cette personne devient une partie de toi.

Je ne savais pas si je devais être horrifié ou d'accord avec elle, mais de toute façon, elle ne cherchait pas de réponse.

— Avec n'importe quelle brûlure, ça peut arriver rapidement. Tu touches la cuisinière ou une bougie. Une explosion ou une maison en feu. Quelque chose qui serait une brûlure mineure peut s'aggraver si tu continues à t'y accrocher, mais le temps n'est pas toujours un facteur avec les brûlures. Parfois, il y a une personne qui t'enflamme d'un seul regard ou d'un seul toucher. Peut-être que c'est un mot gentil, et tu sais, sans aucun doute, que tu es celui qui me détruira à jamais. Que si je te laisse t'approcher trop près, je mourrai si je dois te laisser partir.

Elle leva les yeux vers moi avec des larmes qui coulaient sur son visage.

— Tu es mon troisième degré, Colin. J'ai terriblement peur de m'approcher trop de toi parce que je sais que si tu t'en vas, je resterai avec des cicatrices trop profondes pour guérir.

— Je ne m'en vais pas, lui dis-je.

Les larmes continuaient de couler. — Et ça me fait peur aussi. Parce que si je ne suis qu'un amour de premier degré pour toi ? Si tu penses que je pourrais être un troisième degré, mais que tu découvres une autre couche et que tu n'aimes pas ce que tu trouves ?

Je l'attirai dans mes bras et la serrai fort. Ma poitrine me faisait mal de la douleur qu'elle ressentait. De la peur. — Je te dis depuis des semaines que c'est toi qui contrôles, Elise. Je suis tes indications. Tu prends les décisions. Ce n'est pas parce que tu es un amour de premier degré pour moi. C'est toi. Tu es la maison en feu avec une explosion qui m'a renversé et brûlé jusqu'à la moelle. Il n'y a pas de retour en arrière pour moi. Et je suis venu ici parce que je ne vais pas te laisser fuir à nouveau. Je ne vais pas te laisser me repousser à nouveau. Je me fiche de tes cicatrices. Je les vois, et je pense qu'elles te rendent encore plus belle. Je veux passer le reste de ma vie à te montrer à quel point je t'aime.

Elle sanglota et hocha la tête. — Tu es sûr ? Parce que j'ai des couches plutôt effrayantes.

Je souris. — Crois-moi, je veux toutes les voir, et je peux l'encaisser.

— Mais qu'en est-il de-

— Tout, Elise. Je sais que tu pensais être amoureuse avant. Je suppose que tu l'étais, comme tu l'as dit. Peut-être qu'Andy était un amour de troisième degré pour toi. Un qui aurait dû être de premier degré, mais tu t'y es accrochée trop longtemps et il t'a détruite. Je ne sais pas, mais ce que je sais, c'est que l'amour n'a jamais été comme ça pour moi avant. Je n'ai jamais tout mis de côté pour une femme avant de te rencontrer. Je n'ai pas été célibataire toute ma vie, mais je n'ai jamais eu un amour de troisième degré. Je ne t'ai jamais eue, toi, Elise.

— Mais tu-

— Pas de mais. Plus maintenant. Pas de désolé, pas de mais et pas d'argumentation. Je t'aime, Elise. Je t'aime tellement que ça me tue de me tenir ici et de te regarder sans savoir si tu ressens la même chose. Ça me tue de me demander si tu penses que je suis ton amour de troisième degré, mais que tu découvres un jour que je ne suis qu'un autre premier degré auquel tu t'es accrochée trop longtemps. Je suis là, Elise. Je vais continuer à revenir. Pour toi.

Elle se jeta dans mes bras et enroula ses jambes autour de moi. Je la rattrapai et la tins. — Je t'aime, Colin, souffla-t-elle.

Je gémis, l'embrassai et la portai jusqu'à sa chambre pour réaliser un autre de ses fantasmes.

— Je n'arrive pas à croire que tu ne m'aies pas dit que ton anniversaire était si proche, dit Elise avec une moue. Tu aurais dû me le dire.

Je secouai la tête. — Ce n'est généralement pas un grand événement.

— Mais tu vas avoir quarante ans. Est-ce que je peux t'appeler mon Vieux ?

— Seulement si je peux t'appeler ma Gamine.

Elle plissa le nez. — C'est glauque.

J'acquiesçai. — Oui, en effet.

Elle soupira. — Très bien. Je vais simplement t'appeler...

— Et si tu m'appelais Colin.

Elle leva les yeux au ciel. — D'accord.

Je ris et la rapprochai de moi. Tout avait changé pour nous ces derniers jours. Mon père avait décidé de rester toute la semaine pour célébrer mon anniversaire le jour même, et Elise et moi nous étions encore plus ouverts l'un à l'autre. Je n'avais jamais été aussi proche d'une autre personne.

— Où passons-nous la nuit ce soir ? demanda-t-elle.

C'était un autre grand changement. Elle aimait passer la nuit ensemble. Nous avions passé la première nuit chez elle, et quand nous nous étions réveillés, elle avait grimpé sur moi et m'avait dit combien elle m'aimait pendant qu'elle me chevauchait.

La nuit suivante, nous étions restés chez moi, mais avec mon père de l'autre côté du couloir, c'était un peu moins aventureux.

Elise insistait pour que je passe du temps avec mon père, alors quand elle travaillait tôt, nous restions à la ferme, et quand elle travaillait plus tard dans la journée, nous restions debout toute la nuit chez elle, profitant d'avoir l'endroit pour nous seuls.

— Tu travailles demain ? demandai-je. Je mordillai son oreille et passai ma langue le long du pavillon.

Elle secoua la tête.

— Alors nous devons absolument rester chez toi. Parce que je prévois de commencer mon anniversaire enfoui en toi.

Elle gémit doucement et releva le menton pour un baiser. — J'aime beaucoup ce plan.

— On pourrait commencer maintenant, suggérai-je.

— Salut vous deux, dit une de ses amies, posant un pichet de bière au centre de la table. Bruyamment.

— Salut, Finley. Voici Colin. Colin, tu te souviens de Finley ? Vous vous êtes rencontrés il y a un moment quand nous étions ici pour dîner.

J'acquiesçai, la replaçant enfin. — Ravi de te revoir.

— Moi aussi, dit-elle avec un sourire narquois.

Une autre femme nous rejoignit une seconde plus tard.

— Voici Karissa. C'est la colocataire de Finley et la conceptrice de l'application, dit Elise.

— Ah, enchanté. Et merci.

Karissa sourit. — Les couples heureux sont excellents pour mon entreprise. Même si vous deux aviez quelque peu une longueur d'avance. Je le compterai quand même.

Je ris.

Ian s'approcha avec son bras autour d'une brune aux formes généreuses qu'il présenta comme Blake. Puis Ian et Melody nous rejoignirent en s'excusant d'être en retard car Amber était avec une baby-sitter.

— Nous n'avons jamais engagé de baby-sitter jusqu'à il y a quelques mois. Amber et Willow étaient copines, mais je ne peux plus lui demander maintenant, dit Melody.

Ramsey m'expliqua le désastre qui avait conduit Melody et sa sœur à ne plus se parler. Je ne blâmais ni Melody ni Ramsey de ne plus lui faire confiance avec leur enfant, ou pour quoi que ce soit d'autre, après qu'elle ait essayé de les séparer. Et qu'elle ait presque réussi.

Trinity et une femme blonde, qui se présenta comme

Laura, nous rejoignirent. Après une autre minute, Hudson tira une chaise et se fit une place à côté de Laura.

— Où est James ? demanda Ian.

— Il est en route. Quelque chose s'est présenté, dit Ramsey.

— Nous ne pouvons pas porter un toast au garçon d'anniversaire avant que tout le monde soit là, dit Trinity.

Je secouai la tête. — Vous n'avez pas du tout besoin de porter un toast pour moi.

— Mais si. Les anniversaires sont spéciaux ici. Et nous les célébrons, dit Blake. Celui de Trinity est dans quelques semaines. Elle le partageait avec la mère de Karissa.

Je regardai Trinity et hochai la tête. — C'est ton tour, hein ?

Trinity sourit. — Oui, mais mon anniversaire marque aussi un an depuis que j'ai emménagé ici, alors je suis un peu excitée à ce sujet.

— Tu as emménagé ici le jour de ton anniversaire ?

Elle acquiesça. — La mère de Karissa et moi nous sommes rencontrées l'année précédente et avons réalisé que nous partagions le même anniversaire. Je lui ai dit que je trouvais la région magnifique, et elle m'a convaincue de déménager. Ça m'a pris un an, mais je l'ai fait. Je suis tellement heureuse de l'avoir fait.

Elise m'avait parlé de la mère de Karissa. Elle semblait être une femme extraordinaire, et quelqu'un que j'aurais aimé rencontrer. Bien sûr, il était difficile d'imaginer quelqu'un ne pas l'aimer. — J'aurais aimé la connaître, dis-je à Karissa. Elise a beaucoup d'histoires formidables.

Karissa acquiesça. — Ma mère était spéciale. Unique en son genre.

— La mienne aussi. J'imagine qu'elles auraient été de bonnes amies si les circonstances avaient été différentes.

Karissa hocha la tête. Perdre sa mère, peu importe l'âge,

était quelque chose dont on ne se remettait jamais. Imaginer sa vie si elle avait vécu était un réconfort, parfois le seul qu'on avait.

— Le voilà, dit Hudson, levant son verre. Nous pouvons enfin porter un toast.

Ian attira Blake sur ses genoux et offrit la chaise de Blake à James. James s'assit et se versa une bière, puis leva son verre. — À ne pas être un connard.

Je ris. — Toast intéressant.

James haussa les épaules. — J'ai eu une journée difficile. Je suis heureux avec n'importe qui qui n'est pas un connard en ce moment.

— À ne pas être un connard, répéta Hudson, verre levé.

Tout le monde rit et leva son verre. Je trinquai avec les personnes les plus proches de moi et bus une gorgée de bière.

Elise participait à toutes les conversations qui se déroulaient autour de nous. Elle intervenait dans la discussion entre Blake et Finley qui se disputaient à propos d'un livre, puis disait quelque chose à Melody au sujet de sa sœur, et à Hudson et James à propos du bar. Je ne savais pas comment elle suivait toutes les conversations à la fois, mais elle y arrivait.

Je me calai dans mon siège et observai tout cela. Quand j'ai déménagé à L'anse MacKellar, je pensais passer tout mon temps à la ferme pour la rendre comme elle était quand j'étais enfant. Au lieu de cela, j'ai suivi les traces de mon père et je suis tombé amoureux.

Quand la soirée se termina, Elise serra ses amis dans ses bras et les remercia tous d'être venus. Je les remerciai aussi, puisqu'ils étaient pour la plupart les amis d'Elise plutôt que les miens. Ian, Ramsey, James et Hudson dirent que je devais acheter la première tournée la semaine suivante puisque je ne leur avais jamais dit que c'était mon anniversaire. Je n'étais pas sûr s'ils étaient sérieux, mais j'ai dit d'accord.

Traîner avec mon avocat s'avérait être une bonne chose.

Elise s'assit près de moi dans mon camion pendant le trajet jusqu'à chez elle. Nous avons fait signe à Mme Lockhart, qui s'était habituée à voir mon camion et m'acceptait comme l'un des leurs. Même Mme Carter avait demandé si elle pouvait faire des tartes à vendre à la ferme, gratuitement parce qu'elle m'aimait bien. J'insistai pour la payer, mais elle continuait à argumenter. Elise m'a dit que cela signifiait qu'elle m'aimait bien, alors j'ai cédé et décidé que je trouverais quelque chose à faire avec l'argent. Peut-être un don au service de police en l'honneur de son défunt mari.

Je nous laissai entrer avec la clé qu'Elise m'avait donnée la veille. Elle m'avait dit qu'elle voulait que je sache qu'elle me faisait confiance. Je lui avais aussi donné une clé de la ferme, mais je lui avais dit qu'elle était rarement verrouillée.

Nous nous sommes assis sur le canapé et avons mis un film, comme c'était devenu notre rituel du soir. Elle se blottit contre moi et me dit qu'elle m'aimait avant de poser sa tête sur mon épaule.

— Mon père envisage de revenir s'installer ici, lui dis-je quand le film se termina.

— C'est génial. Il devrait.

Je hochai la tête. — Je lui ai dit la même chose, mais il n'est pas totalement sûr.

— Je n'imagine pas à quel point c'est difficile pour lui de retourner vers sa brûlure au troisième degré et d'y vivre.

J'acquiesçai. — Si je te perdais un jour, je ressentirais la même chose que lui. Je partirais. Je ne pourrais pas supporter de vivre là-bas sans toi. Je te vois partout.

— Je ne vais nulle part, dit-elle doucement.

— Je sais. Nous sommes restés silencieux pendant quelques minutes, puis j'ai dit : Mon père voulait savoir ce que tu pensais du fait qu'il s'installe ici.

Elle haussa les épaules. — J'ai déjà dit que ce serait génial. Mais ce n'est pas ma décision.

— Eh bien, il pensait vivre dans la maison de ma grand-mère avec moi.

Elle se redressa et soutint mon regard. — D'accord. C'est ta maison.

— Oui, mais mon père imagine qu'un jour ce sera aussi la tienne.

— Oh, souffla-t-elle. Je n'y avais vraiment pas pensé.

— Je ne dis pas maintenant ou quoi que ce soit. Je sais que je veux passer le reste de ma vie avec toi, mais j'apprécie là où nous en sommes actuellement. Je voulais juste te faire savoir pourquoi il me demande sans cesse de te parler de son déménagement ici.

— C'est gentil de sa part, mais nous devons faire les choses qui nous rendent heureux. Si vivre à la ferme rend ton père heureux, alors il devrait y être. Peu importe si je suis là avec toi ou non, si c'est là qu'il veut être, c'est là qu'il devrait être.

J'hésitai une demi-seconde puis l'embrassai. Je ne pouvais pas me retenir. Elle pensait qu'elle ne savait pas comment aimer les gens, mais avec tout ce qu'elle disait et faisait, elle prouvait qu'elle avait tort. Elle était la personne la plus aimante que j'aie jamais rencontrée.

— C'était pourquoi ça ? demanda-t-elle en riant quand je me reculai.

— Pour aimer mon père, aussi.

— Eh bien, il a dit que s'il avait vingt ans de moins, taquina-t-elle.

Je me levai et la tirai du canapé. Je la soulevai et serrai ses fesses pendant qu'elle enroulait ses jambes autour de mes hanches et poussait un cri.

— Ne me fais pas tomber.

— Je ne t'ai pas fait tomber la dernière fois, lui rappelai-je.

Et je n'ai pas l'intention de te poser de sitôt. Il est presque minuit, ce qui signifie que je suis prêt à commencer la célébration de mon anniversaire.

Ses yeux se firent langoureux et sensuels, et son corps fondit contre le mien. J'aimais la façon dont elle me laissait entrer. Il n'y avait rien de plus parfait au monde que la femme qui avait mis le feu à la mienne. Et personne avec qui je préférerais passer mon anniversaire qu'avec elle.

ÉPILOGUE

TRINITY

Il y avait une part de moi qui ne voulait pas vraiment célébrer mon anniversaire. J'ai pensé à rendre visite à ma mère et à ma grand-mère, mais elles ont insisté pour que je reste et que je m'amuse avec mes amis plutôt que d'aller visiter deux vieilles dames.

L'âge n'était définitivement qu'un chiffre pour ces deux-là.

Mon anniversaire n'était pas ce à quoi je m'attendais quand j'ai déménagé à L'anse MacKellar. Mme Georgia était le genre de personne qui vous enveloppait et vous faisait croire que tout était possible. Savoir qu'elle est morte est quelque chose qui m'effraie chaque jour. Elle était immortelle dans mon esprit, et le reste d'entre nous essayait simplement d'être à moitié aussi bon qu'elle.

Quand j'ai perdu mon père, la vie a changé. Bien sûr qu'elle a changé, mais la vie n'était plus quelque chose auquel tout le monde avait droit après cela. La vie est précieuse, et tout le monde ne dispose pas de la même quantité de temps. Perdre mon père m'a appris cette leçon à treize ans, et perdre Mme Georgia m'a enseigné la même leçon une nouvelle fois.

Quand j'ai quitté la maison pour l'université, je me suis dit que j'étais indépendante et que je n'avais besoin de personne. Ma mère s'est appuyée sur ma grand-mère quand mon père est décédé, puis sur moi avec son ex. C'était une femme forte, mais elle ne pouvait pas le faire seule. Je ne voulais pas être comme ça. Je voulais être comme cette femme que Mme Georgia disait voir en moi. Une femme forte, confiante, indépendante qui pouvait faire tout ce qu'elle voulait.

C'est pourquoi j'ai déménagé à L'anse MacKellar. C'était magnifique, et je suis tombée amoureuse de cet endroit dès mon premier voyage. Y vivre était comme un rêve, mais ce rêve n'était pas aussi féerique que je l'avais imaginé. Des choses terribles se produisaient encore à L'anse MacKellar. Les gens avaient toujours le cancer et mouraient. Les gens souffraient encore. Les gens se traitaient parfois encore comme de la merde.

Mais j'essayais de vivre dans l'instant présent. J'essayais de profiter de chaque jour parce qu'il n'y avait aucune raison de ne pas le faire. La vie allait continuer, que nous y participions ou non. Alors, j'ai pris mon courage à deux mains et je me suis impliquée.

Ce qui signifiait aller à ma fête d'anniversaire et m'amuser quoi qu'il arrive.

Finley et Karissa avaient dit qu'elles me retrouveraient dans le hall de notre immeuble à huit heures, alors je suis descendue quelques minutes avant. Il n'y avait personne quand j'ai atteint la dernière marche, alors j'ai sorti mon téléphone pour voir si j'avais manqué un message de l'une d'entre elles.

J'ai vérifié mes emails puisqu'il n'y avait pas de textos et j'ai attendu qu'elles arrivent. J'ai souri et rangé mon téléphone quand j'ai entendu leurs voix et leurs rires descendre l'escalier.

—Voilà la reine de la journée ! a lancé Finley. Montre-moi ce que tu as créé aujourd'hui.

J'avais dit à tout le monde lors de notre soirée entre filles que j'allais fabriquer quelque chose de nouveau à porter pour mon anniversaire. Je n'étais pas sûre que ça allait fonctionner, mais c'était mieux que ce que j'avais prévu.

Un pendentif en résine transparente avec un trèfle à quatre feuilles pendait autour de mon cou. Je l'avais assorti à un bracelet en résine contenant des brins de gypsophile taillés. Mes boucles d'oreilles étaient de simples clous verts, mais du même vert, assortis sans être trop parfaits.

—C'est génial, s'est extasiée Finley. C'est un vrai trèfle à quatre feuilles ?

J'ai acquiescé. —Oui. J'en ai trouvé quelques-uns la semaine dernière, mais ils sont morts presque aussitôt arrivés à la maison. Je les ai pressés et plastifiés, mais je ne pouvais pas les utiliser pour des bijoux. Comme je savais qu'ils ne dureraient pas longtemps, je suis sortie en chercher d'autres hier et j'en ai trouvé juste un. J'avais tout préparé pour faire le pendentif. J'adore le résultat.

—C'est magnifique, a approuvé Karissa. Vraiment unique.

J'ai souri. Karissa essayait de me convaincre de la laisser concevoir une application pour mon entreprise. Je n'avais pas encore cédé, mais elle insistait sur le fait que cela me rendrait un peu plus unique par rapport aux autres créateurs de bijoux. Oui, les grandes marques avaient des applications, mais pas les petits créateurs comme moi.

Karissa et Finley avaient aussi des idées sur la marque et le design commercial qu'elles me poussaient à adopter. Elles connaissaient des choses auxquelles je n'avais jamais pensé auparavant, surtout parce que mon activité avant de démé-nager à L'anse MacKellar était principalement B2B. Vendre directement aux clients au lieu de passer par une entreprise qui revendait ensuite aux clients était nouveau, mais excitant.

—Tu devrais totalement utiliser ça dans ton marketing, a dit Finley. Vraiment unique. Ça pourrait être l'un de tes trois points forts.

—J'ai dit la même chose, a approuvé Karissa.

J'ai simplement secoué la tête et les ai suivies dehors.

—Qui vient ce soir ? a demandé Karissa.

—Je sais qu'Ian et Blake seront là, a dit Finley. Melody et Ramsey, Elise et Colin. Laura a dit oui, c'est ça ?

Karissa a acquiescé. —Oui. Et je crois qu'Elise a invité son cousin et un ami du travail. Elle te l'a dit ?

J'ai hoché la tête. —Elle me l'a demandé. Je lui ai dit que c'était censé être une fête.

Finley a souri largement. —Putain, ouais. L'année dernière était triste, mais cette année, on peut célébrer un peu plus. Mme Georgia fera toujours partie de nous, mais on peut fêter l'anniversaire de Trinity cette année.

—Absolument, a dit Karissa.

La marche jusqu'à O'Kelley's était courte, et la foule était nombreuse. C'était vendredi soir, l'endroit était habituellement bondé, mais il semblait encore plus animé que d'habitude.

—Beurk, a grogné Karissa. Trop de monde.

—Il doit se passer quelque chose. Attends, Trin ! a dit Finley en me tendant la main.

Toutes les trois, nous nous sommes frayé un chemin à travers la foule près de la porte pour rejoindre les tables. Elise et Colin étaient déjà à une table, mais ils avaient visiblement du mal à garder toutes les places à eux seuls.

—Ian et Ramsey sont allés chercher des boissons. C'est la folie ici, a dit Elise.

—Qu'est-ce qui se passe ? a demandé Finley.

—Une sorte d'événement sportif ou quelque chose comme ça, a dit Colin. Je ne savais même pas qu'il y avait quelque chose d'important si près.

—Ça doit être de l'autre côté de la frontière, a dit Karissa. Il n'y a rien à des heures à la ronde ici.

—Rugby, a dit Ian quand il a réussi à atteindre la table avec deux pichets de bière. Ramsey le suivait de près avec deux autres. Ce sont des joueurs de rugby, et ils sont complètement dingues.

—Ils n'hésitent pas à bousculer les gens. J'espère que Hudson a James en stand-by, a ajouté Ramsey.

L'officier James Rucker. Ce qu'il pouvait m'agacer. Nous nous sommes rencontrés le premier jour de mon arrivée en ville, et il a cru que j'étais une touriste qui essayait de voler des choses aux locaux. J'ai garé ma voiture devant mon nouvel immeuble et je me suis retrouvée enfermée dehors. Mes clés de voiture étaient dans l'appartement et mes clés d'appartement dans la voiture. Sans personne à appeler à l'aide, j'ai essayé de forcer ma propre voiture. Quand il m'a vue, il m'a arrêtée et a menacé de m'embarquer quand je n'ai pas pu prouver que j'y habitais.

Quel connard.

Si je l'avais rencontré dans d'autres circonstances, j'aurais peut-être pu admettre qu'il était l'homme le plus sexy de la ville, mais avec cette attitude de je-sais-tout et ces regards de ne-me-fais-pas-chier qu'il me lançait, je jurerais sous serment qu'il ne me faisait aucun effet si je devais le faire.

Parce que peu importe à quel point il était beau, c'était un crétin de premier ordre. Et je n'avais pas de temps à perdre avec des hommes comme lui dans ma vie. Je voulais m'amuser, être libre et profiter pleinement de la vie.

L'officier James Rucker était une épine dans le pied du plaisir. Et j'en avais fini avec les hommes comme lui.

MERCI beaucoup d'avoir lu l'histoire d'Elise et Colin ! Quand j'ai visité la région où se trouve (fictif) L'anse MacKellar, il y avait une ferme d'érables que je voulais voir. Ils étaient fermés pendant notre séjour, mais j'ai adoré le romantisme d'une ferme et de l'intimité en pleine nature. Cela semblait être un endroit incroyable pour tomber amoureux.

L'histoire de Trinity et James est la suivante. Trinity cherche à développer son entreprise et à profiter de sa vie, mais elle ne cesse de croiser le chemin de l'officier Rucker. James l'agace de toutes les mauvaises façons, mais quand elle a besoin de son aide, elle commence à se demander si elle ne s'était pas trompée sur lui depuis le début. *Son Frustration aux Courbes Généreuses* est disponible maintenant !

VOUS NE POUVEZ PAS vous passer d'Elise et Colin ? Les abonnés reçoivent un épilogue bonus exclusif et gratuit où Elise aide Colin à la ferme !

Inscrivez-vous maintenant !

À PROPOS DE L'AUTEUR

Auteure à succès classée au *USA TODAY*, Mary E Thompson a passé la majeure partie de son enfance à souhaiter avoir quelques courbes en moins. Elle se cachait dans les pages des livres parce que ses personnages préférés ne se souciaient jamais de sa taille de vêtements. Aujourd'hui, Mary non plus, et elle écrit des histoires qui célèbrent les femmes comme elle. Des femmes réelles qui ont des courbes, poursuivent leurs rêves et trouvent l'amour, parce que nous devrions tous être heureux, quelle que soit notre taille.

Mary passe son temps hors écriture avec son mari et ses deux enfants, à regarder trop de télévision, à encourager l'équipe de football de sa ville natale (Allez les Bills !) et à cacher du chocolat à sa famille.

Inscrivez-vous maintenant à la newsletter de Mary. Les abonnés reçoivent des ebooks gratuits et d'autres choses amusantes, comme du contenu exclusif réservé aux membres et des concours, et sont les premiers à connaître les nouvelles parutions et les promotions !

www.ingramcontent.com/pod-product-compliance
Lightning Source LLC
Chambersburg PA
CBHW020743310726
48969CB00002B/388